D1513626

HISTOIRES DIABOLIQUES

RECUEILS
D'ALFRED HITCHCOCK

DANS PRESSES POCKET :

ALFRED HITCHCOCK
présente :

HISTOIRES DIABOLIQUES

PRESSES POCKET

Titre original :
HITCHCOCK IN PRIME

Ainsi mourut Riabouchinska

par

RAY BRADBURY

Du ciment froid, la cave, de la pierre froide, le mort ; et l'air semblait imprégné d'une pluie très fine, invisible, tandis que les personnages paraissaient fortuitement rassemblés, attirés par un cadavre déposé au petit matin par le flot sur un rivage désert. On eût dit que toute la force d'attraction de la terre se concentrait là, dans cette pièce en sous-sol — une force d'attraction si puissante qu'elle tirait irrésistiblement les visages vers le bas, courbait les bouches aux commissures et vidait les joues de leur sang. Les mains pendaient, comme lestées de plomb, et les pieds adhéraient si fortement au sol que les personnages ne pouvaient bouger sans avoir l'air de se déplacer sous l'eau.

Une voix, quelque part, appelait, mais personne n'écoutait.

La voix, de nouveau, appela, insistante, et ce ne fut qu'au bout d'un long moment que les personnages se détournèrent pour jeter quelques regards en l'air, dans le vague... Ils se trouvaient au bord de la mer en novembre et ce devait être une mouette lançant de faibles cris au-dessus de leurs têtes dans le gris de l'aube. Des cris tristes et plaintifs, comme ceux des oiseaux s'en allant vers le sud, sentant l'hiver approcher, dur et froid comme l'acier. Ou bien c'était le bruit de l'océan déferlant au loin, si loin que c'était aussi grêle qu'un murmure de sable et de vent dans un coquillage.

7

Les personnages réunis dans le sous-sol finirent par orienter leurs regards vers une table où reposait une boîte dorée, longue d'une soixantaine de centimètres ; on y voyait inscrit ce nom : RIABOUCHINSKA. Bientôt, la voix ne sembla plus venir que de là, sous le couvercle de ce petit cercueil ; les personnages, figés, fixaient la boîte, tandis que le mort allongé sur le sol demeurait bien sûr insensible et sourd à la douce plainte.

— Laissez-moi sortir, laissez-moi sortir, oh, s'il vous plaît, que quelqu'un me laisse sortir !

Et finalement, M. Fabian, le ventriloque, se pencha sur la boîte dorée et murmura :

— Non, Ria, voyons, ceci est une affaire grave. Plus tard. Allons, sois sage, tiens-toi tranquille. (Il ferma les yeux et tenta de rire.)

Sous le couvercle lisse et luisant, la voix, ténue, nette et calme, déclara :

— Ne ris pas, s'il te plaît, tu devrais être beaucoup plus gentil maintenant après ce qui s'est passé.

L'officier de police, le lieutenant Krovitch, toucha le bras de Fabian.

— Si ça ne vous fait rien, on remettra votre petit numéro à plus tard. Pour l'instant, il nous faut éclaircir ce micmac.

Il lança un coup d'œil à la femme, qui venait de s'installer dans un fauteuil pliant.

— Madame Fabian. (Il adressa un signe de tête à l'homme jeune assis à côté d'elle.) Monsieur Douglas, vous êtes l'agent de publicité et le manager de M. Fabian ?

L'homme jeune acquiesça. Krovitch reporta son regard sur le visage du mort étendu à terre.

— Fabian, madame Fabian, monsieur Douglas... Vous affirmez tous trois ne pas connaître cet homme qui a été assassiné ici hier soir, et n'avoir auparavant jamais entendu son nom : Ockham. Pourtant Ockham a déclaré au directeur de scène qu'il connaissait Fabian et devait absolument le voir, à propos de quelque chose d'extrêmement important.

Dans la boîte, la voix se fit à nouveau entendre, douce et discrète.

— Suffit, Fabian, bon Dieu ! hurla Krovitch.

Sous le couvercle, la voix émit un petit rire, pareil au tintement assourdi d'une clochette

— Ne faites pas attention à elle, lieutenant, dit Fabian.

— A elle ? Ou bien à *vous,* oui, bon Dieu ! Qu'est-ce que c'est que ça ? Remettez-vous donc ensemble, tous les deux !

— Nous ne serons plus jamais ensemble, dit la voix douce, jamais plus après ce soir.

Krovitch tendit la main.

— Donnez-moi la clef, Fabian.

Troublant à peine le silence, il y eut un léger cliquetis de la clef dans la petite serrure, et le grincement ténu des menues charnières quand le couvercle fut levé, puis rabattu sur la table.

— Merci, dit Riabouchinska.

Krovitch, abaissant son regard pour contempler Riabouchinska dans sa boîte, demeura pétrifié, ayant peine à en croire ses yeux.

Le visage était blanc, comme sculpté dans le marbre ou dans le bois le plus blanc qu'il eût jamais vu. Il aurait pu être modelé dans la neige. Et le cou qui prolongeait la tête, une tête ayant toute la finesse radieuse d'une tasse de porcelaine où l'on verrait transparaître l'éclat du jour au travers de sa mince paroi, ce cou était blanc lui aussi. Les mains auraient pu être de l'ivoire : de frêles petites choses, aux ongles minuscules, et portant, au bout des doigts, sur chaque coussinet de fausse chair, un délicat réseau de lignes et de spirales.

Elle était comme un ensemble de pierre blanche captant et rediffusant la lumière, une lumière qui jaillissait des yeux sombres, où se discernait par-dessous un bleu profond pareil à celui des mûres parvenues à maturité. Le lieutenant songeait à un verre de lait, à de la crème déversée dans un gobelet de cristal. Les sourcils étaient arqués, noirs et minces, les joues un peu creusées. Sur chaque tempe, on distinguait l'esquisse d'une veine rose, et, au dessus de la fine arête du nez, celle d'une veine bleue, à peine visible, entre les étincelants yeux sombres

Les lèvres entrouvertes donnaient l'impression d'être légèrement humectées Les narines, assez prononcées, paraissaient modelées à la perfection, tout comme les oreilles La chevelure noire, partagée en son milieu et ramenée derrière les oreilles, était réelle, authentique il pouvait voir chaque mèche dans ses moindres détails, chaque cheveu isolé Elle portait une robe aussi noire que la chevelure et drapée de façon à révéler les épaules, faites d'un bois aussi blanc qu'une pierre ayant séjourné un très long temps au soleil. Elle était fort belle Krovitch sentit sa pomme d'Adam s'agiter. Semblant sur le point de parler, il ne dit rien.

Fabian sortit Riabouchinska de sa boîte.

— Ma jolie, ma délicieuse, ma toute belle, dit-il. Formée des bois exotiques les plus rares. Elle s'est fait admirer à Paris, à Rome, à Istanbul. Tout le monde l'aime, partout, et l'on pense qu'elle est vraiment humaine, une sorte de petite créature incroyablement menue et délicate. On se refuse à croire qu'elle appartenait naguère à diverses forêts sauvages qui s'épanouissent loin des villes et de la foule stupide.

La femme de Fabian, Alyce, observait son mari, le regard rivé à sa bouche. Tout au long de son commentaire sur la poupée qu'il tenait dans ses bras, elle n'eut pas un battement de cils. Lui, de son côté, semblait n'avoir d'yeux que pour la poupée, ignorant toute autre présence ; la cave et ses occupants se trouvaient noyés dans un brouillard qui le cernait de toutes parts.

Mais finalement la « petite créature » frémit, s'anima.

— S'il te plaît, ne parle pas de moi ! Tu sais qu'Alyce n'aime pas ça.

— Alyce n'a jamais aimé ça.

— Chut, tais-toi ! s'écria Riabouchinska. Pas ici, pas maintenant !

Puis elle se tourna vivement vers Krovitch et les lèvres minuscules bougèrent :

— Comment ça s'est passé tout ça ? M. Ockham, je veux dire ?

— Tu ferais bien d'aller dormir maintenant, Ria, dit Fabian.

— Mais je ne veux pas, moi, répliqua-t-elle. Moi aussi j'ai le droit d'écouter et de parler ; je fais tout autant partie de ce meurtre qu'Alyce ou — ou même que M. Douglas !

L'agent de publicité jeta nerveusement sa cigarette.

— Ne venez pas me mêler à ça, vous, hein ? (Il s'adressait à la poupée comme si elle s'était soudain transformée en une grande personne, palpitante et pleine de vie, se dressant devant lui pour l'affronter.)

— Tout ce que je veux, c'est qu'on dise la vérité, que la vérité soit dite.

Riabouchinska faisait pivoter sa tête, comme pour embrasser la pièce du regard.

— Et si on m'enferme dans mon cercueil, il n'y aura pas de vérité, parce qu'il s'y entend pour mentir, John, et il faut que je le surveille ; n'est-ce pas vrai, John ?

— Si, peut-être, dit Fabian, les yeux fermés. Oui, je suppose.

— John m'aime par-dessus tout, plus qu'aucune autre femme au monde, et moi, moi je l'aime et j'essaie de comprendre quand il pense de travers.

Krovitch abattit son poing sur la table.

— Bon Dieu de Bon Dieu, Fabian ! Si vous vous imaginez que vous pouvez...

— Je n'y peux rien, dit Fabian.

— Mais elle est...

— Je sais, je sais ce que vous allez dire, l'interrompit Fabian d'un ton égal, fixant calmement le policier. Elle est dans ma gorge, c'est ça ? Eh bien, non, non. Elle n'est pas dans ma gorge. Elle est quelque part ailleurs. Je ne sais où. Ici, ou là.

Il touchait sa poitrine, sa tête.

— Elle est prompte à se cacher, et parfois je ne peux rien faire, je suis désarmé ; elle n'est plus qu'elle-même, elle n'a plus rien de moi. Parfois elle me dit ce que je dois faire et il faut que je le fasse. Elle monte la garde ;

elle me rabroue ; elle est honnête quand je suis malhonnête, bonne quand je suis méchant, blanche quand je suis noir comme le péché. Elle mène une vie à part. Elle dresse un mur dans ma tête et se retranche derrière. Elle m'ignore si j'essaie de lui faire dire des choses incongrues qui ne lui conviennent pas et coopère si je lui suggère les gestes et les mots justes en accord avec elle. (Fabian poussa un soupir.) Alors, j'en ai bien peur, si vous désirez poursuivre votre interrogatoire, il faudra que Ria soit présente. L'enfermer ne servirait à rien, absolument à rien.

Le lieutenant observa un long silence, de près d'une minute, puis prit sa décision.

— Très bien. Qu'elle reste. Après tout, qui sait, avant que la nuit s'achève j'en serai peut-être réduit, de guerre lasse, à poser des questions à une poupée de ventriloque ?

Krovitch retira un cigare de son enveloppe, l'alluma et aspira quelques bouffées.

— Ainsi donc vous ne reconnaissez pas le mort, monsieur Douglas ?

— Il m'a l'air vaguement familier. Ce pourrait être un acteur.

Krovitch lâcha un juron.

— Si vous cessiez de mentir, pour changer, tous autant que vous êtes, hein, qu'en dites-vous ? Regardez ses chaussures, ses vêtements, à Ockham. Il avait besoin d'argent, c'est évident, et il est venu ici pour en quémander, en emprunter ou en soutirer. Au fait, Douglas, je vous pose la question. Vous êtes amoureux de Mme Fabian ?

— Non, mais permettez ! s'écria Mme Fabian, faisant mine de se lever.

Krovitch l'arrêta d'un geste.

— Vous êtes assis là, côte à côte, tous les deux. Je ne suis pas aveugle, vous savez. Quand un agent de publicité s'assoit là où le mari devrait être assis, aux petits soins auprès de l'épouse... Et cette façon que vous avez de regarder le coffret de la marionnette, madame Fabian, en retenant votre souffle quand elle apparaît ?

Et lorsqu'elle parle, vous serrez les poings. Allez, vous êtes transparente !

— Si vous vous imaginez un seul instant que je puisse être jalouse d'un morceau de bois !

— Vous ne l'êtes pas ?

— Non, non, bien sûr que non !

Fabian intervint.

— Tu n'as pas besoin de lui dire quoi que ce soit, Alyce.

— Si, qu'elle parle, laisse-la parler !

Tous les regards se tournèrent vers la marionnette, dont la bouche se refermait lentement. Fabian lui-même la dévisageait comme si elle venait de le frapper.

Après un long intervalle, Alyce Fabian se mit à parler.

— J'ai épousé John il y a sept ans parce qu'il disait m'aimer, parce que, moi, je l'aimais, et que j'aimais aussi Riabouchinska. Au début, en tout cas. Mais je n'ai pas tardé à m'apercevoir qu'il ne vivait que pour elle, n'avait d'égards que pour elle, et que j'étais reléguée dans l'ombre, dans les coulisses.

Il dépensait cinquante mille dollars par an pour la garde-robe de Ria — cent mille dollars pour une maison de poupée garnie de petits meubles et objets précieux, en or, en argent, en platine. Chaque soir il venait lui parler et la bordait dans un petit lit de satin. J'ai d'abord considéré tout cela comme un jeu raffiné, une comédie savante et fantasque, et j'en étais émerveillée ; cela m'amusait. Mais peu à peu, prenant conscience de n'être qu'une modeste assistante, un accessoire utile pour son numéro, sans plus, j'ai commencé à éprouver un vague sentiment d'animosité et de défiance — pas envers la marionnette parce que, à vrai dire, elle n'y était pour rien — non, envers John, parce que c'était *lui* le responsable. Et mon aversion comme mon ressentiment n'ont fait que croître. Tout était de sa faute ; c'était lui le maître d'œuvre, et toute son ingéniosité perverse, tout son naturel sadique, transparaissaient au travers de ses rapports avec une poupée peinte.

Et voilà que finalement j'en devins jalouse, jalouse, comme une idiote ! Je ne pouvais pas rendre de plus grand hommage a John, en confirmant ainsi a quel point de perfection il etait parvenu dans le maniement de sa voix. Oui, c'etait a la fois stupide et tres etrange. Pourtant je savais en même temps qu'il etait possede par quelque chose, qu'il en etait la proie, tout comme les gens qui boivent sont la proie d'un animal affame tapi au fond d'eux-mêmes et jamais rassasie.

C'est pourquoi j'oscillais entre la colère et la pitié, la jalousie et la compréhension. Il y eut de longues périodes où je ne le détestais pas du tout, et je n'ai jamais détesté ce qu'incarnait Ria, car elle representait ce qu'il y avait de meilleur en lui, la bonne part, la part aimable, la part honnête, loyale et franche. Elle etait tout ce qu'il n'avait jamais pu être ou essaye d'être.

Alyce Fabian se tut et le silence s'installa de nouveau dans le froid sous-sol.

— Parlez de M. Douglas, dit une voix, dans un murmure, un chuchotis.

Mme Fabian ne leva pas les yeux vers la marionnette, mais fit une effort sur elle-même pour conclure :

— A mesure que les annees passaient, a force de voir John me témoigner si peu d'amour et de compréhension, il est naturel, je pense, que je me sois tournee vers.... M. Douglas.

Krovitch hocha la tête.

— Les choses commencent à se mettre en place. M. Ockham était un homme très pauvre, au bout du rouleau, et il est venu au théâtre ce soir parce qu'il savait quelque chose : ce qu'il y avait entre vous et M. Douglas. Peut-être a-t-il menace d'en parler a M. Fabian si vous n'achetiez pas son silence. Cela fournissait une excellente raison pour vous en débarrasser.

— Ça, c'est encore plus bête que tout le reste ! dit Alyce Fabian d'un ton las, excédé. Je ne l'ai pas tué.

— M. Douglas aurait pu le tuer sans vous le dire.

— Le tuer, pour quoi faire ? repartit Douglas. John savait tout.

— Oh oui, ça oui, je savais ! dit Fabian, et il se mit à rire.

Il cessa de rire et sa main, dissimulée dans l'intérieur neigeux de la poupée, eut comme un déclic, spontané, spasmodique ; la bouche de Riabouchinska s'ouvrit et se ferma, s'ouvrit et se ferma. Il s'efforçait de lui communiquer son rire interrompu, de lui faire prendre le relais, mais aucun son ne se formait, à part le léger clapotis des lèvres semblant happer l'air, tandis que Fabian fixait intensément le petit visage et qu'une sueur luisante apparaissait sur ses joues.

*
**

Le lendemain après-midi, le lieutenant Krovitch se rendit au théâtre, tâtonna dans les coulisses obscures, trouva l'escalier de fer et commença de gravir les marches, méditatif, prenant tout son temps, au rythme de ses pensées. Parvenu aux loges du deuxième palier, il frappa à l'une des portes en contre-plaqué.

— Entrez, fit la voix de Fabian, semblant venir de loin.

Krovitch entra, referma la porte et marqua un temps d'arrêt, posant son regard sur l'homme tassé devant sa table à maquillage.

— Je voudrais vous montrer quelque chose, dit Krovitch.

Placidement, le visage dénué de toute expression, il ouvrit une serviette en cuir brun et en retira une photographie glacée qu'il alla déposer sur la table.

John Fabian, penché, haussa les sourcils, leva vivement les yeux vers Krovitch, puis se redressa lentement pour s'adosser à sa chaise. Il porta une main à son visage, les doigts remontant l'arête du nez, et se massa consciencieusement le front, avec insistance, comme s'il avait mal à la tête. Krovitch saisit la photo, la retourna et se mit à lire les lignes tapées au dos :

— Nom. Miss Ilyana Riamonova. Cinquante kilos. Yeux bleus. Cheveux noirs. Visage ovale. Née en 1914, à New York. Disparue en 1934. Supposée victime d'amnésie. D'ascendance russo-slave, etc.

Les lèvres de Fabian se convulsèrent légèrement.

Krovitch reposa la photo en hochant pensivement la tête.

— J'avais l'air fin quand j'ai prétendu rechercher la photo d'une marionnette dans les fichiers de la police ! Il fallait les entendre s'esclaffer, les gars ; quelle séance ! N'empêche, la voici — Riabouchinska. *Pas* du papier mâché, *pas* du bois, *pas* une poupée peinte, non, une femme de chair et d'os, bien vivante avant de... disparaître.

Il regarda Fabian droit dans les yeux, fixement.

— Si vous partiez de là ?

Fabian ébaucha un sourire.

— Il n'y a rien à en conclure. C'est très simple. Dans le temps, il y a fort longtemps, j'ai vu le portrait de cette femme ; son aspect m'a séduit et je m'en suis inspiré pour faire ma marionnette.

— Rien à en conclure.

Krovitch prit une profonde inspiration, vida ses poumons, et se passa un vaste mouchoir sur le visage.

— Ecoutez, Fabian. Ce matin même, j'ai compulsé une pile de revues consacrées au spectacle ; une pile haute comme ça. Pour l'année 1934, j'ai découvert un article intéressant concernant un numéro qui s'exhibait dans des tournées de second ordre. Ça s'appelait Fabian et Gentil William. Gentil William était un pantin, un garçonnet. Il y avait une jeune assistante — Ilyana Riamonova. Pas de photo d'elle dans l'article, mais enfin je tenais un nom, et dénicher sa photo dans les fichiers de la police devenait un jeu d'enfant. Inutile d'ajouter que la ressemblance entre cette femme et la marionnette est tout bonnement incroyable. Je vous suggère donc, Fabian, de faire machine arrière et de repartir de zéro.

— Elle était mon assistante, c'est tout. Je me suis simplement servi d'elle comme modèle.

— Vous me faites vraiment suer, vous savez ! lâcha le policier. Vous me prenez pour un imbécile ? Vous croyez que je ne sais pas reconnaître l'amour quand je l'ai sous les yeux ? Je vous ai observé quand vous manipulez votre marionnette ; je vous ai vu lui parler ;

j'ai vu la façon dont vous la faites réagir, vis-à-vis de vous en particulier. Vous êtes tout naturellement amoureux de la marionnette parce que vous aimiez cette femme, et pas qu'un peu, passionnément. Je connais trop la vie pour que ça m'échappe, ce genre de chose. Alors, nom d'un chien, Fabian, cessez de vous défiler !

Fabian éleva ses longues mains pâles, les tourna et les retourna, les examinant, les scrutant, puis les laissa retomber.

— Très bien. En 1934, mon numéro s'appelait effectivement Fabian et Gentil William ; une ancienne création à moi, un gamin au nez rond comme une bille. Je me trouvais à Los Angeles quand cette fille s'est montrée un soir à l'entrée des artistes. Elle suivait l'évolution de ma carrière depuis pas mal de temps. Cruellement dans le besoin, elle cherchait du travail et espérait devenir mon assistante...

Il la revoyait dans la faible lumière diffuse de la ruelle derrière le théâtre, et il se revoyait, frappé par sa fraîcheur, saisi par la ferveur dont elle témoignait pour exprimer son désir de travailler avec lui, pour lui, tandis qu'une pluie fine et fraîche se déversait sans bruit dans l'étroite ruelle, parsemant ses cheveux de minuscules paillettes avant de se fondre dans une obscure tiédeur, perlant sur la main de porcelaine blanche qui maintenait le manteau fermé au ras du cou.

Il voyait ses lèvres bouger dans l'ombre, mais sa voix, dans le vent d'automne, semblait lui parvenir d'ailleurs, comme séparée de son corps. Et voilà que soudain, sans qu'il lui eût seulement dit oui ou non ou peut-être, elle s'était trouvée auprès de lui sur la scène inondée de lumière ; et en deux mois à peine, lui qui s'était toujours glorifié de son cynisme et de son scepticisme, il avait basculé pour elle par-dessus le bord du monde, plongeant dans un abîme sans fond, vers un ailleurs sans limites ni lumière.

Les scènes succédèrent aux scènes, aboutissant au pire — des mots furent lâchés, des actes furent accomplis, hors de toute raison, de toute retenue, de toute équité, dans une ambiance de folie. Peu à peu, elle finit par s'éloigner de lui, provoquant rage et crises d'hystérie. Un jour, il brûla toute sa garde-robe dans un accès de jalousie. Elle prit la chose sans réagir, avec un calme apparent. Et puis un soir, de nouveau saisi de folie, il lui signifia son congé, l'accusa d'infidélité, de monstrueuse déloyauté, lui hurla des injures, l'empoigna, la gifla à tour de bras, la bourra de coups et la jeta dehors en claquant la porte avec fracas.

Elle disparut cette nuit-là.

Le lendemain, quand il s'aperçut qu'elle était véritablement partie et que nulle part on ne pouvait la trouver, il eut l'impression d'être seul, démuni, dans un monde dévasté après une gigantesque explosion. Tout s'était volatilisé autour de lui et tous les échos de l'explosion revinrent l assaillir, comme réverbérés, à minuit, à quatre heures du matin, à l'aube ; levé de bonne heure, hébété, hagard, errant comme un automate dans un silence presque renforcé par de menus bruits : café commençant à frémir, allumettes frottées pour des cigarettes machinales, il se retrouva devant sa glace, essayant de se raser, confronté à ses traits ravagés, écœuré par son image que semblait lui renvoyer un miroir déformant.

Il découpa toutes les annonces qu'il avait fait passer dans les journaux et les colla dans un album, en impeccables rangées — des annonces parlant d'elle, la décrivant, implorant son retour. Il fit même appel à un détective privé. On se mit à parler ; des bruits coururent. Des policiers surgirent chez lui pour l'interroger. Les rumeurs se prolongèrent quelque temps encore.

Mais elle s'était évanouie dans les airs comme un menu morceau de papier blanc, une frêle feuille emportée par le vent. Un rapport donnant son signalement fut envoyé dans toutes les grandes villes, et la police en resta là ; elle renonçait. Mais pas Fabian Qu'elle fût en fuite ou même morte, il savait que d'une façon ou d'une autre, sous une forme ou sous une autre, par un biais quelconque, elle lui reviendrait.

Pourtant, un soir, rentrant chez lui l'âme enténébrée, il s'effondra sur une chaise et y demeura prostré dans l'obscurité. Soudain, il se surprit a interpeller Gentil William dans le noir

— William, c'est fini, tout est fini. Je ne peux plus, je suis a bout !

— Lâche ! Lâche ! piaula William (quelque part, dans le vide, au-dessus de sa tête). Tu peux la ravoir si tu veux !

Et la petite voix aiguë de Gentil William continua de le harceler dans la nuit.

— Oui, tu le peux ! Réfléchis, pense, *trouve !* Oui, trouve un moyen. Tu peux y arriver. Ecarte-moi, enferme-moi. Recommence tout.

— Tout recommencer ?

— Oui, chuchota Gentil William, se rapprochant, persuasif, et il y eut comme un mouvement d'ombre dans les ténèbres. Oui. Achète du bois. Achète du joli bois neuf. Du bois dur, au grain serré. Achète du beau bois tout neuf. Et taille, sculpte. Lentement, minutieusement. Taille à légers coups, délicatement. Veille aux petites narines ; dessine-les bien, comme ça ; et les minces sourcils noirs, bien arqués, comme ça ; et le creux léger des joues, veilles-y bien aussi. Taille, sculpte...

— Non ! C'est de la folie. Je n'y arriverai jamais.

— Si, tu peux y arriver. Si, tu peux, tu peux, tu peux, tu peux...

La voix s'estompa, se fondit, léger remous de l'eau dans un courant souterrain. Le courant s'enfla, monta, fit surface et l'engloutit. Sa tête bascula en avant. Gentil William soupira. Et puis tous les deux devinrent comme des pierres noyées sous une cataracte.

Le lendemain matin, John Fabian acheta le plus beau bois qu'il put trouver, dur, au grain très fin. Mais à son retour, l'ayant posé sur la table, il demeura des heures assis à le contempler sans pouvoir y toucher. Impossible d'imaginer que ses mains alliées à sa mémoire pourraient tirer de ce bloc inerte et froid cette forme si familière, chaude et souple ; pourraient la recréer, tout imprégnée de vie. Comment approcher, ne fût-ce qu'un tant soit peu, de cette qualité de pluie et de soleil tout à la fois, comment donner cette impression d'une première neige venant saupoudrer une vitre claire un soir de décembre ? Non, impossible, absolument impossible.

Oui, mais Gentil William revint à la charge, après minuit, couinant et chuchotant.

— Tu peux y arriver. Oh, si, si ! Tu peux y arriver.

Et Fabian se mit à l'œuvre. Pour former les mains, pour les rendre aussi naturelles et aussi belles que des coquillages exposés au soleil, cela lui prit un mois entier. Un autre mois, et le squelette fut révélé, comme une empreinte fossile qu'il eût recherchée, imprimée et dissimulée dans le bois ; il apparut, fragile, infiniment délicat, faisant penser à des nervures dans la chair blanche d'une pomme.

Et durant tout ce temps Gentil William reposait sous un mince manteau de poussière dans sa boîte qui devenait peu à peu un véritable cercueil ; Gentil William, qui parfois lâchait, d'une petite voix rauque et fêlée, quelque grêle sarcasme, une pointe de critique acerbe, et parfois participait, par une timide suggestion, une discrète indication, mais cependant mourait aussi à petit feu, s'effaçait, promis au rebut ; Gentil William, qui bientôt serait pareil à une peau abandonnée en été après la mue et livrée au vent.

A mesure que les semaines passaient et que Fabian modelait, grattait, rognait, polissait le bois neuf, Gentil William, prostré, s'enfermait de plus en plus longtemps dans le silence. Un jour que Fabian tenait la marionnette dans sa main, Gentil William sembla le considérer un instant avec des yeux un peu inquiets, perplexes, et puis de sa gorge sortit un râle d'agonie.

Et Gentil William s'éteignit.

Alors, tandis que Fabian travaillait, une très vague ébauche de langage, dans un frémissement, commença de se former à l'arrière de sa gorge, semblant se répercuter en menus échos, s'exprimant presque en silence comme une faible brise parmi les feuilles sèches. Et voici que dans ses mains, pour la première fois, il tenait la poupée d'une certaine façon, et que la mémoire affluait, s'écoulait pour ainsi dire le long de ses bras jusque dans ses doigts, et de ses doigts à l'intérieur du bois creusé ; les minuscules mains tressaillirent, et le corps devint soudain souple et doux, et les yeux, ses yeux à *elle*, s'ouvrirent, se levèrent vers les siens.

Et la petite bouche s'entrouvrit, oh, d'un millimètre à peine, mais le signe était là : elle était prête à parler ; et il savait ce qu'elle devrait lui dire ; il savait quelle était la première chose qu'il lui ferait dire, qu'il désirait lui entendre dire, et la seconde, et la troisième. Il y eut un murmure, un murmure, oui, un murmure.

La jolie tête menue se tourna, en douceur, gentiment, à droite, à gauche. La bouche s'ouvrit plus franchement et elle se mit à parler. Et pendant qu'elle parlait, il put sentir, en penchant la tête, la chaude haleine — mais oui, *bien sûr*, elle était là ! — qui s'exhalait de la bouche ; et lorsqu'il appliqua sa tête contre son corps, tendant l'oreille, intensement, les yeux fermés, n'était-il pas là, *lui* aussi — le battement de son cœur ?

Quand Fabian eut fini de parler, Krovitch s'assit et demeura une bonne minute silencieux.

— Je *vous*, dit-il enfin. Et votre femme ?

— Alyce ? Elle fut ma seconde assistante, évidemment. Elle travaillait dur et, hélas pour elle, elle m'aimait. Pourquoi l'ai-je épousée, je ne sais plus trop ; difficile à dire. Mais je n'aurais pas dû : j'ai triché.

— Et le mort — Ockham ?

— Je ne l'avais jamais vu avant que vous m'ayez montré son corps hier dans le sous-sol du théâtre.

— Fabian, fit le policier.

— C'est la vérité.

— Fabian.

— La vérité, la vérité, bon sang, je jure que c'est la vérité !

— La vérité. (Un murmure, comme celui de la mer calme déferlant paisiblement sur la grève grise au petit matin. L'eau s'étalait en une fine dentelle sur le sable. Le ciel était froid et vide. Il n'y avait personne sur la grève. Le soleil avait disparu. Et le murmure reprit : « La vérité ».)

Fabian se redressa, très droit sur sa chaise, et étreignit

ses genoux de ses mains maigres. Son visage était rigide. Krovitch se surprit à avoir le même réflexe que la veille — levant les yeux vers le plafond gris, comme si c'était un ciel de novembre et comme si un oiseau solitaire passait là-haut, fuyant au loin, gris dans la grisaille et la froidure.

— La vérité. (Le murmure faiblissait.) La vérité.

Krovitch se leva et se dirigea avec précaution, aussi discrètement que possible, vers le coin éloigné de la loge, où reposait dans sa boîte dorée, ouverte, cette chose qui murmurait, qui parlait, et parfois pouvait rire, parfois pouvait chanter. Il prit la boîte dorée, vint la déposer devant Fabian, et attendit; il attendait que Fabian glisse sa main magique dans l'intérieur délicat, il attendait que la petite bouche frémisse et que les yeux s'animent. Il n'eut pas à attendre longtemps.

— La première lettre est arrivée il y a un mois.

— Non.

— La première lettre est arrivée il y a un mois.

— Non, *non* !

— La lettre disait : « Riabouchinska, née en 1914, morte en 1934. Née de nouveau en 1935. » M. Ockham était un jongleur. Il avait fait partie du même programme que John et Gentil William. Il se souvenait qu'autrefois il y avait eu une femme, avant qu'il y eût une marionnette.

— Non, ce n'est pas vrai !

— Si, dit la voix.

De la neige semblait tomber dans la loge en silence, un silence de plus en plus épais. La bouche de Fabian tremblait. Il fixait les murs nus, l'air traqué, son regard passant d'une paroi à l'autre, comme s'il y cherchait une issue par où s'évader. Il se leva à demi de sa chaise.

— S'il te plaît, par pitié...

— Ockham menaçait de dire tout sur nous à tout le monde.

Krovitch vit la poupée frémir, les lèvres s'agiter, petits battements d'aile ; il vit les yeux de Fabian s'écarquiller, devenir fixes, hagards et sa gorge devenir houleuse, se contracter, comme pour empêcher l'implacable chuchotis de s'échapper.

— Je... j'étais là, dans la pièce, couchée dans ma boîte, quand M. Ockham est venu ; j'ai écouté, j'ai entendu, et j'ai *su*. (La voix se brouilla un peu, puis se raffermit et poursuivit :) M. Ockham menaçait de me briser, de me déchiqueter, de me réduire en cendres si John ne lui versait pas un millier de dollars. Alors il y a eu tout à coup un bruit de chute. Un cri. La tête de M. Ockham a dû heurter le plancher. J'ai entendu John vociférer, jurer. En même temps, il était secoué de sanglots. J'ai entendu le halètement et les râles de quelqu'un qui suffoquait, étouffait...

— Tu n'as rien entendu ! Tu es sourde, tu es aveugle ! Tu es du bois ! s'écria Fabian.

— Mais *j'entends* ! lâcha-t-elle, avant de s'arrêter net de parler, comme si on lui plaquait une main sur la bouche.

Fabian avait bondi sur ses pieds, brandissant d'une main la poupée. Les petites lèvres remuèrent à vide deux ou trois fois mais finirent par former des mots.

— Les râles ont cessé. J'ai entendu John traîner M. Ockham, le tirer en bas de l'escalier, jusque sous le théâtre, dans les vieilles loges dont on ne s'est pas servi depuis des années. Je les ai entendus s'éloigner, descendre les marches, en bas, encore plus bas, toujours plus bas.

Krovitch eut un mouvement de recul ; il avait plus ou moins l'impression d'assister à un film qui, brusquement, aurait pris des proportions monstrueuses, et dont le son, soudain, aurait été poussé au maximum, atteignant une stridence insoutenable. Les personnages se dressaient, immenses, terrifiants, le surplombant de leur vertigineuse stature, menaçant de basculer sur lui et de le submerger.

Il vit Fabian gémir et grimacer, découvrant ses dents, serrant les mâchoires. Il le vit fermer les yeux, farouchement, les traits crispés.

La murmurante voix s'amenuisait, devenait ténue au point de sembler vaciller au bord du néant.

— Je ne suis pas faite pour vivre de cette façon. Pas de cette façon. Pour nous, à présent, ça ne peut plus durer. Tout le monde saura, tout le monde. M'étant quand même endormie, la nuit dernière, après que tu l'eus tué, j'ai rêvé. Et j'ai su, j'ai compris — tous les deux, nous l'avons compris — que nos derniers jours, nos dernières heures ensemble étaient venus. Parce que, si j'ai pu vivre avec toi malgré ta faiblesse et tes mensonges, je ne pourrai pas vivre avec quelqu'un qui tue et fait souffrir en tuant. Comment, sachant cela, continuer de vivre auprès de toi ? Pour moi, ce n'est pas possible...

Fabian l'approcha de la petite fenêtre de la loge, où filtrait un peu de pâle soleil. Riabouchinska semblait le regarder, mais son regard ne transmettait rien ; ses yeux étaient vides. La main de Fabian trembla, faisant trembler aussi la marionnette. La bouche s'ouvrit, se ferma, s'ouvrit, se ferma, s'ouvrit, se ferma, futilement, inutilement, dans le silence.

Fabian porta ses doigts à sa propre bouche, désorienté, incrédule. Il avait l'air d'un homme égaré dans la rue, perdu, cherchant à se rappeler le numéro d'une certaine maison, essayant de retrouver certaine fenêtre où brillait certaine lumière. Il titubait, tanguait de droite et de gauche, posant un peu partout des regards désemparés, sur les murs, sur Krovitch, sur la poupée, sur sa main libre, tournant et retournant ses doigts, tâtant sa gorge, ouvrant la bouche. Et tendant l'oreille.

Loin, très loin, dans une grotte, une vague solitaire venait déferler doucement, frangée d'écume, dans un imperceptible murmure. Une mouette passait, silencieuse, sans battre des ailes — une ombre.

— Elle est partie. Elle est partie. Je ne peux pas la trouver. Elle s'est enfuie. Je ne peux pas la trouver. Je ne peux pas la trouver. J'essaie, j'essaie, mais elle s'est enfuie loin, très loin. Voulez-vous m'aider ? Voulez-vous m'aider à la trouver ? Voulez-vous m'aider à la trouver ? S'il vous plaît, voulez-vous m'aider à la trouver ?

Riabouchinska glissa de sa main pendante, s'écroula,

toute flasque, bascula, et s'étala sans bruit sur le froid parquet, les yeux fermés, la bouche close.

Fabian n'eut pas un regard pour elle tandis que Krovitch l'entraînait vers la porte.

And So Died Riabouchinska.
Traduction de Philippe Kellerson.

Une corde pour deux

par

CLARK HOWARD

Il était midi lorsque le car s'arrêta à la gare routière principale de Los Angeles. Joe Kedzie en descendit et prit instinctivement la direction de Main Street. Dix ans... Il y avait dix ans qu'il n'avait pas revu le ciel bleu et le soleil de la Californie.

Tout avait changé. Les gens, les boutiques, les voitures, plus rien ne ressemblait aux images qu'il avait gardées si précieusement dans sa mémoire. Les costumes croisés avaient disparu, les automobiles n'étaient plus noires, mais de toutes les couleurs, rouge, jaune et même rose ou vert pomme. Quant aux magasins, ils étaient plus grands et leurs vitrines étaient beaucoup plus spacieuses. Les jupes étaient un peu plus longues, et les femmes toujours aussi séduisantes, mais le moment n'était pas encore venu de penser à elles. Il aurait tout le temps d'y songer quand il aurait ses cent mille dollars.

En arrivant sur Main Street, il tourna à droite pour longer les bars et les night-clubs minables qu'il avait si bien connus. Les boîtes de strip-tease, la galerie de flippers, la baraque de tir, tous étaient encore là et même le café où, sans doute, comme autrefois les petits revendeurs de drogue avaient leur quartier général. C'était un endroit du monde qui ne changerait jamais et, même s'il en prenait pour dix ans de plus, il le retrouverait exactement ainsi quand il reviendrait.

L'entrée de l'hôtel Main Line se trouvait entre un bar

27

et un blanchisseur chinois. Kedzie en poussa la porte et monta les six marches conduisant à la réception. Un jeune employé au visage bourgeonnant était assis derrière le comptoir. Il était plongé dans une feuille de pronostics et Kedzie attendit patiemment jusqu'à ce qu'il fût évident que son indifférence à son égard était délibérée. Il tendit alors le bras et lui arracha d'un coup sec le journal des mains. L'employé sursauta et son visage s'empourpra.

— Qu'est-ce qui vous prend? s'indigna-t-il en se levant, comme un jeune coq prêt au combat.

— Juste un renseignement, répondit Kedzie calmement en reposant le journal sur le comptoir. Madge Griffin habite-t-elle encore ici?

L'employé essaya de jouer au dur.

— Et en qualité de quoi me demandez-vous cela?

— Je ne suis guère patient, petit mec, répliqua Kedzie sèchement, et un accident est vite arrivé. Alors dis-moi si Madge Griffin habite ici, avant que je ne me fâche!

Impressionné, l'employé battit aussitôt en retraite.

— Je... oui, bredouilla-t-il. Chambre 212.

Kedzie hocha la tête puis, sans un mot de plus, lui tourna le dos et se dirigea vers l'escalier.

Au deuxième étage, il s'arrêta sur le palier et après une brève hésitation, tourna à droite. Si sa mémoire ne le trompait pas, la chambre 212 était la dernière au fond du couloir. Quand il fut devant la porte, il prit le temps d'allumer une cigarette avant de frapper.

— Qui est-ce? s'enquit la voix de Madge.

— Errol Flynn, répondit-il. Ouvre!

Il entendit un bruit de pas assourdi par la moquette, puis le battant pivota prudemment.

— Joe!

En le voyant, les yeux de Madge s'étaient élargis de surprise et Joe Kedzie lui grimaça un sourire.

— Hello, Madge.

Elle s'effaça pour le laisser entrer. La chambre était petite, moins sordide qu'il ne l'avait imaginée, mais sordide tout de même. Il s'assit sur une chaise et elle le regarda avec curiosité pendant une seconde ou deux avant de refermer la porte et de s'y adosser.

— Comment vas-tu, Madge ? questionna-t-il d'une voix impersonnelle, comme s'il y avait eu un mois et non dix ans qu'ils ne s'étaient revus.

— Bien, Joe. Et toi ?

Il grogna, mais ne répondit pas. Elle avait dix ans de plus et, bien qu'elle eût pris un peu de poids, au niveau des hanches surtout, elle n'avait rien perdu des charmes qui l'avaient retenu auprès d'elle au temps où elle avait été sa môme.

Cependant — et cette pensée le fit sourire — elle n'avait jamais été et ne serait jamais le genre de fille avec laquelle on a envie de sortir quand on a cent mille dollars sur son compte en banque.

— Comment as-tu su que j'étais ici, Joe ? questionna-t-elle brusquement.

— Simple intuition, répondit-il. Je me suis dit qu'il y avait des chances que tu sois revenue dans le coin. Ce quartier, cet hôtel... C'est en quelque sorte ton élément.

Une lueur de colère brilla dans le regard de la jeune femme.

— Qu'est-ce que tu entends par là ?

— Rien, baby, répliqua-t-il avec un haussement d'épaules. Tu as quelque chose à boire ?

Elle alla à un buffet, l'ouvrit et en sortit une bouteille de gin.

— Je n'ai pas de jus de citron, s'excusa-t-elle. Tu le veux sec ?

Il secoua la tête.

— Non, refusa-t-il, j'ai perdu l'habitude de l'alcool. D'ailleurs, je n'ai pas vraiment soif.

Elle remit la bouteille dans le buffet et Kedzie écrasa sa cigarette dans un cendrier avant d'en allumer une autre.

Le test avait été concluant. Madge ne buvait jamais mais Maxie, lui, avait toujours eu un penchant pour le gin. Il ne devait donc pas être loin et il lui suffisait d'attendre avec patience qu'il se manifeste.

Madge s'assit sur le rebord de son lit et ils se mirent à

bavarder de choses et d'autres. Après dix ans de séparation, il n'est pas difficile de trouver des sujets de conversation. Kedzie avait espéré qu'elle lui parlerait de Maxie, mais elle n'en fit rien et cela le confirma dans sa conviction qu'elle savait où il était. Dès qu'elle aurait l'occasion de quitter la pièce, elle se précipiterait dans une cabine téléphonique et le préviendrait du retour de Joe Kedzie.

Ils parlèrent ainsi jusqu'à cinq heures, puis, finalement, elle lui demanda ce qu'il avait l'intention de faire.

— Maintenant ? questionna-t-il en prenant délibérément son interrogation à la lettre.

— Oui, acquiesça-t-elle. Tu as un endroit où aller dormir cette nuit ?

— Non, pas encore, admit-il. Après avoir eu pendant si longtemps mon bat-flanc dans un coin de cellule, j'ai perdu l'habitude de me préoccuper de ce genre de détail.

L'appât était lancé et il attendit qu'elle le saisisse, ce qu'elle fit, après une brève hésitation.

— Et si je m'arrangeais pour t'obtenir une chambre ici, Joe ? proposa-t-elle. Ainsi, tu n'aurais pas besoin de courir tout le quartier pour chercher un lit. Les hôtels sont toujours pleins en cette saison...

— Je ne sais pas, Madge. Je...

— Ecoute, l'interrompit-elle, je vais descendre à la réception et voir si c'est possible. Par la même occasion, j'irai acheter une pizza et de la bière chez Jasi. Tu as l'air fatigué, Joe... Tu devrais t'allonger sur mon lit et te reposer pendant mon absence ; à mon retour, nous dînerons ensemble.

— J'avoue que je ne suis pas en pleine forme, concéda-t-il. Après dix ans d'inactivité, on est un peu rouillé et ce voyage en car a été vraiment interminable.

Quand elle fut partie, il enleva son manteau et s'étendit sur le lit.

Ce ne serait plus très long maintenant. Dans moins de cinq minutes, elle serait dans une cabine et Maxie ne tarderait pas à accourir. Sans doute avant la fin de la soirée.

30

Madge revint une heure plus tard. Kedzie tira une petite table à côté du lit et elle y posa la pizza avec les boîtes de bière qu'elle avait rapportées, avant de prendre une chaise et de s'asseoir en face de lui.

Kedzie mangea sans appétit et laissa la moitié de sa bière. En prison, il avait perdu le goût de la cuisine épicée et des boissons alcoolisées. Plus tard, quand il aurait récupéré son magot, il n'irait plus que dans les grands restaurants.

Quand ils terminèrent, il était près de sept heures. Kedzie alluma une cigarette et se leva pour aller regarder par la fenêtre ouverte les lumières de Main Street.

Au bout d'un instant, Madge le rejoignit et resta debout, timidement, à côté de lui.

— A quoi penses-tu, Joe ? questionna-t-elle.

— Je regarde simplement les lumières, répondit-il sans se retourner vers elle. Je ne saurais dire combien de fois j'ai rêvé à elles quand j'étais là-bas.

— Cela a-t-il vraiment été si terrible, Joe ? murmura-t-elle d'une voix douce, presque compatissante. Toutes ces années...

Kedzie pouvait accepter beaucoup de choses, mais pas qu'elle prenne ce ton-là avec lui.

— Non, répliqua-t-il avec une froideur sarcastique, je m'y suis au contraire beaucoup amusé. Une vraie partie de plaisir ! D'ailleurs, je voulais rester, mais ils ont refusé. Il fallait que je laisse la place aux autres.

A nouveau, une lueur de colère brilla dans le regard de Madge, mais il n'y prêta pas attention. Il se moquait éperdument de ses états d'âme. Elle avait rempli la mission qu'il lui avait impartie et ce qu'elle pouvait penser maintenant n'avait plus aucune importance.

— Tu as toujours été comme ça, Joe, lui reprocha-t-elle avec amertume. Dès qu'on essaie d'aller vers toi, tu te recroquevilles dans ta coquille, comme si tu ne faisais confiance à personne. Tu seras vraiment toujours le même !

Il la toisa d'un regard glacé, en ne réprimant qu'avec peine son envie de la frapper. Il aurait voulu pouvoir lui dire que ses dix années derrière les barreaux ne l'avaient pas rendu stupide, qu'il avait eu tout le temps de réfléchir et qu'il n'avait pas été long à comprendre que c'était elle et Maxie qui l'avaient donné aux flics après le coup de la paye des mineurs. Il aurait voulu la prendre par les épaules et la secouer en lui criant qu'il avait envisagé leur trahison avant même d'avoir mis son plan à exécution.

Sans doute aurait-il fini par céder à la tentation de la maudire, si, à cet instant-là, on n'avait frappé à la porte.

Après une brève hésitation, Madge alla ouvrir et, pour la deuxième fois de la journée, le regard de Kedzie se posa sur un visage qu'il n'avait pas revu depuis dix ans.

Maxie n'avait pas beaucoup changé. Il avait toujours l'air de ce qu'il était — une petite frappe sans envergure.

Repérable entre mille, songea Kedzie. Avec sa manière voyante de s'habiller, son sourire fat et ses yeux trop mobiles pour être francs, il n'était pas difficile à classer dans la catégorie des types toujours prêts à vous proposer une combine ou un tuyau pour le prochain derby.

— Hello, Joe, déclara le nouvel arrivant sur un ton faussement amical.

— Hello, Maxie.

« Fils de garce, ajouta Kedzie intérieurement. Tu m'as volé dix ans de ma vie et tu me le paieras ! »

Maxie referma la porte derrière lui, puis, avec non-chalance, alla s'asseoir sur le lit, tandis que d'elle-même, Madge se retirait un peu à l'écart.

Kedzie jeta sa cigarette par la fenêtre et s'adossa à la rambarde.

— J'ai entendu dire que tu étais de retour, expliqua Maxie, et j'ai pensé qu'il fallait que je te voie avant que tu repartes de Los Angeles.

— Que je reparte ? Et où donc ? s'enquit Kedzie calmement.

Un sourire goguenard éclaira le visage de Maxie.

— Je ne sais pas... murmura-t-il. J'avais dans l'idée que tu aurais envie d'aller à El Paso. Au cas où tu aurais laissé quelque chose là-bas...

— La seule chose que j'aie laissée à El Paso, répliqua Kedzie, c'est une escouade de flics se congratulant à l'idée de la prime qu'ils allaient toucher pour ma capture.

— Rien d'autre ?

— Rien qui puisse t'intéresser, en tout cas.

Maxie se redressa brusquement, le visage crispé et les poings serrés.

— Ecoute, Joe, gronda-t-il, il y a aussi longtemps que toi que j'attends ce fric et j'ai droit à ma part.

Kedzie resta impassible et alluma tranquillement une cigarette.

— La seule différence, fit-il observer, c'est que toi, tu as attendu au soleil, alors que moi j'étais à l'ombre.

— Ce n'est pas parce que tu es tombé que cela change quelque chose, objecta Maxie en lui faisant face, une lueur mauvaise dans le regard.

Kedzie réfléchit. Il y avait cent mille dollars en jeu et il était dangereux de braquer Maxie contre lui maintenant, d'autant plus qu'à sa sortie de prison, il avait été filé par un inspecteur en civil et eu toutes les peines du monde à s'en débarrasser. La police n'avait pas oublié et il avait besoin d'alliés, au moins provisoirement, pour parvenir jusqu'au magot.

— Je crois que j'ai plus de droits sur cet argent que toi, Maxie, répliqua-t-il doucement. C'est moi qui ai fait le travail, qui ai pris tous les risques et, enfin c'est encore moi et moi seul qui me suis retrouvé derrière les barreaux. Je n'ai donc pas l'intention de partager, pas plus avec toi qu'avec un autre.

Au fur et à mesure qu'il parlait, Maxie s'était empourpré de colère. « Si mon stratagème ne marche pas, songea Kedzie, je n'aurai d'autre solution que de le tuer ici et tout de suite. »

— Cependant, continua-t-il, j'ai également besoin

33

d'une mise de fonds pour retrouver le butin et cette circonstance pourrait éventuellement me faire changer d'avis.

L'expression de Maxie était passée de la colère à la curiosité. « Ça mord, se dit Kedzie. Encore un petit effort et il n'y aura plus qu'à tirer la ligne. »

— Si tu es d'accord, poursuivit-il, je suis donc prêt à conclure un nouveau marché avec toi. Vingt-cinq pour cent du magot contre deux cents dollars, une voiture et des vêtements. C'est honnête, non ?

Maxie regarda pensivement son ancien complice. Il le connaissait assez pour savoir que même sous la torture, il n'avouerait jamais où il avait caché l'argent.

— D'accord, accepta-t-il finalement, mais à une condition.

— Laquelle ?

— Nous allons chercher le fric ensemble et d'ici là on ne se quitte pas.

— La confiance règne, commenta Kedzie ironiquement. Tu peux trouver rapidement une voiture et le reste de ce que je t'ai demandé ?

Maxie hocha la tête.

— Madge va aller en louer une à mon nom et, au retour, elle s'arrêtera chez moi pour y prendre des vêtements. Nous devrions pouvoir être prêts à partir dès demain matin.

— Le plus tôt sera le mieux, acquiesça Kedzie. Et pour les deux cents dollars ?

Maxie sourit.

— J'en ai trois cents dans mon portefeuille, répondit-il. Un tocard a été à l'arrivée cet après-midi à Hollywood Park et j'ai eu le flair de miser sur lui. Nous avons donc tout ce qu'il nous faut, Joe. Dans moins de quarante-huit heures, nous pouvons être à El Paso.

Cette fois-ci, ce fut Joe Kedzie qui sourit.

— Nous n'allons pas à El Paso, déclara-t-il en le surveillant du coin de l'œil. Cela te surprend ?

Maxie le regarda d'un œil soupçonneux.

— Que veux-tu dire ?

34

— Le colis n'est pas à El Paso, mais au Nouveau-Mexique. Dans un endroit désert.

Brusquement, Maxie se mit à rire, d'un rire irrépressible et un peu hystérique. Il pensait aux journées entières qu'il avait passées à interroger les gens et à essayer de reconstituer pas à pas tous les déplacements de Kedzie dans El Paso.

Joe Kedzie aussi se mit à rire, mais plus doucement. Lui, ce n'était pas au passé qu'il songeait, mais à l'avenir.

Il était huit heures moins dix, le lendemain matin, lorsque Joe et Maxie sortirent de l'hôtel Main Line. Joe avait troqué le costume gris de sa levée d'écrou contre un pantalon de tweed et un polo. Maxie le suivait avec la valise contenant leurs affaires de toilette et quelques vêtements de rechange.

Ils descendirent l'avenue jusqu'au parking où Madge avait garé la Ford qu'elle avait louée pour eux. Maxie en ouvrit les portières et jeta sa valise sur la banquette arrière.

— Tu conduis, déclara Kedzie. Je n'ai pas encore récupéré mon permis.

Maxie hocha la tête et se glissa derrière le volant. Il s'apprêtait à démarrer, lorsque Kedzie l'arrêta d'une voix doucereuse.

— Et les deux cents dollars ?

— Je les ai, répondit-il en le regardant étrangement.

— Alors donne-les-moi.

Maxie grommela deux ou trois jurons, mais tira un portefeuille de sa poche et compta deux cents dollars en billets de dix et de vingt. Kedzie prit la liasse qu'il lui tendait et la plia soigneusement en deux avant de la glisser dans la poche de son polo.

— Tu peux y aller, maintenant, murmura-t-il. Direction : Sunset Boulevard et l'autoroute.

Maxie démarra et, en souriant, Kedzie se mit à regarder par sa vitre baissée les magasins, les voitures et les filles sur les trottoirs. Pour la première fois depuis dix ans, il se sentait détendu et plein d'énergie.

Après avoir quitté Los Angeles, ils roulèrent à bonne allure et traversèrent successivement Monterey Park, Covina, Ramona et San Bernardino. A onze heures, ils étaient à Indio. Ils s'y arrêtèrent pour faire le plein et Kedzie acheta une carte routière. Après Indio, ils prirent la nationale 99.

Il était une heure lorsqu'ils arrivèrent à El Centro. En sortie de ville, ils trouvèrent un restaurant et y commandèrent à déjeuner. En attendant qu'on les serve, Kedzie déplia sa carte sur la table et calcula le nombre de miles qu'il leur restait à parcourir.

— Nous avons encore trois cents miles jusqu'à Tucson, déclara-t-il quand il eut terminé. Si nous roulons régulièrement, nous y serons vers neuf heures, ce soir.

— Et après Tucson ? s'enquit Maxie avec une légère irritation. Il nous en restera combien ?

— Nous ne serons plus très loin, éluda Kedzie.

— Je t'ai demandé combien, grinça son ancien complice.

Joe Kedzie sourit.

— Serais-tu nerveux, Maxie ?

Pour toute réponse, son compagnon jura et se leva. Le flipper dans un coin de la salle venait de se libérer. Il y alla et inséra une pièce dans la fente de l'appareil.

— Si tu avais passé dix ans dans une cellule, murmura Kedzie entre ses dents, tu aurais appris à être patient.

Il était neuf heures un quart quand ils arrivèrent à Tucson, sales et fatigués. En ville, tous les hôtels affichaient « complet » et ce n'est qu'à trois miles à l'extérieur qu'ils trouvèrent une chambre dans un motel.

Maxie se chargea des formalités à la réception et ils prirent une douche rapide avant de retourner dîner à Tucson. Quand ils revinrent, il était près de minuit et ils se couchèrent immédiatement.

A huit heures, le lendemain, ils étaient à nouveau sur la route. Comme il en avait assez de rester assis sans rien faire, Kedzie avait pris le risque de conduire. A cinquante miles au sud-est de Tucson, ils quittèrent la 99 pour la 666 et remontèrent d'abord vers le nord, la route décrivant un large arc de cercle pour éviter la chaîne des

« Dos Cabezas », avant de reprendre la direction du sud. Un peu avant onze heures, ils franchirent la frontière du Nouveau-Mexique. Peu de temps après, ils rencontrèrent un panneau routier sur lequel était inscrit : « Lordsburg 20 miles ».

— Nous approchons, déclara Kedzie avec nonchalance. La cache est à environ une heure de Lordsburg.

Pour tout commentaire, Maxie marmonna entre ses dents.

— Nous devrons nous arrêter à Lordsburg, ajouta Kedzie. J'ai quelques achats à y effectuer.

Son ancien complice le regarda d'un air soupçonneux.

— Quel genre d'achats ? questionna-t-il.

— Une longue corde, tout d'abord.

— Que diable veux-tu en faire ?

— Tu as envie de voir la couleur de ton argent, non ? Eh bien, pour le récupérer, il nous en faudra une. Le colis est au fond d'un puits de douze mètres, mais rassure-toi, il est à sec depuis des lustres.

— Au fond d'un puits ? répéta Maxie d'un air éberlué.

— Oui, acquiesça Kedzie, et nous aurons besoin également d'une lampe torche puissante et d'une pelle. Je ne serais pas surpris si les vents de sable l'avaient enterré de quelques dizaines de centimètres.

A Lordsburg, ils s'arrêtèrent au premier drugstore qu'ils rencontrèrent Kedzie demanda au vendeur s'il avait de la grosse corde et celui-ci l'emmena dans une réserve où il lui présenta plusieurs rouleaux. Kedzie choisit celle qui lui paraissait la plus solide et, tandis que le commis lui en mesurait dix-huit mètres, il retourna dans la boutique où il trouva une petite pelle maniable et légère. Il la tendit à Maxie et quand le vendeur revint, il lui donna également le rouleau de corde.

— Tu peux déjà aller mettre ça dans la voiture, déclara-t-il. Je prends une lampe torche, je paie et je te rejoins.

Maxie obéit et Kedzie, après avoir pris une lampe et des piles sur un présentoir, se dirigea vers une vitrine où des armes de divers calibres étaient exposées.

Sur sa demande, le vendeur l'ouvrit et en sortit un pistolet automatique noir.

— C'est le modèle sport, expliqua-t-il avec un empressement tout commercial. L'un des plus performants sur le marché actuellement. Il pèse deux cent cinquante grammes seulement et tire des munitions de 22, longues ou courtes, ce qui en fait une arme de poing précise et parfaitement adaptée pour le petit gibier et le tir à la cible.

— Combien coûte-t-il ? questionna Kedzie.

— Attendez que je consulte mes tarifs... Sauf erreur de ma part, il a un canon de six pouces trois quarts... Quarante-quatre dollars cinquante hors taxes.

— D'accord, je le prends, répondit Kedzie en jetant un rapide coup d'œil vers la porte. Mettez-moi également une boîte de cartouches.

— Bien, monsieur. Ce sera tout, monsieur ?

— Oui, ce sera tout.

Sur le parking, Maxie referma la portière de la voiture et revint voir pourquoi Kedzie tardait. Il était à mi-chemin, quand, à travers la vitrine, il l'aperçut en train de glisser des balles dans le chargeur d'un pistolet posé devant lui sur le comptoir.

Aussitôt, le sang se retira de son visage et ses mains se mirent à trembler. Comme hypnotisé, il le regarda remettre le chargeur d'un coup sec et dissimuler l'arme sous son polo. Puis, lentement, il retourna à la voiture, ouvrit la portière et s'assit au volant. C'était Kedzie qui avait conduit toute la matinée et il avait enlevé la clef de contact.

« Il sait, murmura-t-il avec découragement. Il sait que c'est moi qui l'ai donné après le coup de la paye des mineurs et il a décidé de me tuer. Il n'a jamais eu l'intention de partager le butin avec moi. Le marché qu'il m'a proposé n'avait qu'un seul but : m'attirer dans un endroit désert afin de pouvoir me descendre en toute tranquillité ! »

Brusquement, une idée germa dans son esprit Il avait une chance de s'en tirer. Une chance minime, mais une chance tout de même.

Il se retourna et considéra pendant une seconde ou deux le rouleau de corde derrière lui, puis, fébrilement, il ouvrit sa valise et fouilla au milieu des vêtements jusqu'à ce qu'il ait trouvé son nécessaire à raser.

Lorsque Kedzie revint enfin à la voiture, Maxie était assis, impassible, au volant Il monta à côte de lui et lui tendit la clef.

— A la sortie de la ville, tu prendras la 80, en direction du sud, ordonna t-il, et tu ne la quitteras que quand je te le dirai.

Au-delà de Lordsburg, la route était toute droite Il n'y avait ni arbre, ni végétation et dans ce paysage plat et aride rien ne se détachait, hormis l'étroite bande de goudron de la nationale Le soleil se rapprochait peu à peu de son zénith et sa chaleur accablante avait contraint toutes les créatures vivantes à s'abriter de ses rayons A midi, le thermomètre du tableau de bord indiqua trente-neuf degres

A l'interieur de l'habitacle, Joe Kedzie était assis de biais, adossé à la portière et la main droite posée sur la crosse de son pistolet. Maxie regardait devant lui, les yeux à demi fermés, car la réverbération de la lumière sur le sol était intense. Ils roulaient en silence et depuis un bon moment, ils n'avaient pas croisé un seul véhicule. Dans les pays chauds, les gens évitent de circuler au milieu de la journée et Kedzie avait tenu compte de cette coutume dans son plan.

Une demi-heure plus tard, ils traversèrent Separ, un lieu-dit dont il s'était répété le nom pendant ses dix annees de prison. A l'envers, cela faisait « Rapes », un mot beaucoup plus facile à retenir.

— A trois miles environ, nous devrions rencontrer une petite route sur la droite, déclara-t-il. Tu la prendras.

Maxie ne répondit rien. Il n'avait pas prononcé un mot depuis Lordsburg. Lorsqu'ils arrivèrent au croisement indiqué, il ralentit et tourna comme il le lui avait ordonné. La route était empierrée, mais en très mauvais état. Il se tourna vers Kedzie et le regarda d'un air interrogateur.

Nous sommes tout près maintenant, expliqua son compagnon. Je te dirai quand il faudra tourner.

Ils cahotèrent pendant cinq ou six miles. Le paysage, peu à peu, devint plus accidenté et quelques collines, çà et là, commencèrent d'apparaître. Tout en surveillant d'un œil le compteur kilométrique, Kedzie se mit à chercher des points de repère.

— Tu tourneras à gauche là-bas, ordonna-t-il finalement en montrant de la main un chemin de terre devant eux.

Maxie obéit. Il s'agissait d'une piste conduisant à une ancienne mine dont ils apercevaient l'entrée sur le flanc d'une colline. Kedzie ne la quittait pas des yeux et quand ils n'en furent plus qu'à quelques dizaines de mètres, il commanda à Maxie de s'arrêter.

Dès que la Ford se fut immobilisée, il sauta à terre. Maxie fit de même et les deux hommes se retrouvèrent face à face devant le capot de la voiture.

— Tu as deviné, n'est-ce pas, Joe ? murmura Maxie d'une voix blanche.

— Oui, répondit simplement Kedzie en tirant son pistolet de sa ceinture.

— Je ne sais pas ce qui m'a pris, tenta de plaider son ancien complice. Je...

— Moi, je le sais, l'interrompit avec dureté Kedzie. Madge et cent mille dollars. Cela fait deux raisons amplement suffisantes pour trahir son meilleur ami.

Maxie blêmit.

— Je ne m'étais pas rendu compte, Joe, se défendit-il sans conviction. Nous...

— Aucune importance ! l'interrompit à nouveau Kedzie. Prends la corde et la pelle, nous avons autre chose à faire que discuter.

Maxie obtempéra sans empressement et, d'un geste de la main, Kedzie lui indiqua un vieux puits non loin de l'entrée de la galerie de mine.

— Voilà mon coffre-fort ! déclara-t-il d'une voix sardonique. Pas facile à trouver, n'est-ce pas ?

La margelle en brique du puits était usée par le vent de sable qui souffle si souvent dans le désert et il ne restait qu'un seul montant du petit toit à double pente qui avait autrefois recouvert la précieuse réserve d'eau. Quant à la poulie qui avait servi à remonter les seaux, elle était rouillée et brisée en plusieurs morceaux éparpillés sur le sol.

L'un derrière l'autre, ils s'approchèrent en silence. En arrivant à la margelle, Maxie enleva le rouleau de corde de son épaule et le laissa tomber par terre. Pendant une seconde ou deux, il regarda le trou noir, puis sa main se crispa sur sa pelle et, brusquement, se retourna, il la projeta en direction de la tête de Kedzie.

Mais celui-ci était sur ses gardes. Il fit un pas de côté et l'outil alla se ficher derrière lui dans la paroi en terre de la galerie de mine.

— Joli coup, commenta-t-il avec un éclat de rire méprisant, puis il leva son pistolet et appuya sur la détente.

La balle frappa Maxie à l'estomac. Il tituba, en se prenant le ventre à deux mains, et Kedzie tira une deuxième, puis une troisième fois. Les deux projectiles le touchèrent à la poitrine, le faisant reculer à chaque fois sous le choc, jusqu'à ce qu'il trébuche sur la margelle et tombe la tête la première dans le puits.

Kedzie remit son pistolet à sa ceinture et alluma tranquillement une cigarette, avant de prendre sa lampe torche et de faire les trois ou quatre pas qui le séparaient du bord du puits. Il était si profond que le faisceau de sa lampe n'en atteignait pas le fond.

Quand il eut terminé sa cigarette, il se pencha et ramassa le rouleau de corde. Avec des gestes précis, il attacha l'une des extrémités au montant de bois après avoir vérifié sa solidité et laissa tomber le reste du rouleau dans la pénombre.

Un bruit sourd lui ayant indiqué que la corde avait touché le fond, il s'assit sur la margelle et commença de descendre, le corps arqué et les pieds appuyés contre la paroi.

La corde cassa, alors que, d'après son estimation, il était parvenu à mi-hauteur de l'étroit conduit.

Il cria et, l'espace d'une fraction de seconde, il se sentit happé par le vide tandis que le cercle de lumière au-dessus de lui diminuait à une vitesse vertigineuse.

Puis, ce fut le choc. Un choc horrible qui résonna dans tout son corps. Pendant une minute ou deux, il resta étourdi et lorsque son esprit se remit à fonctionner, ce fut pour constater qu'il avait mal partout et que sa tête le lançait douloureusement. La corde était tombée sur lui et s'était enchevêtrée. Il s'en dégagea tant bien que mal et réussit à s'asseoir. Après cet effort, pourtant minime, sa vue se brouilla et il dut s'adosser à la paroi pour reprendre son souffle.

— Tout va bien, murmura-t-il à mi-voix comme s'il cherchait à s'en convaincre. Tout va bien. Je suis capable de remonter, même sans corde. Le conduit n'est pas trop large et en m'arc-boutant, les épaules d'un côté et les pieds de l'autre, j'arriverai à m'en sortir. Ce sera dur et il me faudra du temps, mais j'y arriverai. J'y arriverai !

Il resta immobile jusqu'à ce que sa respiration fût redevenue régulière, puis il saisit sa lampe torche toujours accrochée à sa ceinture. Grâce à Dieu, elle marchait encore.

Tout d'abord, il examina la corde qui était tombée sur lui. Il ne pesait guère que soixante-cinq kilos et il était surpris qu'elle ait cédé ainsi. Quand il en trouva l'extrémité, il comprit tout de suite. Seuls deux ou trois brins s'étaient rompus d'eux-mêmes. Les autres portaient la marque d'une coupure nette qui avait été faite à l'intérieur de la courbure que la corde avait prise en restant longtemps enroulée, ce qui avait dû la rendre pratiquement invisible.

Maxie... En dehors du vendeur, il était le seul à l'avoir manipulée. Ce ne pouvait être que lui ! Il avait dû profiter, pour la couper, des quelques instants où il avait été seul dans la voiture !

Kedzie dirigea sa lampe vers le visage de son ancien complice et le maudit à haute voix, puis il rit nerveusement.

— Cela ne marchera pas, Maxie ! s'exclama-t-il. Je peux encore m'en sortir, avec ou sans corde.

Il fit un effort pour se mettre debout, mais aussitôt une douleur fulgurante traversa sa jambe et il retomba en gémissant. Dès qu'elle se fut un peu atténuée, il retroussa fébrilement le bas de son pantalon et vit sa cheville enflée, violacée.

Il se redressa et, ce faisant, sentit sous la paume de sa main un objet dur et rectangulaire. C'était le paquet enveloppé de plastique, auquel il avait rêvé pendant dix ans ! Les cent mille dollars qui auraient dû régler tous ses problèmes...

Des larmes de rage roulèrent sur ses joues et un tremblement irrépressible agita son corps. C'était trop bête ! Trop stupide !

Brusquement il saisit le paquet et jura.

Au diable cette entorse ! Cette lavette de Maxie n'allait pas une fois de plus lui ravir son triomphe !

Il avait encore une jambe et cela lui suffirait pour sortir de ce maudit trou !

Le paquet sous le bras, il prit appui sur sa jambe valide et tenta de se mettre debout. Il y réussit, mais au prix d'un effort qui le laissa haletant et en sueur. Maintenant, il lui fallait transférer au moins une partie de son poids sur son autre jambe. Il attendit que sa respiration se fût un peu calmée, puis, avec prudence, il posa le pied, mais aussitôt une douleur terrible lui transperça de nouveau la cheville et il retomba, pantelant, sur le sol.

Elle doit être cassée, pensa-t-il tandis qu'une peur affreuse montait en lui. Il n'avait pas lâché le paquet, mais la lampe torche lui avait échappé des mains et son faisceau de lumière éclairait le visage de Maxie.

Peut-être n'était-ce qu'une illusion, mais Kedzie eut l'impression qu'il souriait.

Enough rope for two.
Traduction de L. de Pierrefeu

Gueule de bois

par

Charles Runyon

Lorsque je me réveillai, je ne sentis pas les marteaux dans mon crâne. Je savais néanmoins qu'ils étaient là, prêts à cogner dès que je soulèverais la tête de sur l'oreiller. J'avais l'impression d'avoir le nez bouché et tuméfié, comme si on me le pinçait très fort entre le pouce et l'index.

Il y eut du bruit dans la cuisine. Un objet en fer-blanc se renversa, roula interminablement sur la table, puis heurta le carrelage avec un vacarme semblable aux roulements de cymbales d'une ouverture de Wagner. Dans ma tête, les marteaux entrèrent en action. J'essayai de supporter le bruit passivement, sans bouger :

— Marian ! Tu es à la cuisine ?

J'obtins pour toute réponse un écho métallique, comme si la maison était déserte. Je me forçai à ouvrir un œil et constatai que le lit jumeau était vide. Le couvre-pieds était soigneusement rabattu et le drap, lisse comme une plaque de verre, était replié, prêt à accueillir le corps de Marian. Mais elle n'avait pas couché ici ; elle était partie depuis presque deux semaines.

Je fermai les yeux, en proie à une vague de désespoir. J'avais cru qu'elle était revenue la veille au soir. Comme d'habitude, avant de se mettre au lit, elle m'avait regardé en souriant, presque sans bouger les lèvres. Elle portait la chemise de nuit bleu pâle que je lui avais offerte deux mois auparavant, pour notre dixième anniversaire de mariage...

Merde, j'avais dû rêver. Je voulais qu'elle rentre à la maison, et cela faisait partie des désirs impossibles qui maintiennent les distilleries en activité.

Je sentis quelque chose de tiède se presser contre mon dos. Je me retournai vivement, mais ce n'était pas Marian. Cette fille-là avait les mêmes cheveux auburn, mais Marian n'avait jamais eu les cheveux aussi sales et emmêlés.

Je m'écartai de la fille, qui fronça les sourcils dans son sommeil et se rapprocha de moi. Je sortis du lit, enfilai ma robe de chambre et contemplai l'inconnue. Elle devait avoir entre vingt et vingt-cinq ans. Il était impossible de voir si elle était jolie car, du fait qu'elle dormait, elle avait le visage bouffi et les traits affaissés. Sa lèvre supérieure saillait, révélant deux dents de lapin. Un filet de salive dégoulinait de sa bouche et se mélangeait à son rouge à lèvres, formant sur l'oreiller une tache de la couleur du sang dilué.

Je ne me sentais pas le courage de discuter avec elle ; la seule perspective d'une conversation en tête-à-tête me retournait l'estomac. Néanmoins, comme je voulais qu'elle s'en aille de chez moi, je la secouai par l'épaule.

— Mon chou... (Sans ouvrir les yeux, elle se passa la langue sur les lèvres.) Dormons encore un peu, mon chou.

Ma patience commençait à s'amenuiser. « Mon chou » ! Je détestais ce terme d'affection stupide et vulgaire ; en trente-cinq années d'existence, j'en étais arrivé à tolérer n'importe quoi sauf de me faire appeler « mon chou ». Je secouai la fille jusqu'à ce qu'elle se décide à ouvrir les yeux.

— Comment vous appelez-vous ?

— Seigneur ! C'est pour me demander *ça* que tu me réveilles ? gémit-elle en ramenant le drap par-dessus sa tête. Marian... Tu m'as appelée Marian.

D'un geste brusque, je rabattis à mon tour le drap.

— Bon sang ! C'est le prénom de ma femme, ça !

— Je sais, mon chou. je sais.

Elle repoussa les couvertures et s'étira, ses jambes formant une ligne droite du torse à la pointe des pieds.

— Moi, je suis Sandra. Tu peux m'appeler Sandy.

Elle m'adressa un sourire canaille qui se voulait sans doute charmeur et séduisant. Personnellement, ça me fit la même impression que si on me badigeonnait la figure avec du sirop. Sa nudité m'excita à peu près autant qu'un arbre à l'écorce arrachée, quoiqu'elle eût le genre de silhouette épanouie qui est censée être l'idéal de tout Américain. Ce n'était pas mon idéal, et c'est pourquoi sa présence me désarçonna. Je ne me rappelais pas où je l'avais ramassée, ni pourquoi. La dernière chose dont je me souvenais nettement, c'était d'être rentré du bureau, mercredi, et d'avoir ressenti le vide de cette maison comme un coup de poing à l'estomac. Incapable de passer une nuit de plus à parler aux meubles, j'étais sorti m'enfiler des martinis-vodkas.

— Bon, dis-je. Où nous sommes-nous rencontrés, Sandy ?

Elle haussa les sourcils.

— Ben, dis donc, t'as vraiment été dans le cirage ! Je suis hôtesse au *Dolly Bar*.

Je fronçai les sourcils et secouai la tête. Je n'arrivais à pas à situer l'endroit.

— C'est une boîte de strip-tease de la Quatrième Rue, dit-elle. Tu ne te souviens même pas de *ça ?*

— Si je m'en souvenais, je ne vous poserais pas la question.

— Hé bé... Mon chou a la gueule de bois, pas vrai ?

Elle se glissa hors du lit et se dirigea vers la porte.

— Je vais te chercher de quoi arranger ça.

— Non, peu importe. Dites-moi plutôt quand et pourquoi vous êtes venue chez moi.

Elle s'arrêta sur le seuil et se retourna. Faisant saillir l'une de ses hanches, elle posa la main dessus.

— Okay. Tu es venu au *Dolly* mercredi soir et tu m'as payé quelques verres. Au bout d'un moment, un un de mes anciens amis a voulu se joindre à nous et tu l'as frappé. Tu l'as frappé plusieurs fois avant de te faire jeter dehors, et tu as réagi d'une façon qui m'a plu. Je t'ai ramené à mon hôtel et, le lendemain matin, nous sommes venus ici.

— A quelle heure ?

— Vers onze heures.

— *Onze heures ?* Oh ! miséricorde...

Je m'imaginai entrant, d'un pas titubant, une entraîneuse à mon bras dans ma nouvelle maison à trois niveaux. Ce genre de chose ne se faisait pas à Elysia, malgré ce nom évoquant l'image de satyres et de Grecques aux fortes hanches parées de grappes de raisins. Elysia était synonyme de foyer et de vie familiale pour les hommes qui travaillaient en ville, et j'avais enfreint l'une des règles du club.

— Vous a-t-on vue ?

Sandy haussa les épaules.

— Ma foi... oui, sans doute. Tu ne m'avais pas dit d'entrer discrètement.

Elle se tut un instant avant d'ajouter :

— Ecoute, si tu as d'autres questions à me poser, je serai aux chiottes.

Elle sortit dans le couloir et claqua la porte de la salle de bains. Une seconde plus tard, j'entendis un verre se briser à la cuisine.

Pieds nus, je descendis les quelques marches, en pliant les genoux et traînant les pieds pour éviter toute secousse à ma tête endolorie. Une fois dans la cuisine, je constatai que le chat gris de Marian avait renversé un bocal de farine et barbouillait la pièce d'empreintes blanches.

Je l'acculai dans un coin et l'emprisonnai sous mon bras. Tout en le grattant derrière les oreilles, j'examinai la cuisine.

Elle était dans un désordre indescriptible. Des odeurs de nourriture moisie et d'alcool montaient de l'évier, dans lequel étaient entassées de hautes piles d'assiettes et de verres sales. Sur la cuisinière traînait une poêle remplie de cailloux noirâtres qui avaient été naguère des haricots. Je me demandai ce qu'aurait dit Marian de ce spectacle, elle qui était du genre à se lever de table précipitamment pour nettoyer les plats avant même qu'ils aient refroidi.

Il y avait deux assiettes sur la table. L'une contenait une flaque de graisse grisâtre avec, au centre, une tranche de bacon — le tout agrémenté d'un long cheveu auburn. J'en eus un haut-le-cœur ; manger avec Sandy était encore moins appétissant que coucher avec elle.

Le chat miaula.

— D'accord, mon vieux, lui dis-je. Toi d'abord, l'autre ensuite.

Je traversai d'un pas traînant le long living-room et m'aperçus que la porte d'entrée était ouverte. Tout autour du seuil, la moquette était humide ; la porte était restée ouverte toute la nuit et il avait plu. Je posai le chat sur la pelouse, en le titillant avec l'orteil pour qu'il s'éloigne.

Sur les marches du perron se trouvaient divers indices prouvant que la vie à Elysia avait suivi son cours sans moi. Plusieurs bouteilles de lait chauffaient au soleil ; j'essayai de les compter, mais elles n'arrêtaient pas de bouger. Sur le trottoir, deux journaux formaient une masse humide et gluante. J'en ramassai un troisième près de la porte ; celui-là était sec comme un parchemin et sentait l'encre d'imprimerie. Je lus la date : *Mardi 19 juillet.*

Une goutte de sueur traça un sillon glacé le long de ma colonne vertébrale. *Cinq jours !* pensai-je. *Oh, grands dieux... Cinq jours écoulés comme de l'alcool de contrebande dans un évier !*

Je laissai tomber le journal et tentai de rassembler mes souvenirs. Mes cogitations ne produisirent rien d'autre que de la sueur, fraîche et poisseuse sous ma robe de chambre. Le soleil faisait penser à un rivet chauffé à blanc cloué sur une feuille de métal bleue. Il ne devait pas être beaucoup plus de huit heures du matin ; j'avais encore le temps de me rendre au bureau. Je me souvins alors que j'étais censé avoir présenté au conseil d'administration, le vendredi précédent, le programme des ventes d'hiver, et je compris qu'un jour de plus ou de moins ne changerait pas grand-chose au désastre.

En levant les yeux, je vis ma voiture garée de travers dans l'allée. Les roues arrière empiétaient sur la pelouse de mon voisin. Maintenant, toute cette sacrée ville allait être au courant. Deux femmes passèrent devant moi, poussant des caddies vides. Elles me regardèrent d'un air effaré, puis continuèrent leur chemin avec une concentration étudiée, comme des élèves arrivant en retard à leur cours. Je pris soudain conscience du fait que mes jambes nues dépassaient de ma robe de chambre.

Je rentrai dans la maison, claquant la porte sur le soleil douloureux. J'avais besoin d'un verre. Mes nerfs frottaient les uns contre les autres en crissant comme les pattes postérieures d'un criquet.

Le bar se trouvait quelques marches en contrebas, dans une pièce en sous-sol au carrelage couleur sable et aux murs ornés de fresques représentant le désert. Lorsque j'atteignis le bar, je me sentais moi-même dans l'état d'un homme ayant traversé à quatre pattes la Dépression de Qattarah.

Mais il n'y avait ni bourbon ni whisky dans le bar. Je cherchai dessous, dans la réserve de liqueurs exotiques que Marian avait commencé à stocker le jour où j'étais devenu un cadre supérieur amené à donner des réceptions. Je me demandai si, en cet instant, dans sa chambre d'hôtel, Marian regrettait d'avoir réduit en morceaux nos minutieux projets d'avenir.

Toutes les bouteilles étaient vides : nous avions même éclusé les grands flacons de Metaxa. Apparemment, nous avions terminé par la crème de cacao ; à en juger par deux verres contenant un résidu brunâtre, concave, sec au bord et humide au centre, comme un lac en période de sécheresse.

En fouillant la pièce, je découvris un autre verre contenant deux centimètres de bourbon et un mégot de cigarette déchiqueté. Je repêchai le mégot et avalai le bourbon, en frissonnant comme un volcan sur le point d'entrer en éruption. Lorsque j'eus dégluti trois fois, le bourbon se décida à rester à sa place.

Au bout d'une minute, je me sentis suffisamment bien pour remonter les marches et appeler un taxi. Ceci fait, je me sentis encore mieux ; ce serait un soulagement de ne plus avoir Sandy à la maison.

Après avoir raccroché, je me surpris à regarder l'inscription que j'avais griffonnée sur le bloc-notes une semaine auparavant : *Regent Hotel, CA-72700.* Ce numéro m'avait coûté quatre-vingts dollars — les honoraires du détective qui me l'avait procuré — mais je ne m'en étais pas servi. Je me répétais sans cesse que c'était Marian qui s'était fait prendre en flagrant délit d'adultère. Pas moi. C'était à elle de faire le premier pas.

Je me levai et montai dans ma chambre, à l'écart du téléphone. Mon costume gisait en tas devant la porte. Il était chiffonné, humide et couvert de boue. En le soulevant avec mon pied nu, je m'aperçus qu'il avait blanchi le parquet, dessous, tout comme un pansement blanchit la peau. Je n'arrivais pas à imaginer quelle impulsion d'ivrogne avait pu me pousser à sortir sous la pluie. Peut-être Sandy le saurait-elle...

Je la trouvai dans la salle de bains. Le dos tourné, elle prenait une douche. A travers le rideau d'éclaboussures, elle ressemblait à Marian ; mais cette Marian-là, dessinée à gros traits, me faisait amèrement regretter l'original. Je ressentis l'étrange besoin de plonger la tête de la fille sous l'eau et de l'y maintenir.

Je me contentai de lui dire, d'une voix ferme mais néanmoins aimable :

— Bientôt fini ?

Elle arrêta de se savonner le ventre et se retourna, des bulles de mousse filtrant entre ses doigts.

— Je n'aime pas me presser, mon chou, dit-elle avec un sourire enjôleur. Tu veux me laver le dos ?

Je tendis la main et tirai le rideau de la douche. A une certaine époque, j'avais lavé le dos de Marian ; mais ce rituel de notre lune de miel était tombé en désuétude depuis plusieurs années.

— Dépêchez-vous, dis-je. J'ai appelé un taxi.

— T'as une superbe Cadillac et tu te promènes en taxi ?

Je sentais s'évaporer ma minuscule réserve de patience.

— C'est *vous* qui prendrez ce taxi, Sandy. Dès qu'il arrivera.

— Tu me vois partir comme ça, uniquement vêtue de bulles de savon ?

Elle eut un rire perçant qui me vrilla les nerfs comme le crissement d'un ongle sur un tableau noir.

— D'ailleurs, mon chou, je ne peux pas te quitter.

— Je m'appelle Greg, bon Dieu ! Greg Maxwell.

— Je sais, mon chou...

— Cessez de m'appeler comme ça !

— Tu aimais bien ça, hier.

Je m'approchai du lavabo et m'aspergeai la figure d'eau froide. Parler à Sandy était une épreuve sans objet ; elle partirait dès que le taxi serait là. Je me demandai combien d'argent elle me demanderait...

J'essuyai le miroir embué et contemplai avec un mépris d'alcoolique mon image dégoulinante. J'avais l'air d'un de ces types qui chantent des cantiques dans des missions des bas-quartiers ; un rouquin dont la grande carcasse était suspendue à l'intérieur d'une coûteuse robe de chambre, comme si un menuisier pressé les avait clouées ensemble. Le visage livide, semé de poils d'un roux noirâtre, était agrémenté çà et là de minuscules coupures de rasoir.

Je regardai mes mains. Les jointures saillantes avaient la peau arrachée ; les ongles étaient cassés, fendillés et noirs de terre. Me rappelant mon costume humide et couvert de boue qui traînait dans le hall, je tentai de me remémorer ce qui s'était passé la veille.

Mais il ne restait rien de la veille. Ni de l'avant-veille, ni du jour précédent. Cinq jours de perdus, profondément enfouis dans trois milliards de cellules cérébrales. Un individu inconnu, violent, avait pris possession de mon corps : un imbécile qui aimait se faire appeler « mon chou » et qui s'entichait de femmes au tour de hanches impressionnant. Installé dans mon cerveau, cet individu me souriait d'un air narquois, juché sur un classeur rempli de souvenirs. « *Sors de là, Maxwell* » disait-il. « *Ces cinq jours m'appartiennent, vieux frère.* »

— Quoi ?

La voix de Sandy me fit sursauter.

— Je n'ai rien dit, marmonnai-je.

— Tu as dit « Sors de là », je ne sais quoi...

— Oh, mes aïeux !

Voilà que je perdais la tête ; je ne me rappelais pas avoir dit quoi que ce soit.

— Sandy... qu'est-ce que je faisais sous la pluie ?

— Tu ne te souviens même pas de *ça ?*

Je serrai les dents.

— Tout ce que je sais, Sandy, c'est que mon costume est dans le hall, sale et mouillé.

— Ah ! Eh bien...

Il y eut un silence, puis le rideau de la douche s'écarta et Sandy vint se poster derrière moi, m'enfermant dans son aura de savon parfumé.

— C'est arrivé vendredi soir, reprit-elle, quand le type est venu voir pourquoi tu n'étais pas allé travailler.

— Quel type ?

— Comment veux-tu que je sache qui c'était ?

— Pour l'amour du ciel ! Comment était-il ?

— Un petit mec aux yeux de crapaud. Il n'arrêtait pas de sucer des bonbons.

— Des bonbons...

J'eus la gorge sèche, tout à coup, et une sensation de chaleur picotante envahit mon corps. Mon patron était Harvey Reed, le directeur des ventes. Il avait des yeux globuleux qui lui donnaient l'air perpétuellement incrédule, et il suçait en permanence des bonbons à la menthe pour compenser les cigarettes qu'il avait cessé de fumer.

— Je vous écoute, dis-je à Sandy.

— Ben, il n'est pas resté longtemps. Il semblait en avoir ras le bol... Il n'a même pas goûté le cocktail que je lui avais préparé.

Je pivotai brusquement vers elle.

— Pourquoi diable vous êtes-vous montrée ?

Elle s'immobilisa, la main levée pour s'essuyer l'oreille gauche.

— Ben... je voulais seulement rendre service. Tu m'as dit que c'était ton patron, alors j'ai essayé d'être gentille avec lui...

— Oh, miséricorde !

Je me retournai pour me cramponner au lavabo. Harvey ne plaisantait pas avec le respect de l'unité familiale : « *Un homme qui n'est pas capable de tenir son foyer n'est pas digne de négocier avec les clients.* » Je me souvenais de l'avoir entendu prononcer cette phrase, l'air d'un écureuil surpris, son éternel bonbon à la menthe coincé dans la joue.

— Bon. Il vous a donc vue, Sandy. Mais qu'est-ce que la pluie vient faire dans l'histoire ?

— Je... Tu veux vraiment le savoir ?

A voix basse, en observant dans la glace le mouvement de mes lèvres, je répondis :

— Sandy, pour la dernière fois, je ne vous poserais pas la question si je ne voulais pas le savoir.

— D'accord, d'accord. Dis donc, vivement que tu recommences à te saouler ! Tu es beaucoup plus marrant quand tu es ivre. — Elle soupira. — Enfin... Donc, quand le type est parti, tu l'as suivi dehors en lui disant qu'il ne pouvait pas te virer parce que c'était toi qui démissionnais. Tu lui as dit qu'on t'avait proposé un job bien plus intéressant à la *United Oil*. Quand il a démarré, tu étais sur la pelouse à hurler...

— A *hurler ?*

— Ouais, tu l'as abreuvé d'injures, mais je n'ai pas très bien entendu parce que j'étais dans la maison. Là-dessus, il s'est mis à pleuvoir et tu t'es mis à quatre pattes pour creuser le sol avec tes doigts. Je suis sortie te demander ce que tu avais perdu et tu m'as répondu que tu étais sur le point de tomber dans le néant. Tu voulais que je t'aide à te cramponner à la Terre...

Elle gloussa, puis s'interrompit net :

— Excuse-moi, mais ton comportement était plutôt... bizarre.

Je secouai la tête pour m'éclaircir les idées. De

sombres lambeaux de souvenirs tourbillonnaient dans mon esprit comme des nuées d'orage. Je me rappelai avoir eu l'impression que le globe terrestre s'écartait brusquement du soleil, me faisant basculer dans les ténèbres. J'avais eu peur de perdre pied et d'être éjecté dans l'espace infini et froid, sans Marian pour me retenir..

— Tu avais un bon emploi? demanda Sandy. Je le suppose, oui, mais comme tu as parlé d'un contrat avec l'autre société...

— Je l'ai inventé de toutes pièces, Sandy. A présent, laissons tomber le sujet.

Sa voix pleine de sollicitude me rendait malade. Je ne voulais pas de manifestations de sympathie ; c'était pour cela que je ne pouvais pas retourner au bureau. Je leur enverrais ma démission par la poste ; libre à eux de croire à cette histoire de contrat à l'*United Oil*. D'ailleurs, peut-être parviendrais-je à me faire embaucher là-bas, avec une bonne recommandation... Ben voyons ! Harvey se ferait un plaisir de me recommander : « *Un type bien, Maxwell... A part son penchant pour l'alcool. Remarquez, on ne peut pas le lui reprocher, quand on connaît sa situation matrimoniale.* » Merde, merde et merde ! A partir de maintenant, on allait me fuir comme la peste.

Le bourdonnement d'un rasoir électrique me scia les nerfs. J'imaginai Marian en train de raser ses jambes joliment galbées. Elle n'aimait pas que je la regarde faire ; elle se sentait vulgaire et inconvenante quand elle accomplissait cet acte typiquement masculin.

En me tournant, je vis Sandy, une jambe appuyée sur le rebord de la baignoire, qui promenait sur son gros mollet un minirasoir électrique. Pendant quelques instants, je regardai l'appareil arracher les poils duveteux ; puis, brusquement, je m'avisai que c'était le rasoir de Marian. D'un coup sec, je tirai sur le fil. Le bourdonnement se tut.

Sandy me regarda, bouche bée.

— Qu'est-ce que tu fiches ?

— Où avez-vous pris ce rasoir ?

— Mais... tu me l'as donné hier soir.

Hier soir... J'aurais pourtant juré que Marian l'avait emporté. Apparemment, je m'étais trompé.

— Rendez-le-moi, dis-je en tendant la main.

Elle s'exécuta, les yeux fixés sur mon visage. J'enroulai le fil autour de l'appareil et le rangeai dans l'armoire à pharmacie ; il me faudrait attendre, pour le nettoyer, que mon estomac aille mieux. L'air de la salle de bains était saturé de cette écœurante odeur de savon.

— Avez-vous apporté des bagages ? demandai-je à Sandy.

— Une valise, comme tu me l'avais dit.

— Bon. Je vais vous aider à ranger vos affaires.

Abasourdie, elle battit des paupières.

— Mais, mon chou...

— Commencez par nettoyer ici. Ensuite, habillez-vous. (Je me dirigeai vers la porte.) Et cessez de m'appeler « mon chou ».

Je sortis dans le hall et pris une profonde inspiration. Cela ne me soulagea pas beaucoup. J'étais malade à la pensée d'avoir, vendredi soir, réduit à néant dix années de dur labeur.

Je pris sous le bras la piteuse valise en carton de Sandy et parcourus la maison en recueillant à mesure les affaires de la fille. On se serait cru sur une piste d'atterrissage burlesque. Je trouvai des souliers dans le living-room, un négligé dans le salon, des sous-vêtements dans le bar du sous-sol. C'étaient des frusques noires et dégueulasses qui me collaient aux doigts.

J'avais presque fini de ratisser la maison quand j'entendis un chien aboyer à l'arrière. Nous n'avions pas de chien ; Marian ne les aimait pas. Je sortis sur le seuil et trouvai le dalmatien de notre voisin allongé sur la terre noirâtre, à la limite du patio inachevé. Babines retroussées, il grondait pour tenir à distance un beagle que je n'avais jamais vu.

Je poussai un rugissement qui les fit détaler. Puis je me demandai pourquoi diable je prenais cette peine. Le patio était une idée de Marian, une autre page arrachée à son livre de projets. Elle avait commencé à le faire

56

construire durant ma dernière tournée de deux mois dans les départements des ventes. La nuit de mon retour, je l'avais trouvée avec l'entrepreneur chargé du travail. Et, à ce moment-là, il ne construisait pas le patio.

Je rentrai dans la maison en claquant la porte. Il incomberait au prochain propriétaire de terminer le patio. A lui les charges de la maison et son hypothèque de vingt-cinq ans. Moi, sans travail, je ne pourrais pas honorer les versements.

Il me faudrait habiter une maison plus modeste, dans un quartier différent. Il me faudrait repartir de zéro dans un nouvel emploi ; peut-être même serais-je contraint de me remettre au porte-à-porte. *Merde!* Marian me manquait. J'avais besoin de sa façon calme et réaliste d'appréhender les problèmes. Sans elle, je me faisais l'effet d'un mille-pattes que chacune de ses pattes entraînait dans une direction différente.

Avant tout autre chose, je devais me débarrasser de Sandy. En montant à l'étage, je constatai qu'elle avait laissé sur le parquet du hall des empreintes de pieds humides conduisant à la chambre. Elle n'avait pas nettoyé la salle de bains. Dans la chambre, je trouvai le placard de Marian ouvert, les vêtements en désordre. Je sentis la colère croître en moi.

Sandy buvait du café à la cuisine. Elle portait la chemise de nuit bleue que j'avais offerte à Marian à l'occasion de notre dernier anniversaire de mariage. Ce fut pour moi une cruelle déception de constater que Marian ne l'avait pas emportée ; mais ma déception se mua bien vite en colère.

— Debout ! ordonnai-je à Sandy.

Elle se leva lentement, l'air ahuri.

— Enlevez-moi cette chemise de nuit.

Le désarroi crispa son visage.

— Mais c'est *toi* qui m'as dit hier de la mettre !

En deux enjambées rapides, je la rejoignis et l'agrippai par le bras.

— Enlevez-la avec précaution, je ne veux pas qu'elle s'abîme.

Je resserrai progressivement mon étreinte jusqu'à ce qu'elle se décide à bouger.

— C'est ça… L'autre bras, maintenant… doucement.

Après avoir retiré la chemise, elle se laissa retomber sur sa chaise en se frottant le bras.

— Tu as de la force dans les mains, tu sais ? Tu devrais voir les autres marques que tu m'as faites.

Sa lèvre inférieure trembla.

— Remarque, je ne t'en veux pas. Tu sais pourquoi ? Parce que tu m'as traitée comme une épouse, et ça m'a plu. Mais voilà que tu changes, tout d'un coup…

Ses yeux brillèrent et des boursouflures enlaidirent son visage. Une larme roula sur sa joue. Ça me donna la chair de poule ; je ne voulais pas de ses larmes.

— Le taxi n'est pas encore arrivé ?

— Si, bien sûr, répondit-elle avec un rictus. Il est sous la table.

— S'il n'arrive pas, vous rentrerez à pied. En attendant, habillez-vous. Je veux que vous soyez partie quand ma femme reviendra.

— Ta *femme* ? Mais tu…

Elle ferma les yeux un bref instant.

— Tu l'as chassée parce que tu l'avais surprise avec un autre homme !

— Je ne l'ai pas vraiment *surprise*…

— D'après ce que tu m'as dit, elle n'a pas nié.

Je n'avais pas envie de discuter, mais le besoin de me justifier l'emporta.

— Sandy, je me suis absenté pendant deux mois. Et durant cette période, je n'ai pas été non plus un mari modèle. De toute façon, peu m'importe ce qu'elle a fait. Je veux qu'elle revienne.

— Et ta promesse ?

— Quelle promesse ?

Elle se leva, et sa bouche molle parut soudain s'affermir.

— Nous devions aller au Mexique. Tu devais vendre la maison, retirer ton argent de la banque, liquider tes valeurs…

— Oh, la barbe ! Je suis au chômage, vous pouvez

comprendre ça ? La maison est hypothéquée, je n'ai pas fini de payer la voiture, j'ai emprunté sur mes valeurs. Si vous cherchez à m'escroquer, Sandy, vous perdez votre temps. Je suis pratiquement sur la paille.

Elle leva le menton d'un air indigné.

— Je n'essaie pas de t'escroquer !

— Dans ce cas, pourquoi ne partez-vous pas ?

— Parce que... Tu m'as dit que tu détestais ta femme parce que c'était une machine froide et efficace. Moi, tu m'aimais bien parce que j'étais chaleureuse, passionnée et... et... souillon.

Brusquement, j'en eus assez de cette conversation.

— Ecoutez, je ne sais pas ce qui s'est passé pendant ces cinq jours mais, en tout cas, c'est fini. Je suis un autre homme. J'ai changé du tout au tout. Ce que je détestais avant, je l'aime maintenant. Et ce que j'aimais bien avant, à présent je le déteste. Vous comprenez ?

— Tu me détestes ?

— Ce n'est pas votre faute, Sandy. Personne n'y peut rien.

— Trop aimable !

Elle se dirigea vers la porte. Sur le seuil, elle s'arrêta et se tourna vers moi :

— Tu aurais dû rester saoul, mon chou.

Elle sortit et monta les marches, empoignant sa valise au passage. Je la regardai disparaître dans la chambre. Je me sentis soulagé, comme si je venais enfin de me débarrasser d'un fox-terrier cramponné à ma jambe.

Elle n'était pas encore redescendue lorsque le taxi arriva. Je dis au chauffeur d'attendre, puis je fis les cent pas dans le long living-room, impatient d'agir maintenant que j'avais décidé de reprendre Marian à la maison. Elle me serait reconnaissante, même si elle ne le manifestait pas. Elle se montrerait désireuse de me plaire, et je me laisserais faire. Je lui demanderais de me préparer des gâteaux au chocolat et de m'apporter mon café au lit. Je flemmarderais pendant un jour ou deux, bien au chaud sous les couvertures. Nous papoterions gentiment et nous ferions l'amour à n'importe quelle heure du jour. Bien qu'elle estimât quelque peu pervers de faire l'amour dans la journée, elle ne me refuserait pas ce plaisir. Plus tard, je lui parlerais de la perte de mon emploi et nous déciderions ensemble des mesures à prendre...

J'en étais à ce stade de mes réflexions lorsque Sandy redescendit, moulée dans une robe pailletée noire qui devait être sa tenue de travail. La robe ne cachait à peu près rien, mais je m'en moquais. J'éprouvais de la reconnaissance à l'égard de Sandy, comme on peut en éprouver à l'égard d'un raseur qui prend congé après une soirée interminable et éprouvante. Je lui mis un billet de vingt dollars dans la main.

— Pour le taxi, Sandy.

Elle considéra le billet d'un air maussade, le fourra dans son sac et sortit en se déhanchant. Je me précipitai alors vers le téléphone pour appeler le *Regent Hotel*.

— Passez-moi Mme Maxwell, dis-je à la standardiste.

— Un instant, monsieur.

J'attendis en pianotant sur le guéridon. Je me représentai mentalement Marian assise dans sa chambre, ses petites mains blanches posées sur ses genoux, les paumes en l'air. Son nez était légèrement rougi à l'extrémité, là où il commençait à se retrousser. Elle avait pleuré... ou allait pleurer. Au bout d'un moment, elle se levait, prenait son sac et se dirigeait vers la porte. Elle s'arrêtait au passage devant la glace : une femme petite, avec juste ce qu'il fallait de chair et d'os. Dans ses cheveux auburn ramenés en arrière sur les tempes, les marques du peigne étaient aussi droites que les sillons d'un champ labouré. Sur le sommet de sa tête, les bouclettes soigneusement laquées évoquaient un dessin stylisé chinois représentant la mer. Elle levait la main pour rectifier une imperfection visible d'elle seule. Soudain, le téléphone sonnait...

La voix de la standardiste me perça le tympan :

— Je regrette, monsieur, mais Mme Maxwell a quitté l'hôtel hier.

Mon estomac se noua et une goutte de sueur dégoulina lentement le long de ma colonne vertébrale.

— A-t-elle... laissé une adresse ?

— Non, monsieur. Je regrette.

Je raccrochai, un goût amer dans la bouche. J'étais incapable de réfléchir. Mon cerveau était comme un appareil électrique frappé par la foudre : il semblait dégager de la fumée et émettre un bourdonnement sourd, mais il ne fonctionnait plus.

Entendant un bruit derrière moi, je me retournai. Sandy se tenait sur le seuil.

— Je savais qu'elle ne serait pas là, dit-elle. Hier soir, elle est venue ici.

Je la regardai, muet de stupéfaction.

— Tu... tu l'as de nouveau chassée, dit Sandy.

La gorge sèche, j'imaginais Marian venant à moi dans l'espoir d'être pardonnée et me trouvant dans un état d'ébriété proche de la démence, dans une maison dévastée par une orgie de quatre jours.

— Que... qu'est-ce que je lui ai dit ?

— Ça, j'en sais rien. Quand elle est arrivée, tu m'as poussée dans la salle de bains. Tu n'es revenu qu'au bout d'un long moment, en disant qu'elle ne nous embêterait plus.

J'avais le visage crispé, comme si on m'étirait la peau sur les côtés, réduisant mes yeux à de simples fentes et retroussant mes lèvres sur mes dents. D'une voix brouillée, indistincte, je murmurai :

— C'est à ce moment-là que je vous ai donné le rasoir et la chemise de nuit ?

— Oui.

Ses yeux s'arrondirent peu à peu.

— Tu m'as l'air d'avoir besoin d'un verre, mon chou.

— Bon Dieu... Oh, bon Dieu...

Je fermai les yeux et pressai mon front contre le bois frais du guéridon. La mémoire me revint d'un seul coup, telle la lumière inondant une ville après une panne de courant. C'était une clarté vive, aveuglante, insupportable...

La dispute avait duré longtemps. Nous étions passés de pièce en pièce et nous étions maintenant dans le patio, face à face. J'avais la voix enrouée, la respiration saccadée. Marian était là, rigide, sobre et ferme comme un roc. Elle avait vu la maison, elle avait senti la présence de l'autre femme ; à présent, elle partait. « Cette fois, Greg, je ne reviendrai pas. » Je l'abreuvai d'injures. Elle me considéra d'un air narquois, imperturbable, qui ne fit qu'accroître ma fureur jusqu'au moment où la haine m'aveugla. D'un coup de poing, je l'envoyai à terre. Je descellai l'une des pierres du patio, la brandis au-dessus de ma tête et l'abattis de toutes mes forces. Ensuite, je continuai à desceller d'autres pierres, en riant de voir comme mes mains tremblaient.

La voix de Sandy me parvint d'une terre lointaine, paisible, et la douceur de sa voix me glaça le sang.

— Saoulons-nous, mon chou. Ne t'en fais pas pour elle. Je resterai toujours avec toi. Toujours.

Dehors, dans le patio, les chiens recommençaient à se quereller. Cette fois, je sus quelle proie ils se disputaient.

Hangover.
Traduction de Gérard de Chergé.

Terreur

par

ELLERY QUEEN

Au volant de sa vieille Buick déglinguée, Susan
Marsh, la jeune bibliothécaire aux cheveux roux de la
« Flora G. Sloan Library », fleuron culturel de Northfield, contourna la borne à feu clignotant du centre-ville
et entreprit de gravir Hill Street pour gagner tout au
sommet de l'hôtel de ville en brique rouge, et ce, en dépit
de la fumée qui la faisait tousser en filtrant à travers les
jointures du plancher. Susan supportait vaillamment
cette épreuve et ne s'en alarmait point. Elle avait en
effet constaté que cette conduite intérieure datant de
1940 ne dégageait de la fumée qu'en montant des pentes
raides ; or, sur son itinéraire habituel, entre la ville et
son petit cottage de « Burry's Hollow », à quelque cinq
kilomètres de Northfield, la route était à peu près aussi
plane qu'un sol d'étable ou de grange.

Cette vénérable et plutôt cacochyme Buick, Susan ne
la possédait que depuis fort peu de temps ; elle se l'était
vue offrir en octobre par Miss Flora Floan, autocrate
indiscutable et indiscuté de Northfield, qui, au dire de
certains, descendait en ligne directe d'Ebenezer
Scrooge !

— Oh, mais enfin, pourquoi moi, Miss Flora ? s'était
exclamée Susan, secouant une tête incrédule et faisant
ainsi virevolter sa queue-de-cheval.

— Parce que ce sale filou de Will Pease ne m'en a
proposé que trente-cinq dollars ; une misère, avait

reparti, acerbe, Miss Flora. Je préfère de beaucoup que vous l'ayez pour rien.

— Vraiment, je ne sais que dire, Miss Flora. C'est une belle voiture.

— Allez, allez, pensez-vous ! avait tranché la vieille dame. Elle a besoin d'un sacré rafistolage, oui ; les pneus sont usés, un phare est cassé, la peinture a la lèpre et elle est défoncée sur le côté gauche. Mais le peu de temps que je l'ai eue, elle m'a emmenée là où je voulais ; alors, elle en fera autant pour vous, Susan. Ça vaudra mieux que de pédaler tous les jours pendant une dizaine de kilomètres, pour effectuer l'aller et retour de chez vous à la bibliothèque, comme vous avez été obligée de le faire depuis que votre père nous a quittés.

Et Miss Flora avait pour conclure ajouté un peu de piment :

— Et puis de mon temps, quand j'avais vingt-deux ans, les filles portaient à bicyclette des culottes bouffantes, tandis que maintenant...

Ce que Miss Flora avait omis de signaler, c'est qu'en plus, le chauffage ne marchait pas ; novembre avançant et l'hiver n'étant pas loin, un choix cornélien se profilait : ouvrir un tant soit peu les vitres et geler, ou bien les fermer et manquer périr d'asphyxie. Mais pour l'heure, remontant Hill Street cahin-caha dans une brume odorante et bleutée, Susan était tout entière accaparée par un problème bien plus préoccupant. Tom Cooley avait disparu.

Tommy était le fils d'un fermier-maraîcher de la Vallée ; un grand gaillard aux cheveux blond filasse et aux mains rougeaudes, lent dans ses mouvements et sa démarche comme John Cooley, aux yeux mélancoliques comme ceux de sa mère Sarah, morte l'hiver dernier d'une pneumonie. Tommy avait une véritable fringale de lecture, phénomène peu fréquent à Northfield, et Susan échafaudait des rêves pour son avenir.

— Il n'y a absolument aucune raison pour que vous ne poursuiviez pas vos études dans un collège universitaire, lui avait-elle dit. Vous êtes un des rares garçons, dans cette ville, qui mérite vraiment d'avoir sa chance.

— Même si P'pa pouvait se le permettre, je ne peux pas le laisser tout seul.

— Mais tôt ou tard, il faudra bien que vous le quittiez, de toute façon. Dans un an ou deux, vous irez à l'armée.

— Je ne sais pas ce que P'pa fera. (Sur quoi, il avait discrètement laissé tomber le sujet pour parler bouquins.)

Il y avait un fond de tristesse chez Tommy Cooley, un manque de joie qui n'était pas de son âge et qui poussait Susan à le prendre affectueusement sous son aile, bien qu'il la surplombât d'une bonne tête. Elle était très attachée à ses visites, se réjouissant à l'avance de leurs petits échanges de vue sur Hemingway, Thomas Wolfe et autres. Les travaux des champs retenaient Tommy à la ferme ; mais le premier lundi de chaque mois, qu'il pleuve, qu'il neige, ou que brille un beau soleil de Nouvelle-Angleterre, il se présentait devant le bureau de Susan pour restituer la brassée de livres qu'elle lui avait recommandés, et s'en retournait tout content avec une nouvelle fournée.

Or, le premier lundi de novembre, Tommy ne s'était pas montré. A la fin de la semaine, ne l'ayant toujours pas vu apparaître et persuadée que quelque chose de grave avait dû l'en empêcher, Susan se rendit en voiture à la ferme des Cooley le vendredi soir. Elle trouva la vétuste demeure fermée ; potirons et pommes de terre n'étaient pas récoltés ; et aucune trace de Tommy. Ni de son père.

Et voilà pourquoi, ce samedi après-midi, après avoir fermé la bibliothèque de bonne heure, elle se trouvait escalader Hill Street pour aller voir le shérif adjoint Linc Pearce et accomplir une peu plaisante démarche.

En tant qu'officier de police, Linc Pearce représentait le comté, mais il était aussi le seul à pouvoir faire face au problème posé, car la police municipale de Northfield s'incarnait en la personne de Rollie Fawcett. L'activité policière du vieux Rollie se limitait depuis des lustres à écumer Hill Street et Main Street en vue de dresser, pour excès de stationnement, un maximum de contra-

65

ventions d'un dollar, et de justifier ainsi son salaire. A Northfield, il n'y avait pratiquement personne à qui s'adresser, à part Linc Pearce.

Perspective qui n'enchantait pas non plus Susan.

L'ennuyeux, c'était qu'aux yeux de Linc Pearce elle était encore le Peter Pan femelle qui se chargeait de réparer les dégâts infligés à son arrière-train par une décharge de sel gemme, quand le vieux M. Burry venait à les surprendre en train de chiper ses pommes. Malgré l'allongement des jupes de Susan et l'indispensable port d'un soutien-gorge, Linc n'avait pas modifié son attitude d'un iota. Ce n'était pas qu'il fût insensible aux charmes féminins : la façon dont il s'était comporté avec la plantureuse Marie Fullerton, par exemple, juste avant son départ pour l'armée, prouvait amplement le contraire. Linc revint dans ses foyers plus assagi, apparemment devenu sérieux. Nommé adjoint du shérif Howland dans le district de Northfield, il se révéla tout à fait à la hauteur de sa tâche. Mais il traitait toujours Susan comme s'ils avaient encore coutume de nager nus côte à côte dans le tumultueux petit cours d'eau de Burry.

Elle gara sa guimbarde dans l'espace réservé aux voitures « officielles » et entra dans l'hôtel de ville d'un pas décidé, mâchoires serrées, son petit menton pointé en avant, prête à l'affrontement.

Linc lui décocha une flèche d'emblée.

— Ma parole, mais c'est l'Espiègle Susie, gloussa-t-il, déployant son mètre quatre-vingt-dix en se levant de derrière un bureau encombré de paperasses. Tu les laisses à la maison, tes hublots ?

— Comment ça, mes hublots ? (Susan pouvait voir s'agiter les moustaches d'un écureuil à deux cents mètres.)

— La dernière fois que je t'ai croisée dans la rue, tu ne m'as pas vu, comme si je n'étais pas là.

— Oh si, je t'ai vu, fit Susan, pincée, commençant à se rétracter comme un serpent courroucé. Ecoute, Linc Pearce, si tu te remets à m'asticoter...

— Voyons, Susie, dit Linc. Moi qui m'apprêtais à t'offrir un fauteuil.

66

— Ça, par exemple ! lâcha Susie, un peu prise au dépourvu. Aurais-tu appris les bonnes manières ?

— Mais oui, madame, déclara Linc, respectueux en diable, et l'enlaçant d'un preste mouvement de son long bras il l'arracha au plancher pour la déposer négligemment dans le fauteuil.

— Un de ces jours... bredouilla Susan, suffoquant presque.

— Allons, allons, fit Linc, apaisant soudain toute gentillesse. Qu'est-ce qui te tracasse ?

— Tom Cooley !

— Ton petit protégé ? (Il eut un sourire en coin.) Qu'est-ce qu'il a donc fait, notre jeune laboureur ? Chapardé un bouquin de la bibliothèque ?

— Il a disparu, jappa Susan, et elle dévida toute l'histoire : l'insolite absence de Tommy à la bibliothèque et sa propre visite à la ferme.

Linc prit bien entendu un air de condescendante compréhension.

— Pour ce qui est de John, il n'y a pas de mystère. Ça fait plus d'un mois qu'il est parti. Il cherche à acheter une autre ferme, aussi éloignée de Northfield que possible. Il s'est mal remis de la mort de Sarah l'hiver dernier. Il est toujours très atteint. Mais Tommy est censé s'occuper de tout en son absence.

— Eh bien, il n'est pas là...

— S'est probablement offert une petite fugue.

— En laissant un tracteur de quatre mille dollars rouiller sur un terrain à moitié labouré ?

La queue-de-cheval de Susan se mit à s'agiter dans tous les sens comme un drapeau rouge claquant au vent.

— Tommy est trop attaché à la terre et à son boulot pour faire une chose pareille, Linc.

— Il a dix-sept ans, non ?

— Je connais Tommy Cooley, je te dis, et toi pas !

Le shérif adjoint la fixa un instant, songeur, puis tendit le bras, saisit son chapeau et décrocha sa veste doublée de mouton.

— Je suppose que je ne finirai jamais d'en entendre parler si je ne vais pas sur les lieux jeter un coup d'œil.

Une fois dehors, sur l'aire de stationnement, il fit lentement le tour de la récente acquisition de Susan.

— Je vois, j'ai trouvé, dit-il, pince-sans-rire. C'est dans cette bagnole que John Wilkes Booth (1) s'est échappé. Où l'as-tu dénichée ?

— Miss Flora Sloan m'en a fait *don,* il y a trois semaines, quand elle a gagné ce coupé Chevrolet à la tombola de la vente de charité.

Linc émit un léger sifflement, puis se plia en deux pour se glisser à l'intérieur.

— C'est sans danger ? Je me demande. Les risques qu'il faut prendre dans ce métier !

Il poursuivit son petit persiflage tout au long du parcours. Susan conduisait sans mot dire, tendue et renfrognée.

Mais dès qu'ils eurent pénétré dans la cour des Cooley, l'attitude de Linc changea du tout au tout et il dit d'un ton grave :

— John est rentré. Sa jeep est là.

Ils trouvèrent John Cooley dans son living, tassé dans un fauteuil, ses énormes épaules affaissées, voûtées, la tête inclinée vers la Bible de famille posée sur ses genoux massifs, mais les yeux fixés dans le vague.

— Salut, John, dit Linc sur le seuil.

Le fermier releva la tête. Ses yeux, d'un gris délavé, avaient une expression égarée.

— Mon garçon est parti, Linc.

La voix, caverneuse, comme expulsée de la poitrine, trahissait un désarroi profond.

— Viens de l'apprendre, John.

— Pas là depuis des semaines, on dirait. (Il plissa les yeux, comme pour percer la pénombre de la pièce.) Qu'est-ce qu'il fabrique, Sue Marsh ?

— Je l'ignore, monsieur Cooley. (Susan s'efforçait d'avoir un ton neutre.) J'espérais que vous le saviez.

Le fermier se leva et lança des regards incertains à la ronde comme s'il cherchait un endroit où poser sa Bible.

(1) L'assassin du président Lincoln. (N.d.T)

Il était presque aussi grand que Linc et moitié plus large ; un chêne humain frappé par la foudre.

— Quand avez-vous vu Tom en dernier, John ?

— Le deux octobre, quand je suis parti à la recherche d'une nouvelle terre à exploiter. (John Cooley déglutit péniblement.) En ai trouvé une d'ailleurs, dans l'Etat de New York. Pensais fournir à Tommy l'occasion d'un nouveau départ et que le sort nous serait peut-être plus favorable. Mais à présent, faudra que je renonce.

— Ne vous démoralisez pas, John, dit Linc, avec une intonation chaleureuse, presque gaie. Il ne vous a pas laissé un mot, votre garçon ?

— Non.

La respiration du fermier se fit sifflante. Il posa la Bible sur le fauteuil, comme si son poids devenait soudain excessif.

— On le trouvera. Sue, la dernière fois que tu as vu Tom, c'était le premier lundi d'octobre ?

Susan inclina la tête.

— Le trois octobre, je crois, le lendemain du jour où M. Cooley nous a dit être parti. Tommy est venu à la bibliothèque rendre quelques livres et en prendre d'autres. Dans le camion de la ferme, je me rappelle.

— Toujours là, le camion, John ?

— Ouais.

— Des affaires de Tom qui manquent ?

— Sa vingt-deux.

Linc parut soulagé.

— Et voilà, c'est ça. Il est parti chasser dans les collines. On va bientôt le voir se ramener avec un superbe chevreuil et tout un tas de bonnes explications. Il ne faut pas s'alarmer, je pense.

— Eh bien, moi, je pense que si ! dit vivement Susan.

Elle était furieuse contre Linc.

— Tommy ne se serait jamais lancé dans une longue randonnée sans me rapporter d'abord les livres de la bibliothèque.

— Typique échantillon de logique féminine, gouilla Linc.

Mais, là-dessus, il s'approcha de Cooley et, avec délicatesse, lui posa une main amicale sur l'épaule.

— John, vous voulez que j'organise des recherches ?

L'épaule frémit. Le vieil homme n'eut pas d'autre réaction, lâchant seulement : « Ouais. »

Avant que la journée s'achève, Linc avait déjà mis sur pied trois équipes de recherches et alerté la police d'Etat. Le dimanche matin, une équipe, sous la conduite du vieux Sanford Brown, doyen du conseil municipal de Northfield, partit vers l'ouest avec pour consigne de s'arrêter dans chaque ferme et chaque station-service. La deuxième, commandée par Rollie Fawcett, alla faire de même à l'est. Linc prit la troisième sous sa direction, en y adjoignant Frenchy Lafont et ses deux limiers. Frenchy était propriétaire du café-restaurant de Northfield situé dans Hill Street face à l'hôtel de ville. C'était aussi le meilleur traqueur de gibier de la région.

— Ne vous en faites donc pas, John, dit Lafont à John Cooley avant le départ. Moi et mes chiens, on le trouvera, votre garçon. Pourquoi voulez-vous venir aussi ? C'est pas la peine.

Mais le fermier fit la sourde oreille et finit de garnir son havresac.

Linc et ses hommes gagnèrent la région nord, très boisée, s'enfoncèrent dans la forêt, et restèrent deux semaines absents. Ils revinrent barbus, les joues creuses, et silencieux. John Cooley et Frenchy Lafont, ainsi que ses deux limiers, n'étaient pas du nombre. Ils réapparurent dix jours plus tard, quand la première chute de neige rendit inutile la poursuite des recherches. Même les chiens paraissaient accablés, comme vaincus.

Entre-temps, Linc avait expédié à la police des Etats voisins des feuilles imprimées, tirées par la presse du service commercial du Northfield *Times*, portant un signalement détaillé de Tommy Cooley et reproduisant sa plus récente photo, elle-même prélevée dans l'annuaire du lycée dont il avait été l'élève. Les journaux ainsi que les stations de radio et de télévision apportèrent leur concours. Linc adressa une requête officielle à

Washington ; les listes d'engagement dans l'armée, la marine, le corps des Marines et l'aviation, furent passées au peigne fin. Dans tout le pays, les secrétaires généraux des collèges universitaires reçurent des circulaires. Le FBI fut contacté.

Résultat : aucune trace de Tommy Cooley — ni de sa carabine de chasse.

Linc et Susan ne manquèrent pas de se quereller.

— C'est un de ces trucs impossibles où la fatalité intervient, je te dis. (Le sillon entre les yeux de Linc se creusait en ces jours d'épreuve.) On n'a même pas pu déterminer le moment approximatif de sa disparition. Ça peut être n'importe quand entre le trois octobre et le début novembre. Personne ne l'a vu partir, et apparemment personne ne l'a vu depuis.

— Mais un grand gaillard comme ça ne s'évanouit pas en fumée, protesta Susan. Il est nécessairement *quelque part,* Linc. Il ne s'est pas tout bonnement enfui de chez lui, sûrement pas. Tommy est sérieux, ce n'est pas un irresponsable, et si tu étais seulement le quart du brillant second du shérif que tu prétends être, tu découvrirais ce qui lui est arrivé.

Ceci n'était guère équitable, et Susan le savait. Il y eut un instant électrique où elle crut que Linc allait exploser et lui en dire de toutes les couleurs. Mais, comme d'habitude, il laissa tomber, se contentant de suggérer :

— Une proposition : tu prends mon insigne et, moi, je distribue les bouquins à la bibliothèque ; qu'en dis-tu, bout de chou ?

— Tu crois que tu arriverais à repérer le livre qu'il faut dans le rayon qu'il faut ?

Et Susan sortit, raide et digne, mais en claquant la porte. Sur quoi, Linc se leva nonchalamment et alla infliger un petit coup de pied négligent à ladite porte.

Un jour, à la mi-décembre, Susan décida de se rendre à la ferme Colley. Les rumeurs qui circulaient au sujet de John Colley étaient plutôt alarmantes. On prétendait qu'il laissait la ferme aller à vau-l'eau, qu'il se parlait à lui-même, marmonnant des choses incohérentes, tout en demeurant en permanence plongé dans sa Bible.

Sur place, elle estima que ces rumeurs étaient exagérées. Certes, la poussière s'accumulait dans la maison, plats et assiettes sales s'empilaient dans la cuisine, mais le terrain alentour semblait en bon état, compte tenu de la saison, et le fermier, en s'exprimant, paraissait assez lucide. Son aspect, cependant, frappa Susan ; sa peau rugueuse et colorée était devenue grisâtre, flasque ; des mèches blanches parsemaient ses cheveux ; et sa grande carcasse flottait dans ses vêtements de travail.

— Je vous ai apporté une tarte aux myrtilles que j'avais dans mon congélateur, lui dit-elle, chaleureuse et faussement allègre. Tommy, je m'en souviens, m'a dit que vous aviez un faible pour les myrtilles.

— Ouais. (Cooley baissa les yeux sur la tarte déposée sur ses genoux, mais il n'eut pas l'air de la voir.) Un bon garçon, mon Tom.

Cherchant quelque chose à dire, Susan finalement se lança :

— On ne vous voit plus aux réunions du comité agricole et à l'église, vous nous avez manqué... N'est-ce pas trop dur pour vous de rester tout le temps seul ici, monsieur Cooley ?

— Faut que j'attende mon garçon, déclara John Cooley, posément, mais avec conviction. Le Seigneur ne me l'enlèverait jamais sans m'envoyer un signe. Je n'ai pas reçu de signe, Susan. Il reviendra à la maison.

On trouva Tommy Cooley au printemps.

Les pluies, cette année-là, furent diluviennes. Elles détruisirent les premières cultures, submergèrent étangs et petits cours d'eau, faisant déborder la Northfield River. Des centaines d'hectares de pâturages et de prairies furent inondés ; la route nationale, entre Northfield et la Vallée, sur plusieurs kilomètres, disparut sous les eaux.

Quand celles-ci se retirèrent, elles mirent au jour une sorte de fosse peu profonde, à trois kilomètres à peine de la ferme Cooley, juste en bordure de la route nationale. Dans la fosse gisait le fils de John Cooley. C'est une équipe chargée de réparer la route qui le découvrit.

Susan apprit la tragique nouvelle en fin de journée, au moment où elle fermait la bibliothèque.

Frenchy Lafont, qui fonçait à toute allure dans sa nouvelle Ford décapotable, ralentit quelques secondes au passage, le temps de hurler :

— On a trouvé le corps du fils Cooley, Miss Marsh ! Tout le monde y va !

Susan ne réalisa jamais très bien comment elle avait fait démarrer la cacochyme Buick dans le crépuscule pluvieux ni comment elle avait su où aller. Elle avait dû agir d'instinct, et suivre aveuglément le troupeau des véhicules qui se ruaient hors de la ville sur la route de la vallée, la plupart de ceux-ci allant eux-mêmes tout autant à l'aveuglette que son vieux tacot. Au long de cette équipée, Susan n'eut qu'une image en tête : celle du visage cendreux de John Cooley, au moment où il avait dit que le Seigneur ne lui avait envoyé aucun signe.

Finalement, elle le vit à nouveau, ce visage, et son cœur se serra. Colley était agenouillé dans la fosse, à côté de la route, labourant de ses doigts la gadoue, les yeux à la fois effrayants et vides, tandis qu'autour de lui une masse de gens piétinaient en tous sens, comme une nuée de fourmis affolées, la broussaille imprégnée de boue. Linc et quelques hommes de la police d'État s'appliquaient à contenir et repousser la foule, s'efforçant de ménager au père déchiré un espace de calme où exprimer en paix sa douleur ; mais leurs efforts n'étaient pas tellement nécessaires. Au milieu des épis de blé, dans un de ses champs, le fermier n'eût pas été plus seul, plus isolé, plus retranché du monde. Ses grosses mains, tour à tour, caressaient et fouaillaient la terre gluante de la fosse, comme pour la soumettre, par la douceur et la violence, aux exigences de quelque délire intérieur, lui arracher un secret. A un moment donné, dans sa quête fiévreuse, il déterra un bouton, détaché de la manche du blouson en cuir détérioré de son fils, et Linc s'approcha pour tenter de le lui prendre ; mais la grosse main se transforma en poing, en massue, et Linc s'écarta sans insister. Le vieux colosse fourra le bouton dans la poche de son manteau ; vinrent l'y rejoindre un caillou, un gros éclat de verre, une poignée de racines — cet assemblage hétéroclite et dérisoire représentait en un sens son fils, devait symboliser une sorte d'alliance entre eux, occulte et sacrée...

Un peu plus tard, après que la masse informe recouverte de toile eut été enlevée par le fourgon mortuaire d'Art Ormsby, et une fois que les curieux se furent pour la plupart dispersés, regagnant leurs voitures, Susan put se rapprocher. On avait fait asseoir John Cooley sur une souche, près de la fosse, tandis que des hommes effectuaient une battue dans les broussailles. Susan savait que c'était purement pour le principe : le temps, le reflux des eaux, et les piétinements de la foule, auraient sans nul doute effacé tout indice.

Elle attendit, se tenant un peu à l'écart ; Linc s'entretenait avec un lieutenant de la police d'Etat et le Dr. Buxton, le médecin légiste de Northfield. Elle vit le Dr. Buxton lancer un bref regard vers John Cooley, secouer sa tête grisonnante, puis monter dans sa voiture pour retourner en ville. Elle remarqua alors que le lieutenant tenait à la main, avec précaution, une carabine rouillée, incrustée de boue.

Quand il se fut éloigné avec la carabine, Susan marcha jusqu'à Linc et dit :

— Alors ?

Ils ne s'étaient pratiquement pas parlé de tout l'hiver.

Linc baissa la tête, la lorgna du coin de l'œil, dit « Hello, Sue », puis détourna aussitôt son regard en direction de l'homme immobile, tassé sur la souche, comme si tous les deux, elle et John Cooley, étaient douloureusement reliés l'un à l'autre dans son esprit.

— Cette carabine, demanda Susan. C'est celle de Tommy ?

Linc inclina la tête.

— Jetée dans le trou avec le corps. Elle va être examinée à fond par le laboratoire de la police d'Etat à Gurleytown, mais on ne trouvera rien après tout ce temps

— Combien de temps ?

— Difficile à dire. (Linc serra les lèvres.) A première vue, Doc Buxton estime qu'il est mort depuis cinq ou six mois.

La poitrine de Susan se souleva, et ne se rabaissa pas.

— Linc... c'est un meurtre ?

— Tout l'arrière de la tête est défoncé. S'il y a autre chose, on ne le saura qu'après l'autopsie.

Bouche grande ouverte, Susan avala une âpre goulée de vent. Il lui était impossible d'associer avec Tommy Cooley cette chose aux contours indéfinis enveloppée de toile, ce grand garçon vigoureux, mélancolique et en même temps si ardent ; elle ne parvenait pas à se faire à l'idée qu'il était resté là, à pourrir dans la terre, depuis octobre ou début novembre.

— Mais qui aurait pu vouloir le tuer ? s'exclama Susan. Et pourquoi, Linc ? *Pourquoi ?*

— Ça, c'est ce qu'il va falloir que je découvre.

Elle ne l'avait jamais vu aussi grave, sombre, tendu, la bouche crispée. Une vague de chaleur déferla en elle. Soudain, Susan se sentait toute proche de lui, étroitement solidaire.

— Linc, laisse-moi t'aider, dit-elle, dans un souffle.

— Comment ? fit Linc.

La vague reflua. C'était irrémédiable ; pas moyen de lui parler d'égal à égal, d'être considérée par lui comme une adulte, qu'il s'agisse de Tommy Cooley ou de n'importe quoi d'autre. Susan s'attendait presque à voir Linc lui tapoter l'épaule.

— C'est un boulot d'homme, marmonna Linc. Merci quand même.

— Et c'est toi, cet homme-là, tu crois ? s'entendit crier Susan.

— Peut-être pas. Mais j'essaierai, ça c'est sûr.

Linc lui prit la main, mais Susan la retira aussitôt.

— Allons, Susie, fit-il. Tu es toute retournée, je le sais. Mais laisse-moi m'échiner en paix sur cette affaire. C'est une tâche ingrate, avec une piste qui remonte à cinq ou six mois...

Susan se détourna et partit brusquement, pataugeant dans la gadoue en tremblant de rage.

Au cours des semaines qui suivirent, Susan, tenue au courant des déboires et déconvenues de Linc, ne fut pas loin d'en éprouver de la satisfaction. Son réseau de renseignements était essentiellement constitué par le Dr. Buxton, lecteur assidu des romans policiers de la bibliothèque, la vieille Flora Sloan, et Frenchy Lafont. Miss Flora Sloan, ayant l'œil à tout et ne laissant rien échapper, connaissait pour ainsi dire les événements avant même qu'ils ne se produisent, et Frenchy, grâce à sa position stratégique face à l'hôtel de ville, possédait la clientèle la mieux informée de la ville.

— Linc Pearce se débat en beuglant à la ronde comme un veau en bas âge, laissa un jour tomber Miss Flora à la bibliothèque. Mais il est complètement dépassé, ce garçon. Susan, il y a certaines choses que le Tout-Puissant ne veut apparemment pas que nous sachions. J'imagine que le mystère de la mort de ce pauvre Tommy est du nombre.

— Ça, je ne peux le croire, Miss Flora. Si Linc paraît dépassé, c'est simplement parce que c'est une affaire très difficile.

La vieille dame lui décocha un coup d'œil perçant.

— M'est avis, Susan, que vous portez à cette affaire un intérêt tout particulier ; très personnel, je dirais.

— Mais oui, bien sûr, Tommy...

— Tommy, mon œil ! Avec cette langue que vous n'avez pas dans la poche et vos petites colères de rouquine, vous pouvez peut-être abuser un bonhomme, Susan Marsh, mais pas une vieille femme comme moi. Vous êtes amoureuse de Linc Pearce depuis aussi longtemps que je me souvienne, et ça remonte loin. Qu'attendez-vous pour cesser toutes ces simagrées et l'épouser ?

— L'épouser ! s'esclaffa Susan, avec un rire un peu forcé. Quelle idée, Miss Flora ! Naturellement, Linc ne m'est pas indifférent — on a grandi ensemble. Cette affaire est importante pour lui et...

— Foutaises, lâcha Miss Flora, péremptoire, et elle s'en fut.

A la mi-mai, Susan s'étant arrêtée à son café-restaurant pour déjeuner, Frenchy Lafont lui confia :

— Ce malheureux Linc, il ne se rend pas compte ; il va se couvrir de ridicule. Vous voulez que je vous dise, Miss Marsh ? Il ne s'avoue pas battu mais il l'est, à plate couture ; tout le monde le sait sauf lui.

— Il n'est *pas* battu, Mr. Lafont !

A la vérité, Linc Pearce n'avait pas grand-chose à se mettre sous la dent ; il ne disposait d'aucun élément susceptible de faire avancer l'enquête. Selon le Dr. Buxton, le crâne du garçon avait été défoncé par un coup assené de derrière avec une force considérable. Les épaules et le dos présentaient aussi des meurtrissures ; on lui avait apparemment infligé une sauvage série de coups. Mais l'arme restait introuvable.

Linc s'obstinait à revenir périodiquement sur les lieux de la tragédie, pour fureter dans un vaste cercle autour de la lugubre fosse, inspectant à fond les broussailles et la route, centimètre par centimètre, et ce longtemps après que Tommy Cooley eut été enterré auprès de sa mère dans le vieux cimetière de Northfield. Mais c'était peine perdue. De leur côté, les techniciens de la police d'Etat n'eurent pas plus de succès. Ils ne décelèrent aucun indice dans les vêtements du mort, ni sur sa carabine. Leur seule découverte fut que celle-ci n'avait tiré aucun coup de feu, ce qui semblait impliquer que le garçon avait été tué par surprise ou sans avoir eu la possibilité de se défendre. On avait rendu la carabine de Tommy à son père, ainsi que le contenu sans intérêt de ses poches.

Personne ne se rappelait avoir vu Tommy depuis le trois octobre. De sorte que même la date du meurtre constituait un mystère.

Mais le mystère le plus épais, c'était le mobile. Ce ne pouvait être le vol : le portefeuille de Tommy, contenant la quasi-totalité des cent dollars que lui avait laissés son père, avait été retrouvé intact dans la fosse. Linc entreprit de fouiller dans la vie du garçon aussi bien que dans ses affaires, questionnant à n'en plus finir ses amis ainsi que ses anciens professeurs, allant trouver tous les fermiers et valets de ferme dans un rayon de plusieurs kilomètres autour de la demeure des Cooley. Mais cette mort violente infligée avec sauvagerie demeura inexplicable. Le garçon, semblait-il, n'avait pas d'ennemis ; n'avait causé de tort à personne, n'avait eu aucune liaison, ni avec une jeune fille ni avec une femme.

Linc tenta de sonder le vieux Cooley, se faisant presque implorant :

— En réfléchissant bien, John, vous ne voyez rien qui puisse expliquer pourquoi on a tué Tommy ? Vraiment rien ?

Mais le fermier avait secoué la tête et s'était détourné pour empoigner sa Bible de ses forts doigts noueux. Il ne s'en séparait guère, de sa Bible, à présent ; elle se trouvait presque toujours à portée de sa main. Le printemps venu, il errait parfois sans but sur ses terres, à pas lents et lourds, sans rien planter ni semer, laissant rouiller ses machines et son outillage. Une fois ou deux par semaine, il prenait sa jeep pour aller faire quelques achats au supermarché de Northfield. Mais il ne parlait à personne.

Un soir, à la mi-mai, Susan se délassait, assise sur son perron après le dîner, baignée d'un agréable clair de lune et prêtant l'oreille aux sons plus ou moins harmonieux venant de l'étang, lorsqu'elle fut éblouie par les phares d'une auto surgissant dans sa cour. Une haute silhouette en descendit.

Non, pas possible ! Mais si, pourtant. Linc Pearce venait à Burry's Hollow. La montagne à Mahomet !

— Susie ?

— Ma parole, mais c'est Linc ! s'entendit exclamer Susan, comme en écho à une précédente rencontre, et avec un calme apparent. Mais son cœur battait brusquement à grands coups.

Linc s'arrêta, hésitant, au bas des marches du perron, tripotant machinalement son chapeau.

— Espérant te trouver, j'ai pris le risque. Si tu es occupée...

— Je vais ranger mes poupées, dit Susan.

— Hein, quoi ?

Linc sembla déconcerté et Susan sourit :

— Asseyez-vous, bel inconnu.

Linc s'assit sur la marche du bas, gauchement, l'air embarrassé, face à la lune. Susan nota sur son visage amaigri de légers sillons, qu'elle n'y avait jamais vus.

— Comment ça se passe pour toi ? s'enquit-elle.

— Ça va, fit-il, un peu agacé, et il se retourna. Ecoute voir, Susie, ça ne rime à rien de continuer comme ça, toi et moi. Enfin quoi, tu te conduis tout comme une gamine.

Susan se sentit embrasée depuis la plante des pieds jusqu'à sa flamboyante chevelure.

— *Moi !* Moi, je me conduis comme une gamine ! (Elle criait.) Tu es venu ici pour me dire ça, Linc ? Si c'est...

— Décidément, je ne parviens jamais à te dire les choses qu'il faut ! (Il secoua la tête.) Pourquoi ne peut-on pas être comme avant, Susie ? Enfin, je veux dire, ça me manque, ta drôle de petite frimousse, et cette espèce de gerbe carotte par-dessus. Mais depuis que cette affaire Cooley a commencé...

— Ça date de bien avant ça, coupa Susan. Et j'aime autant qu'on n'en parle pas, *ni* de ma drôle de frimousse, *ni* de la couleur de mes cheveux. Tenons-nous-en à l'affaire Cooley ; quoi de neuf ?

— Susie...

— L'affaire Cooley, répéta Susan. Ou bien je vais me coucher ?

— Sans espoir. Elle ne sera jamais élucidée.

— Parce que tu n'as pas été capable de le faire ?

— Moi ou n'importe qui d'autre. (Linc eut un haussement d'épaules.) C'est un de ces crimes auxquels on ne trouve pas de sens parce qu'ils n'en ont jamais eu. Actuellement, la théorie qui prévaut, c'est que le jeune Cooley a été agressé sur la route par quelque vagabond psychopathe qui l'a enterré à la hâte et s'est enfui de la région.

— En d'autres termes, la théorie qui vous arrange le mieux.

— Ça peut toujours arriver, ce genre de choses, laissa tomber Linc, avec une négligence affectée.

— Ah oui, et si ce n'était pas un vagabond psychopathe ?

— Que veux-tu dire ?

— Je pense que c'est quelqu'un de Northfield.

— Qui ?

— Je ne sais pas.

Linc, par réflexe, se mit à rire.

— Je crois que tu ferais mieux de partir, Linc Pearce, dit Susan, détachant ses mots. Tu ne me plais plus du tout.

— Voyons, Susie…

Le téléphone sonna dans la maison. Trois coups, le signal personnel de Susan : elle alla répondre. Et réapparut pour lancer fraîchement :

— C'est pour toi, Linc. Le barman de chez Frenchy Lafont.

— Bib Hadley ? Pas malin de ma part, j'aurais mieux fait de ne pas dire à Bib que j'allais m'arrêter ici avant de rentrer, grommela-t-il en s'arrachant de la marche et dépliant son grand corps. Un poivrot qui fait des siennes, je suppose… Qu'est-ce qu'il y a, Bib ?

Le voilà qui me mêle à ses propos de comptoir à présent ! ruminait Susan. Elle s'écarta, le dos tourné, raide et ulcérée.

Mais voici que Linc disait : « J'arrive tout de suite, Bib », et raccrochait.

Quelque chose dans l'intonation de Linc la fit se retourner.

— Qu'est-ce qui se passe ? jeta-t-elle aussitôt.

— Un autre meurtre.

Susan frissonna : comme si une main glacée lui étreignait le cœur.

— Qui, Linc ? Où ça ?

— Frenchy Lafont. (La voix de Linc semblait voilée.) Des gosses en vadrouille ont trouvé son corps en bordure de la route de la Vallée. Tout l'arrière du crâne défoncé.

— Comme Tommy Cooley, murmura Susan.

— Comme Tommy Cooley, oh oui, ça tu peux le dire ! (Linc agitait ses longs bras dans le vide.) Bib dit qu'ils ont trouvé Frenchy exactement à l'endroit où nous avons déterré le corps de Tommy !

La route de la Vallée grouillait de véhicules, voitures particulières, jeeps, camions, fourgonnettes.

Susan les lorgnait au passage, au cours d'une progression pénible, un gymkhana laborieux. Elle aperçut Miss Flora Sloan, qui conduisait sa nouvelle Chevrolet comme un vrai démon, faisant sautiller allégrement les fleurs de son chapeau de paille.

Tout au long du trajet, Linc actionnait sa sirène sans arrêt.

On frôle la panique, songeait Susan.

Sur la route, près de l'endroit où l'horreur avait de nouveau surgi, deux voitures de la police d'Etat avaient établi des barrages. Linc s'engagea sur la terre molle du bas-côté et vira en patinant dans l'espace dégagé. La route était un double chapelet de lumières, dans les deux directions. Partout où Susan portait ses regards, elle voyait des gens sauter de voiture et courir le long de la route, des bas-côtés. Une myriade d'yeux cerna bientôt la portion de route, d'une quinzaine de mètres, séparant les deux barrages.

Suivant Linc, Susan lui collait presque aux talons.

Contournant de la tête son long torse, pour risquer un coup d'œil craintif sur la forme qui gisait un peu à l'écart du côté nord de la route, elle fut assaillie par une vision-choc, brutalement rehaussée par les projecteurs de la police. Reculant vivement, Susan se cacha les yeux.

Elle devait s'en souvenir pour le restant de ses jours, de cette brusque et brève vision ; le léger mamelon de terre sablonneuse (remplaçant la fosse qu'on avait comblée après en avoir retiré le corps de Tommy Cooley), jonché de cailloux, piqueté d'éclats de silex, parsemé d'herbes folles ; et dessus, comme jeté au rebut, étalé comme sur un des brancards d'Art Ormsby, ce qui avait été Frenchy Lafont.

Susan ne pouvait voir la blessure mais seulement

l'imaginer, ce qui était presque pire. On avait retourné le corps, exposant cruellement le visage, dressé vers le ciel face aux étoiles. Ce n'était déjà plus le visage de Frenchy Lafont. Le visage de Frenchy Lafont avait été à la fois foncé et haut en couleurs, mobile, plein de malice, avec de belles lèvres, découvrant de superbes dents blanches, et soulignées par une mince moustache noire un peu frivole. Tandis que ce visage-là semblait modelé dans de la graisse rance. La bouche béait, large trou noir ; les yeux, grands ouverts, étaient figés, vides, ternes : deux bouts de verre poussiéreux.

— Tout comme le jeune Cooley, lâcha un des miliciens.

Sa voix éveilla un profond écho, grave, sourd, comme un lointain grondement de tonnerre. Il y avait plus que de la peur dans ce grondement ; il y avait de la colère et par-dessous la colère, de la haine. Alertés, Linc et les hommes de la police d'Etat se retournèrent, lançant des coups d'œil soucieux à la ronde.

— Du grabuge dans l'air, on dirait, Pearce, glissa à Linc l'un d'entre eux, assez âgé, un vétéran. C'est vos concitoyens. Faudrait peut-être faire quelque chose.

Linc partit d'un pas rapide vers l'une des voitures de police. Susan faillit courir derrière lui, ayant l'impression d'être exposée nue sous les feux des projecteurs.

Mais aucun regard n'était dirigé sur elle.

Linc bondit sur le capot de la voiture et écarta les bras.

— Mes amis, je connaissais bien Frenchy Lafont, depuis toujours, déclara Linc d'une voix calme. Et vous aussi, pour la plupart. Il n'y a pas un homme, pas une femme, à Northfield, qui désire plus ardemment que moi identifier celui qui a fait ça et veiller à ce qu'il reçoive le châtiment qu'il mérite. Mais on n'y parviendra pas de cette façon. Rentrez chez vous, laissez-nous faire notre travail, et on le trouvera, l'assassin de Frenchy.

— *Comme vous avez trouvé l'assassin de mon garçon ?*

C'était la rauque voix de basse de John Cooley Il se tenait près du barrage ouest, debout dans sa jeep, dressant sa haute taille, statue de la colère justicière, brandissant un poing vengeur au bout d'un bras épais. Linc se tourna pour lui faire face.

— Rentrez donc chez vous, John, dit-il, sans forcer le ton, amicalement persuasif.

— Ouais, c'est ça, John, rentre chez toi ! brailla une voix stridente venant de derrière l'autre bagarre. Rentre chez toi et fais-toi assassiner comme Tommy Cooley !

— A quoi ça rime, ça, Wes Bartlett ? lança Linc. Ne dites pas n'importe quoi ; un peu de bon sens, mon vieux...

Mais sa voix fut couverte par une lame de fond.

— On veut être protégés, voilà ce qu'on veut !

— Ouais !

— Quel est le prochain sur la liste ?

— Tant qu'il sera shérif adjoint, *celui-là*...

— Démission !

— Un nouveau shérif, c'est ça qu'il faut !

— Ouais ! Démission !

Dans le vacarme ambiant, le bruit que fit l'insigne de Linc en s'abattant sur le capot parut étonnamment fort.

— Très bien, voilà mon insigne ! cria-t-il. Alors, quel est l'homme-miracle qui s'estime capable d'être plus à la hauteur ? Je m'empresserai de le recommander au shérif Howland. Allons, courage, pas de complexe ! Montrez-vous, parlez.

L'air farouche et déterminé, son regard passant de l'un à l'autre, il affrontait tous ces visages aux yeux enflammés, fiévreux. Flamme et fièvre diminuèrent, s'éteignirent ; suivit un silence prolongé, embarrassé. Un certain malaise flotta dans l'air nocturne.

— Alors ? répéta Linc, avec une pointe d'ironie grinçante.

Quelque part, un moteur démarra...

Dix minutes plus tard, la route était déserte et sombre.

Linc sauta à terre, récupéra son insigne, et alla rejoindre les miliciens.

— Bien joué, Shérif, murmura Susan.

Mais il passa sans s'arrêter, allant jusqu'au bord du tumulus, les traits durcis, marqués d'un pli amer.

— Allez, finissons-en, dit-il.

On pensa d'abord que ce meurtre était un crime crapuleux. Certes, le portefeuille de Frenchy Lafont fut retrouvé intact sur le corps, mais une enveloppe manquait, contenant sa recette de la journée et il se vérifia qu'il l'avait sur lui plus tôt dans la soirée. Du jour au lendemain, la théorie du vol s'effondra. L'enveloppe garnie fut retrouvée à la « First National Bank » de Northfield, dans la boîte destinée aux dépôts nocturnes, quand on ouvrit celle-ci le matin suivant.

L'arme, elle, ne fut pas retrouvée. L'affaire Cooley se répétait.

Tout dans le meurtre du cafetier-restaurateur était déconcertant. Célibataire, il vivait avec sa mère âgée dans la vieille demeure des Lafont aux abords de la route de la Vallée, à environ un kilomètre de la ville. Son frère aîné, un commerçant prospère de Québec, n'avait pas eu de ses nouvelles depuis des mois. Venu en ville pour régler les obsèques et prendre soin de sa mère, il se déclara incapable d'apporter un éclaircissement quelconque au mystère. La vieille Mᵐᵉ Lafont, bien entendu, ne savait rien.

Le soir du meurtre, Lafont avait quitté le café peu avant neuf heures, seul, en emportant avec lui la recette du jour. Il conduisait sa nouvelle Ford. Une heure plus tard environ, il était mort, à une dizaine de kilomètres de la ville, sur les lieux mêmes de la tragédie Cooley. On trouva sa voiture abandonnée non loin du tumulus. Remorquée jusqu'au garage de la police d'Etat, et soumise à l'examen des spécialistes, elle ne révéla rien, à part les empreintes digitales de son propriétaire. Pas de sang, pas trace de lutte, pas le moindre indice. Le réservoir était presque plein.

— Il a glissé son enveloppe dans la fente, à la banque, confia Linc à Susan, s'est arrêté à la station-service de Howie Grebe pour faire le plein, puis s'est dirigé vers l'ouest par la route de la Vallée. Il a dû filer tout droit à la rencontre de sa mort. Rien n'indique qu'il ait fait l'objet d'une attaque à main armée — d'abord on n'a rien pris, et d'autre part Frenchy n'a pas touché au pistolet qu'il gardait dans sa boîte à gants. D'après Bib Hadley, il semblait tout à fait normal quand il a quitté le café ; enjoué, malicieux, comme à son ordinaire.

— Tu penses qu'il avait rendez-vous avec quelqu'un qu'il connaissait ? demanda Susan.

Songeur, Linc répondit avec une certaine lenteur.

— Hadley dit qu'il a reçu un appel téléphonique au café ce soir-là, à huit heures.

— Première nouvelle ; je ne le savais pas, ça ! Qui lui a téléphoné, Linc ?

— Bib l'ignore. C'est Frenchy qui a décroché et répondu.

— Bib Hadley n'a rien entendu de la conversation ?

— Non.

— Frenchy n'a pas paru un peu ému, excité, à ce moment-là ? Il a quand même dû se passer quelque chose, Linc !

— Bib n'a rien remarqué d'inhabituel. Il se pourrait que cet appel n'ait aucun rapport avec l'affaire.

— C'était une femme, peut-être ; une des incartades de Frenchy. Je ne sais si c'est un faux bruit, mais j'ai entendu dire qu'il fréquentait Logan Street.

Susan se sentit rougir. A Northfield, une jeune fille comme il faut ne se permettait jamais de faire allusion à Logan Street en présence d'un homme.

— Peut-être. Toujours est-il que jusqu'à présent tous les alibis tiennent le coup.

Linc se passa la main sur les yeux, avec insistance, comme un vieil homme fatigué.

— Ça ne sert à rien de réfléchir dans le vide, d'échafauder des hypothèses, des théories. Moi, il faut que je sache, ce qui s'appelle *savoir,* Sue. Il me faut du sûr, du solide ; or, comme pour Tommy, je n'ai rien à me mettre sous la dent.

— Mais pour qu'un homme se fasse défoncer la nuque, il y a nécessairement une raison ! s'écria Susan. *Pourquoi* a-t-on assassiné Frenchy ? *Pourquoi* son corps a-t-il été jeté à l'endroit précis où l'assassin avait enterré

Tommy ? Tu ne vas quand même pas me raconter qu'il s'agit d'un autre vagabond psychopathe !

Linc lui adressa un regard douloureux de persécuté. L'épuisement rendait ses yeux presque vitreux. Mais il se contenta de dire :

— Non. Pourtant la mort de Frenchy ne semble pas avoir plus de sens que celle de Tommy Cooley. Ecoute, Susie. J'ai du travail jusque-là, et ce n'est pas de parler qui m'aidera à avancer, même avec toi. Alors, si tu veux bien m'excuser...

— Certainement, dit Susan, glaciale. Mais laisse-moi te dire une chose, Linc Pearce : si jamais le mystère de ces meurtres est résolu, ce sera parce qu'on en aura parlé, parce qu'on aura émis des hypothèses, et parce qu'on y aura *réfléchi !*

Sur quoi, elle partit en coup de vent, malheureuse et déprimée.

La jeune fille passa des nuits agitées, se tournant et se retournant dans son lit, harcelée par des questions sans réponse. Pourquoi avait-on tué Tommy Cooley ? Pourquoi Frenchy Lafont l'avait-il suivi dans la mort ? Où était le lien entre eux deux ? Avaient-ils été en rapport ? Et — question plus angoissante que les autres — qui allait être la prochaine victime ?

Une semaine après le meurtre de Lafont, Bib Hadley, venant ouvrir le café-restaurant, trouva Susan qui attendait devant l'entrée.

— Vous devez avoir drôlement envie d'une bonne tasse de mon merveilleux café ! plaisanta le gros barman en déverrouillant la porte. Allez, entrez donc. Je vais faire marcher le perco ; j'en ai pas pour une minute.

— Ce que je voudrais surtout, Bib, ce sont des renseignements, dit Susan, un peu morose. J'en ai plus qu'assez de traîner à me morfondre en attendant qu'on me défonce le crâne.

Le barman noua un tablier propre autour de son ample bedaine.

— C'est le refrain que j'entends du matin au soir ! Alors, allez-y, dépêchez-vous, Miss Marsh, avant que le frère de Frenchy prenne une décision au sujet de cette baraque. Qu'est-ce que vous voulez savoir ?

— S'il existait des rapports entre Tommy Cooley et Frenchy Lafont, dit Susan.

— Y en avait pas, trancha Bib Hadley. Ensuite ?

— Mais il a dû y en avoir, Bib ! Tommy n'a jamais travaillé pour M. Lafont ?

— Jamais.

— Tommy n'est jamais venu ici ?

— Je m'en vais vous dire une bonne chose, Miss Marsh, lâcha le barman en allumant le percolateur. Je ne crois pas que Frenchy aurait reconnu le jeune Tom Cooley s'il lui avait marché sur les pieds en plein jour. Vous savez comment il était, Frenchy, avec les jeunots. D'un côté, ça lui arrivait de les régaler à la ronde en leur payant des glaces chez Tracy, mais d'un autre, il voulait pas les voir pénétrer dans son établissement, même pour prendre un café. Pas bon pour la réputation d'un bar qui se respecte, qu'il disait, Frenchy.

— Quand même, entre Tommy et Frenchy Lafont, il devait y avoir quelque chose, un lien quelconque, affirma Susan, péremptoire, et ces meurtres ne seront jamais élucidés tant qu'on ne l'aura pas trouvé.

— Et c'est toi qui vas le trouver, je suppose ?

Susan sursauta. Il se tenait à l'entrée, dans l'embrasure de la porte, les mâchoires en mouvement, comme celles de Gary Cooper dans les moments de tension.

— De la fenêtre de mon bureau, je t'ai vue tendre ton embuscade à Bib, enchaîna Linc, amer. Tu ne me crois pas non plus capable de poser les bonnes questions ?

Je me demande bien pourquoi je me sens coupable, pesta Susan intérieurement. *On est tout de même libre dans ce pays !*

Linc se pencha, posant et calant son grand pied sur le bord du baquet enserrant un palmier nain défraîchi.

— Tu veux aussi mon insigne, Sue ? Toutes les questions que tu crois bon de poser à Bib, tu t'imagines que je ne les lui ai pas déjà posées, et un tas d'autres en plus ? Elle est suffisamment ardue, cette affaire. Faut-il par-dessus le marché que tu viennes me compliquer la tâche en marchant sur mes plates-bandes ?

— Moi, un type qui se trouve coincé et qui n'accepte pas qu'on essaie de l'aider en tentant de le décoincer, j'appelle ça une *tête de cochon !*

— Ça fait longtemps qu'on ne joue plus à chat dans l'étable à ton papa, Sue, riposta Linc. Quand vas-tu te décider à grandir ?

— *J'ai* grandi ! Oh, que oui, j'ai grandi, Linc Pearce... et tout le monde le sait sauf toi ! Mais on n'a pas besoin de se donner ici en spectacle en hurlant devant les gens !

— Suis pas les gens, émit Bib Hadley. Suis même pas là.

— Personne ne hurle à part toi.

Linc se redressa de toute sa taille, au point que Susan, soutenant son regard, en eut mal à la nuque.

— Je pensais qu'on se connaissait bien, tous les deux, Susie. Mais après tout, peut-être que non.

— Ça, j'en suis convaincue !

Susan s'était efforcée de formuler cette apostrophe avec une calme dignité, mais le son sortait si mal de sa gorge nouée, qu'elle s'enfuit précipitamment, passa devant Linc comme une comète, s'engouffra dans sa guimbarde et dévala Hill Street le pied au plancher.

Deux nuits plus tard, le corps de Flora Sloan, l'autocrate de Northfield, fut découvert par un motard de la police d'Etat en bordure de la route de la Vallée. L'arrière de la tête réduit en pulpe.

Comme celui de Frenchy Lafont, le corps de la vieille dame avait été jeté sur le tumulus remplaçant l'hivernale tombe de Tommy Cooley...

Flora Sloan avait assisté à une assemblée paroissiale, tenue à Christ Church, pour y débattre de certains problèmes financiers. Comme d'habitude, Miss Flora avait dominé le débat, et, comme d'habitude, imposé ses vues.

La séance fut levée juste après dix heures. Elle quitta l'église toute pétulante et satisfaite, grimpa dans sa

Chevrolet, adressa un geste de triomphe à Sanford Brown, qui avait été son principal adversaire au cours de la soirée, et démarra. Selon toute vraisemblance, elle comptait regagner l'imposante demeure des Sloan, à la lisière ouest de la ville. Mais elle ne l'avait jamais atteinte ; ou plutôt, elle l'avait dépassée, car la route de la Vallée longeait sa propriété.

Lorsque le motard, peu après minuit, trouva son corps, elle était morte depuis environ une heure.

Son sac gisait près d'elle ; on n'avait pas touché à l'argent. Une broche incrustée de rubis, bijou de famille d'une grande valeur, se trouvait toujours épinglée sur sa robe de dentelle bleue. La Chevrolet était garée à proximité du tumulus, presque à l'endroit exact où la Ford de Frenchy avait été abandonnée. Pas d'empreintes digitales dans la voiture à part les siennes ; aucun indice, ni dans la voiture ni dans les parages.

Trois jours après le meurtre de Flora Sloan, dans la soirée, Sanford Brown, doyen du conseil municipal de Northfield, convoqua une assemblée extraordinaire et publique. Dans la grande salle de réunion de l'hôtel de ville, sur l'estrade, derrière la longue et vénérable table en châtaignier, couturée de cicatrices, trônaient les élus locaux, vieux fermiers et hommes d'affaires chenus, sévères, comme une brochette de juges prêts à infliger la potence ; et assis au milieu d'eux, lugubres (Susan trouva qu'ils avaient assez l'air de prévenus, de prisonniers) : le shérif du comté Howland et son adjoint local, Linc Pearce.

Le temps était lourd, oppressant, ce soir-là, et la foule qui s'écrasait dans la salle rendait l'atmosphère étouffante. Susan aperçut toutes les personnes qu'elle connaissait, et vit aussi quelques visages qu'elle avait oubliés.

Le vieux Sanford Brown frappa la table de quelques vigoureux coups de martelet. Un profond silence s'ensuivit.

— En vertu de l'autorité qui m'est conférée, clama le vieux Brown, boulant ses mots d'une voix nasillarde, j'ai convoqué cette assemblée et déclare la séance ouverte.

Comme c'est une assemblée extraordinaire, nous nous dispenserons des préliminaires d'usage pour aller droit au fait. A la requête du conseil municipal, le shérif Howland a quitté le siège du comté pour se joindre à nous. Vous avez la parole, Shérif.

Le shérif Howland, homme grand et d'un appréciable volume, vêtu d'un élégant costume de ville, mais portant une stricte cravate noire, transpirait. Il se leva en épongeant sa tête chauve avec un mouchoir déjà humide.

— Mes amis, quand j'ai été élu à ma fonction dans ce comté, j'ai recherché le meilleur homme que je puisse trouver pour en faire mon adjoint dans votre district. Je me suis amplement informé et j'ai reçu partout la même réponse, à savoir : que personne n'était plus qualifié pour devenir mon adjoint à Northfield que le jeune Linc Pearce. Je tiens à vous dire, et à lui aussi, que j'ai une entière confiance en son aptitude à remplir les devoirs de sa charge. Linc, voulez-vous bien répéter devant vos honorables concitoyens ce que vous m'avez dit aujourd'hui ?

Ayant ainsi adroitement et prestement refilé le bébé, le shérif Howland se rassit et Linc se leva à son tour. De larges cernes soulignaient ses yeux bleus, et il était si pâle que Susan eut pour lui un élan de compassion.

— En matière de meurtre, je ne suis pas un expert, et je n'ai jamais prétendu en être un, commença Linc, d'un ton neutre, objectif, apparemment calme, mais Susan pouvait voir ses poings, appuyés au bord de la table, blanchir aux jointures. Cependant, j'ai obtenu le concours des meilleurs spécialistes de la police d'Etat. Et ils se trouvent tout autant dans le pétrin que le modeste tâcheron de cette affaire, c'est-à-dire moi.

Une vieille dame gloussa, et plusieurs hommes ébauchèrent un sourire. *De l'humilité, Linc ?* songea Susan, sourdement remuée. *Peut-être qu'un de ces jours tu viendras me trouver et...*

— Trois personnes ont été sauvagement assommées, battues à mort, enchaîna Linc. D'abord, un garçon de dix-sept ans, fils d'un fermier-maraîcher — un garçon tranquille, n'ayant jamais eu d'ennuis. Ensuite, un propriétaire de café-restaurant — canadien français d'origine, catholique, une des personnalités les plus populaires de notre ville. Enfin, le dernier membre survivant de la famille qui a fondé Northfield — une femme riche, près de son argent aux dires de certains, mais nous avons tous été fréquemment les témoins de sa générosité. Elle a pour ainsi dire régenté Northfield et contribué à la bonne marche de la ville tout au long de sa vie. Elle était un pilier de Christ Church, l'église épiscopalienne, participait à tous les comités importants, s'intéressait activement à tout ce qui concernait le bien public.

Il s'imagine qu'il les tient, songeait Susan, scrutant les visages autour d'elle et notant leur expression sombre, tendue, butée. *Linc, Linc...*

— Leurs corps, à tous les trois, ont été trouvés exactement au même endroit. Leurs morts devraient donc, d'une certaine manière, être reliées entre elles. Mais comment ? A cela, il ne semble pas y avoir de réponse. Tout au moins, je n'ai pas été en mesure d'en trouver une jusqu'à présent.

Sur les circonstances de la mort de Tommy Cooley, nous ne savons rien, en raison du temps écoulé, plusieurs mois, avant qu'on ne découvre son corps. Frenchy Lafont a vraisemblablement été attiré dans un guet-apens par un appel téléphonique de quelqu'un qu'il connaissait et dont il ne se méfiait pas. Flora Sloan, peu après avoir quitté l'église, la réunion paroissiale terminée, a probablement pris l'assassin à bord de sa voiture, ce qu'elle n'aurait jamais fait s'il ne s'était pas agi de quelqu'un qu'elle connaissait. Les vêtements de Tommy Cooley étaient en trop mauvais état pour nous révéler quoi que ce soit, et de plus, en ce qui le concerne, les pluies de ce printemps ont effacé tous les indices qui auraient pu subsister. Mais sur le pantalon de Frenchy et la robe de Miss Flora, nous avons trouvé de la terre, une salissure, au niveau des genoux, si bien qu'il est permis de supposer que Tommy a été contraint de s'agenouiller à cet endroit, tout comme Frenchy et Miss Flora par la suite, avant que son crâne ait été fracassé par-derrière.

Tu peux parler jusqu'à plus soif, Linc, ils ne t'épargneront plus, ne te laisseront aucun répit, ruminait Susan. *Oh, ils ne te feront rien : simplement ils te traiteront désormais par le mépris...*

— Voilà tout ce que nous savons, et rien d'autre, continua Linc. Aucun lien apparent entre les trois victimes. Pas de mobile. Ce n'est pas le vol — lors de chacun des trois meurtres, à notre connaissance, rien n'a été pris. Tommy Cooley, ne possédant rien, n'avait rien à laisser à qui que ce soit ; l'établissement de Frenchy Lafont et sa maison, c'est sa vieille mère de quatre-vingt-un ans qui en hérite, et nous apprenons à présent que Flora Sloan a légué tous ses biens à des œuvres de charité. Non, pas de mobile — pas de femme ou d'autre homme dans cette affaire, pas d'épouse ou de mari jaloux, pas d'amoureux éconduit. *Aucun* mobile.

Linc s'interrompit, abaissant son regard pour le promener sur l'assistance.

— Quand quelqu'un tue sans raison, c'est qu'il est fou. Trois personnes sont mortes parce qu'il y a dans notre ville un fou dangereux en liberté. Cela semble être la seule réponse plausible. Si quelqu'un parmi vous pense pouvoir en fournir une meilleure, que cette personne n'hésite pas : nous sommes tous prêts à l'entendre.

Une rumeur balaya la salle comme un vent qui se lève ; le bruit s'enfla, et Sanford Brown dut manier son martelet avec la dernière énergie pour rétablir le silence. Mais le bruit semblait demeurer comme en suspens, à l'affût.

— Je voudrais ajouter une chose...

A son ton mordant, presque de défi, Susan comprit que l'orgueil de Linc reprenait le dessus. *Linc, Linc, tu ne comprends donc pas qu'à leurs yeux tu es lessivé ? Le vieux Sanford, ses collègues, le shérif Howland — tous en ont conscience. Pas toi ?*

— Je ne compte pas rendre mon insigne à moins que le shérif Howland ne me le demande, enchaîna Linc. Vous le voulez, Shérif ?

Le politicien se tortilla sur son siège.

— Non, Linc, bien sûr que non — à moins que les honorables citoyens de Northfield n'estiment...

Pauvre Linc. Voilà, ça vient !

— Qu'il le garde, son insigne, Linc Pearce ! cria de la salle un grand costaud qui était fermier. Il fait de son mieux, ce gamin. Mais c'est qu'un gamin, voilà l'ennui. Ce qu'il nous faut, c'est un comité de sécurité. Des gars avec des fusils qui montent la garde près du lieu des meurtres... et qui patrouillent sur les routes.

— Monsieur le Président...

Tandis que motions et résolutions volaient vers la table de toutes parts, Susan gagna discrètement la sortie. Elle rattrapa Linc, parti le premier, sur les marches de l'hôtel de ville.

— Lo, Susie, fit Linc, esquissant un sourire contraint. Tu fonces me voir digérer mon humiliation !

— Comité de sécurité, monter la garde sur place ! lâcha Susan, amère et indignée. Qu'est-ce qu'ils espèrent que l'assassin va leur tomber dans les bras ? Linc, *s'il te plaît*, laisse-moi t'aider. Tu n'es pas encore battu. Laisse-moi discuter avec toi de tout ça. Quelque chose doit t'avoir échappé ! Peut-être qu'en s'y mettant à deux, en y réfléchissant ensemble...

— Tu sais quoi ?

De ses grandes mains, Linc lui enserra la taille et la hissa à son niveau comme une poupée.

— Tout à coup, j'ai envie de t'embrasser.

— Laisse-moi, Linc, pose-moi par terre ! Ne me traite pas comme si j'étais une gamine. S'il te plaît, Linc !

— Ma vieille petite *Susie*.

— Et ne m'appelle pas *Susie* ! J'ai horreur de ce diminutif ! Je l'ai détesté toute ma vie ! Allons, Linc, pose-moi par terre, je te dis !

— Désolé.

Linc paraissait sincèrement surpris. Il la déposa doucement sur la marche.

— Pour ce qui est de l'autre chose, ma réponse ne peut être que la même, Sue. Ils peuvent bien mettre sur pied tous les comités et toutes les brigades spéciales qu'ils voudront — c'est mon boulot, cette affaire, et j'entends le faire seul jusqu'au bout, à ma façon, quitte à me ramasser. Puis-je te ramener chez toi ?

— Non, *jamais,* pas question !

Et Susan s'enfuit vers le refuge de la vieille Buick, ce don de Flora Sloan, où elle put à loisir verser des larmes à l'abri des regards indiscrets.

Revenu à son bureau, Linc s'y trouvait encore longtemps après que le dernier élu local fut parti et que Rollie Fawcett eut plongé le bâtiment dans l'obscurité. Au-dehors, un violent orage avait éclaté, contrepoint de son humeur sombre, accompagnant le tumulte rageur de ses pensées. Cette pluie qui lacérait les vitres semblait tout à fait de circonstance.

Quelque chose doit t'avoir échappé...

Cette phrase tourbillonnait sans arrêt dans sa tête ; ce n'était pas tant sa persistance qui irritait Linc que sa source. Quelle batailleuse obstinée, ce petit bout ! Le harcèlement permanent ; pendue à ses basques depuis le début. Une tête de mule, une championne de l'idée fixe...

Et si elle avait raison ?

Cette pensée revenait, lancinante, le rongeait, le démangeait désagréablement, comme son col mal ajusté.

Qu'aurait-il pu laisser échapper ? Quelle piste n'avait-il pas suivie ? Il l'avait passé en revue cent fois, ce triple dossier. Impossible d'avoir laissé échapper quelque chose. Et pourtant, si c'était le cas ?

Linc réfléchissait fiévreusement. Finalement, cela lui sauta aux yeux, et, singulière coïncidence, au moment même où un grand éclair jaillissait. Dans le bureau nu, aux murs passés à la chaux, il fit tout à coup aussi clair qu'en plein jour, et, dans cette brusque flambée de lumière, Linc, en un brusque souvenir, vit ce qui lui avait échappé.

Cela s'était passé le premier soir de ce long cauchemar. Le soir où l'on avait découvert le corps de Tommy Cooley, que les eaux du déluge printanier, en se retirant, avaient presque exhumé de sa tombe en bordure de la route. John Cooley, agenouillé dans la fosse, labourant et fouillant la boue de ses mains, à la recherche pathétique d'un vestige quelconque se rattachant à son fils. Ces menus objets dérisoires qu'il avait déterrés et enfouis dans la poche de son « mackinaw » rouge à carreaux... *Et si l'un d'eux, à l'insu de Cooley, avait constitué un indice révélateur ?*

Linc endossa un ciré et partit à toutes jambes.

La demeure Cooley était dans le noir ; pas une lumière. Linc éteignit ses phares et coupa le contact ; des picotements parcouraient sa peau, comme si, obscurément, il appréhendait quelque danger.

La pluie s'était muée en cataracte tropicale. Des éclairs déchiraient le ciel en succession rapide, comme des salves de canon, illuminant les fenêtres aux stores baissés, le perron couvert où des rocking-chairs délabrés étaient retournés contre le mur, et, à deux pas de là, la porte ouverte du garage...

Le garage... La jeep de Cooley ne semblait pas s'y trouver.

Linc se saisit d'une torche électrique et sauta à terre. Il courut en pataugeant jusqu'au garage, balaya l'intérieur du faisceau de la torche. Oui, le camion était bien là, mais pas la jeep.

Linc se détendit un peu. Il n'avait pas remarqué John Cooley dans la salle, à l'hôtel de ville, mais il devait certainement s'y trouver. En ce cas, si ce fichu et plus que probable comité de sécurité se constituait, Cooley serait sûrement un des hommes qui iraient guetter dans les broussailles à proximité de l'ancienne sépulture de Tommy.

Linc fonça jusqu'au perron, gravit d'un bond les marches et alla tester la porte. Elle n'était pas fermée à clef ; il l'ouvrit et pénétra dans le vestibule.

— John ?

Il pouvait se tromper ; l'absence de la jeep pouvait avoir une douzaine d'explications.

— John ?

Pas de réponse. Linc monta à l'étage et alla jeter un coup d'œil aux chambres. Désertes.

Il retourna dans celle de John Cooley, rustique et vieillotte, et projeta le faisceau de sa torche un peu partout. Mais oui, bien sûr, la penderie. Il ouvrit les portes. Elle était bourrée de vêtements d'hiver.

Dans le lot, pendait le mackinaw rouge.

Linc exhala une muette prière et plongea la main dans la poche droite.

Oui, ils étaient toujours là.

Il les sortit un par un, précautionneusement, les tournant et les retournant entre ses doigts. Le bouton provenant du blouson de cuir presque putréfié du jeune Tom. Un caillou. Un gros éclat de verre maculé...

Le morceau de verre !

Il était épais, profondément strié, incurvé sur un côté ; un éclat plus ou moins triangulaire détaché de quelque chose de plus grand, formant un tout. C'était... C'était...

Mon Dieu ! Linc demeura pétrifié.

Il scruta de nouveau l'objet, avec une méfiante minutie, se refusant à croire ce qui lui était révélé. Ce ne pouvait être aussi simple. Il avait là, sous les yeux, l'explication de tous les meurtres. Et pas seulement l'explication, mais aussi l'annonce du meurtre qui devait se produire. *Le meurtre de Susan Marsh.*

Saisi d'horreur, Linc fut envahi par une vision insoutenable : la flamboyante et dansante chevelure, le petit visage si familier, le nez en trompette qu'il avait si souvent taquiné de ses doigts, les yeux clairs comme de l'eau de source, et cette pulpeuse bouche qui l'avait secrètement tourmenté depuis toujours.

Tout cela, il le voyait souillé, détruit, inerte, anéanti.

Un monde sans Sue...

Linc sortit de la maison si vite qu'il n'en garda pas le souvenir.

Lasse, les yeux gonflés et le cœur gros, Susan s'était mise au lit. Mais elle ne parvenait pas à s'endormir. L'atmosphère lourde, le vent qui soufflait en tempête, les coups de tonnerre retentissants, les violents éclairs qui parfois semblaient rebondir sur l'étang proche : une nuit affreuse, cauchemardesque. Elle ne s'était jamais sentie aussi seule.

Elle s'extirpa du lit, enfila un peignoir et se mit à errer lentement d'une pièce à l'autre, comme une âme en peine, actionnant les commutateurs au passage. Elle alluma partout dans la maison, puis se retira dans son minuscule salon, près de l'entrée, et demeura assise là, figée, écoutant le déchaînement de l'orage.

Oh, Linc, Linc...

Lorsque se produisit ce fracas soudain de bois qui se fend, que les rideaux se mirent à valser et que de froides gouttelettes vinrent asperger ses pieds nus, Susan crut sur le moment qu'un coup de vent particulièrement brutal avait enfoncé la porte d'entrée.

Elle leva les yeux.

John Cooley se tenait dans l'encadrement de la porte, au chambranle en partie éclaté, la carabine de chasse de Tommy sous le bras. Dans les yeux du fermier, Susan vit sa mort.

— Ils font le guet près de la tombe, lança John Cooley (d'une voix décalée, criarde, croassante ; sa voix de basse avait totalement disparu). Je ne peux donc pas vous emmener là-bas, Susan Marsh.

— Vous les avez tués, lâcha Susan toute raidie.

— Mettez-vous à genoux, et priez.

Il était fou. C'était, hélas, bien visible à présent. Il avait dû vaciller au bord de la déraison depuis la disparition de Tommy, son fils unique, l'enfant de sa bien-aimée Sarah. Et basculer dans la folie quand le corps avait été découvert. Seulement, nul ne s'en était rendu compte, ni Linc, ni elle, personne.

Linc, Linc.

— Pas Tommy, murmura Susan. Vous l'aimiez, Tommy, monsieur Cooley. Vous... vous n'auriez pas pu tuer Tommy.

Le visage du fermier, aux traits convulsés, au regard halluciné, s'adoucit un peu, revêtant une expression vaguement humaine. Des larmes emplirent

97

ses yeux. Les lourdes et larges épaules furent agitées de soubresauts.

Oh, mon Dieu, faites que je trouve un moyen pour l'empêcher de me tuer comme il a tué Frenchy Lafont et Miss Flora.

— Je sais que vous n'avez pas tué Tommy, monsieur Cooley.

Avec la crosse gainée de métal de la carabine de chasse de Tommy. C'était ça, l'instrument de leur mort, l'arme qui avait fracassé leurs crânes... *Mon Dieu... il ne faut pas que je m'évanouisse, il ne faut pas... ces taches sombres sur la crosse... le faire parler... le téléphone peut-être... Non, ce serait fatal... Que faire ? Linc...*

— Pas Tommy. Quelqu'un d'autre a tué Tommy, monsieur Cooley. Qui était-ce ? Pourquoi ne me le dites-vous pas ?

Le fermier s'effondra dans le fauteuil recouvert de tapisserie, près de la porte. Une bouffée de pluie vint lui fouetter le visage, se mêlant à ses larmes.

— C'est vous qui l'avez tué, Susan Marsh, exhala-t-il, douloureux, baissant la tête.

— Oh, non ! s'écria Susan, d'une voix étouffée.

— Vous, ou le Frenchy, ou la vieille femme. Ce morceau de verre que j'ai ramassé dans la tombe de mon garçon, c'est lui qui me l'a appris... venait d'un phare d'auto, ce morceau, une vieille auto. Il a été renversé sur la route, cogné par-derrière par une auto... par-derrière. Vous l'avez tué avec une auto et vous l'avez mis dans ce sale trou, vous avez empilé de la sale terre par-dessus et vous vous êtes enfuie. Vous, ou le Frenchy, ou la vieille femme.

Susan s'humecta les lèvres.

— La Buick, murmura-t-elle. Ma vieille Buick.

John Cooley leva la tête, l'air soudain rusé, une lueur maligne dans le regard.

— Je l'ai trouvée ! Pensiez pas que j'y arriverais, hein ? J'ai regardé partout à Northfield, et j'ai trouvé l'auto d'où ça venait. Je cherchais un phare endommagé, et c'est sur l'auto que la vieille femme vous a donnée que le morceau de verre s'adaptait. Etait-ce vous qui aviez renversé Tommy ? Ou la vieille femme, qui conduisait l'auto avant vous ? Ou le Frenchy, qui possédait la Buick avant que la vieille femme l'achète ?

— Frenchy Lafont a vendu cette voiture à Flora Sloan... en octobre ? émit Susan dans un souffle, effarée.

— Pensiez pas que j'irais dénicher ça, hein ? (John Cooley eut un petit rire grinçant.) Ouais ! Lafont l'a vendue à la vieille femme quand il a acheté sa nouvelle Ford. Et elle vous l'a donnée à peu près deux semaines plus tard, quand elle a gagné une Chevrolet à la tombola de la vente de charité. Oh, j'ai tout repéré, tout vérifié, soigneusement. Fallait veiller à ce que justice soit faite.

Les yeux, de nouveau agrandis, reprirent leur fixité ; il poussa une sorte de gémissement.

— Seulement, qui était-ce de vous trois ? Je ne savais pas qui de vous trois avait tué Tommy en octobre, parce que personne ne sait quel jour d'octobre il a trouvé la mort. Alors, il fallait que je vous tue tous les trois. Ainsi je ferais mienne la vengeance du Seigneur. J'apaiserais son divin courroux. Avec le fusil de mon garçon. Je lui ai téléphoné, à ce Lafont, venez me retrouver là-bas sur la route, je lui ai dit, là où Tommy était mort, il faut que je vous parle... J'ai marché jusqu'en ville et j'ai attendu que la vieille femme sorte de l'église ; je l'ai arrêtée et forcée à me conduire là-bas. « Priez, Flora Sloan », j'ai dit. « A genoux, meurtrière, à genoux, pécheresse, et priez pour votre âme damnée », j'ai dit. Et j'ai abattu la crosse sur elle au nom du Seigneur.

Susan eut l'impression que la pièce miroitait ; la tête lui tournait de plus en plus.

John Cooley s'était mis debout, ses grands yeux incendiés d'une lueur démente.

— Priez, Susan Marsh, tonna-t-il, à genoux, mauvaise fille, et priez pour votre âme !

Voilà qu'une main d'acier l'empoignait par la nuque, la forçant à s'agenouiller.

Mon Dieu, mon Dieu... Linc, tu es celui que j'aime, le seul que j'aie jamais...

La dernière chose que vit Susan, tandis qu'elle se

débattait vainement sous la paralysante prise, ce fut cette face effarante, transportée d'exaltation et la crosse rouillée, imprégnée de sang séché, brandie au-dessus de sa tête.

Elle s'évanouit juste au moment où Pearce plongeait dans la pièce et se précipitait sur le fou.

Susan ouvrit les yeux. Elle se trouvait dans son lit. Linc était penché vers elle, son long visage tout près du sien.

— J'ai cru t'entendre dire quelque chose, Linc, il y a un million d'années... murmura Susan. Ou peut-être était-ce maintenant, juste maintenant. Oh! c'était si agréable, si merveilleux... tu n'as pas dit quelque chose ?

— J'ai dit je t'aime Susie, euh, Susan, bredouilla Linc. Et quelque chose comme veux-tu m'épouser ?

Susan referma les yeux.

— C'est bien ce que j'avais cru entendre, dit-elle, avec un sourire heureux.

Ils ne découvrirent jamais qui, de Frenchy Lafont ou de la vieille Miss Flora, avait accidentellement renversé et écrasé Tommy Cooley. Ils en discutèrent pendant des années.

Terror Town.
Traduction de Philippe Kellerson.

Qui veut la fin...

par

HAROLD Q. MASUR

Les débats s'étaient déroulés à l'avantage de l'accusation. Fil par fil, le ministère public avait tissé une trame d'arguments dans laquelle l'accusé, Lloyd Ashley, se trouvait de plus en plus prisonnier. A la fin de l'après-midi de la sixième audience, le procureur Herrick acheva de nouer les derniers fils, en présentant à la barre un témoin de poids.

Comme il fallait s'y attendre, le procès avait fait l'objet de gros titres dans la presse. Un public exigeant ne cessait de réclamer de plus en plus de détails, et les journalistes s'efforçaient de lui fournir les révélations qu'ils découvraient. Tous les éléments d'une cause célèbre se trouvaient en effet réunis dans cette affaire : une belle épouse que l'on présumait infidèle, un séduisant Casanova, maintenant mort, et un mari millionnaire inculpé de meurtre.

Au banc de la défense, tout près d'Ashley, se tenait son avocat, Mark Robinson, qui paraissait indifférent au drame dont le dénouement était en train de se jouer sous ses yeux. Son fin visage semblait détendu et il appuyait d'un air nonchalant son menton sur la paume de sa main droite. Un observateur non averti aurait pu croire qu'il se désintéressait de la question et pensait à autre chose ; or rien n'eût été plus éloigné de la vérité. Robinson possédait en effet un esprit extrêmement perspicace, et nul mieux que lui ne savait déceler les erreurs que le procureur pouvait commettre : il en profitait au maximum.

Cet avocat était en réalité un adversaire redoutable pour le ministère public, qui le savait bien, pour l'excellente raison que les deux hommes avaient été formés à la même école : pendant de longues années, Robinson avait occupé les fonctions d'adjoint au procureur. A ce poste, il s'était toujours montré dur, impitoyable même, et il avait amplement contribué à ce que la prison d'Ossining fût toujours bien remplie.

A l'audience, Robinson était comme un poisson dans l'eau : les assises constituaient son élément naturel. De toute sa personne émanait une autorité étonnante ; ayant la prestance et la voix d'un acteur né, il possédait aussi la vivacité et l'intuition indispensables à l'avocat qui sait profiter de son droit de poser d'embarrassantes questions aux témoins. Il savait aussi, par une sorte d'instinct, jauger les membres du jury. Inlassablement, il les étudiait et se délectait à émouvoir ou troubler les plus impressionnables ; c'est ainsi que, malgré des arguments parfois pauvres, il finissait souvent par triompher, parce qu'il avait séduit les jurés.

Mais le procès Ashley était une très grave affaire, car les arguments de Robinson non seulement manquaient de consistance mais encore semblaient quasi inexistants. Immobile, l'avocat observa d'un œil extrêmement attentif le dernier témoin de l'accusation, l'inspecteur Keller, spécialiste en balistique au commissariat central. C'était un grand policier massif, pâle et sûr de lui, qui s'exprimait avec lenteur. L'avocat général Herrick, après quelques questions préliminaires, destinées à mettre en valeur les qualités professionnelles du témoin, en vint au témoignage capital qui devait envoyer Lloyd Ashley dans l'au-delà, accompagné par le lugubre sifflement du courant survolté de la chaise électrique. Saisissant un pistolet noir ayant appartenu à l'inculpé, il demanda à l'expert :

— Et maintenant, monsieur Keller, voici la pièce à conviction. Pouvez-vous dire aux jurés ce qu'est cette arme ?

— Oui, bien sûr ! C'est un Colt automatique 32, couramment appelé modèle de poche.

— Avez-vous déjà vu cette arme ?

— Oui, monsieur le Procureur.

— Dans quelles circonstances ?

— On me l'a fait examiner au laboratoire, afin de déterminer si c'était l'arme du crime.

— Vous l'avez donc examinée ?

— Effectivement.

— Faites part au jury de vos constatations.

Le policier se tourna vers les douze représentants de la conscience publique, dont les regards convergeaient sur lui. Le jury ne comprenait aucune femme : Robinson avait usé de toute son influence pour que l'on n'en désignât pas une, car il spéculait sur le fait que les hommes se montreraient plus compréhensifs à l'égard du mari trompé, incapable de maîtriser sa colère. Ce fut d'une voix sèche et un peu pédante que Keller répondit :

— J'ai tiré moi-même une cartouche, pour comparer la balle avec celle extraite du cadavre. Les deux projectiles avaient environ 50 mm de long et pesaient l'un et l'autre 74 grammes, c'est-à-dire le poids habituel des balles tirées par une arme de ce calibre. Ils portaient tous deux l'empreinte de six rayures en spirale gauche, typiquement caractéristiques des Colts. De plus, chaque arme prend à l'usage des signes distinctifs particuliers. En examinant au microscope les deux balles...

— Excusez-moi, Votre Honneur ! coupa Robinson en levant négligemment la main. Mais je crois que nous pouvons nous passer de longues considérations balistiques. La défense admet que la balle fatale a été tirée avec le pistolet de M. Ashley.

Le président, tourné vers le procureur, s'enquit :

— Le Ministère public est-il d'accord ?

D'un ton maussade, le magistrat répondit :

— L'accusation n'a pas l'intention de prolonger ces débats plus qu'il n'est strictement nécessaire.

On sentait pourtant qu'Herrick n'était pas content. Il tenait à construire méthodiquement sa thèse ; il en jetait d'abord de solides bases, puis échafaudait l'un après l'autre ses arguments jusqu'à ce qu'une conclusion irréfutable vînt coiffer le tout, sans que la moindre faille subsistât dans l'édifice et qu'aucune erreur ne pût être utilisée contre lui en appel. Il lui arrivait, bien entendu, d'accueillir avec satisfaction les concessions que parfois la défense consentait à lui faire ; mais avec un adversaire comme Robinson, on ne savait jamais… Il fallait sans cesse ouvrir l'œil et rester sur ses gardes.

Quand Robinson se rassit, son client se pencha vers lui, l'air soucieux.

— Etait-ce bien opportun, Mark ? lui demanda-t-il.

Comme il jouait sa vie, Ashley aurait voulu que chaque argument de l'accusation fût chaudement discuté.

— Nous n'avons jamais contesté le fait, répliqua l'avocat, en souriant avec assurance.

Mais ce sourire fut sans effet, et Robinson ne put se défendre d'un sentiment de pitié en voyant les traits ravagés d'Ashley. Que cet homme avait donc changé, en peu de temps ! Disparue, l'arrogance habituelle du financier ! De sarcastiques qu'elles étaient à l'ordinaire, ses paroles se faisaient maintenant humbles et même suppliantes. Ni son immense fortune, ni les capitaux qu'il avait solidement investis dans d'énormes entreprises ne lui donnaient désormais la moindre sécurité.

Robinson ne pouvait non plus s'empêcher de se sentir dans une certaine mesure responsable de l'épreuve que subissait maintenant Ashley. Il le connaissait depuis des années, tant professionnellement que mondainement. Deux mois plus tôt, l'homme d'affaires était venu lui demander conseil : ayant peine à maîtriser sa colère, il avait informé l'avocat qu'il soupçonnait sa femme de le tromper.

— Avez-vous des preuves ? lui avait demandé Robinson.

— Je n'ai pas besoin de preuves. Un homme sent ces choses-là. Elle est devenue glaciale… intouchable.

— Voulez-vous divorcer ?

— Jamais ! avait déclaré Ashley avec feu. J'aime Eve.

— Alors, que voulez-vous que je fasse ?

— Je veux que vous m'indiquiez un détective privé. Je suis sûr que vous en connaissez un bon, en qui je pourrai avoir confiance. Je veux faire suivre Eve, et s'il peut me donner le nom de son amant, je saurai alors quoi faire.

Bien sûr que Robinson connaissait un excellent détective ! Un avocat en a parfois besoin, pour découvrir les mobiles secrets de tel témoin dangereux dont il veut récuser les déclarations. Il l'indiqua donc à Ashley qui, huit jours plus tard, eut un rapport édifiant. Son épouse avait des rendez-vous avec un certain Tom Ward, financier spécialisé dans les opérations de bourse et travaillant beaucoup pour Ashley. Le couple se rencontrait dans un petit bar discret de Greenwich Village.

Mais Robinson n'avait pas prévu qu'Ashley se livrerait à un acte de violence. Non que l'homme fût un lâche. Mais, dans le passé, les armes qu'il avait utilisées étaient essentiellement verbales : sa parole était souvent dure, acérée, insultante même. Aussi quand la police l'avait averti que son client venait d'être arrêté pour meurtre, Robinson en avait-il été bouleversé, sa stupéfaction se doublant d'un sentiment de culpabilité. Mais il n'était pas homme à se reprocher longtemps une erreur de jugement, et il avait accepté aussitôt de prendre la défense de l'inculpé.

Au cours de la première audience, Robinson avait immédiatement tenté d'obtenir que son client bénéficiât d'une ordonnance de non-lieu rendue par le tribunal ; à cette fin, il avait présenté avec autant d'adresse que de talent la version d'Ashley, affirmant que l'affaire se résumait à un banal accident et ne comportait ni préméditation, ni perfidie, ni intention de tuer. Ashley s'était rendu au bureau de Ward et, brandissant son revolver, il avait essayé d'obtenir, par la menace, que Ward lui donnât sa parole de ne plus revoir Mme Ashley. Il était si peu résolu à tuer qu'il avait pris soin de mettre son arme au cran de sûreté avant d'entrer dans le bureau de Ward. Or, au lieu d'être paralysé par la peur et de plaider sa cause, Ward, perdant la tête, s'était jeté sur Ashley pour tenter de lui arracher l'arme des mains. Effectivement, il avait réussi à lui faire lâcher prise ; le revolver était tombé sur le bureau ; mais sous le choc, le coup était parti tout seul. Quand la secrétaire, affolée, avait pénétré dans le bureau aussitôt après la détonation, Ashley était debout près du corps de Ward.

Cette version du drame fut vivement contestée par l'avocat général qui la qualifia d'impudent mensonge. Pour sa part, le ministère public pouvait prouver irréfutablement que le meurtrier avait eu un motif puissant de tuer la victime, ainsi que les moyens et l'occasion de le faire. Aussi le tribunal n'avait-il pu que procéder à l'audition des témoins devant le jury, à qui il appartenait de dire si l'inculpation d'assassinat au premier degré retenue contre Ashley était ou non justifiée.

Ainsi donc, après cinq jours de débats présidés par le juge Félix Cobb, le procureur Herrick avait entrepris de détruire le dernier espoir d'Ashley. Pour permettre à Keller et aux jurés de bien le voir, il leva à bout de bras le pistolet d'Ashley, cette arme de poche qui, en un clin d'œil, avait fait passer un homme de vie à trépas.

— Monsieur Keller ! dit-il. Vous avez une grande habitude du maniement de telles armes, n'est-ce pas ?

— Oui, monsieur le Procureur.

— A votre avis, ce pistolet a-t-il pu partir tout seul, accidentellement, alors qu'il était au cran de sûreté ?

— Non, monsieur le Procureur.

— Vous en êtes bien sûr ?

— Absolument sûr.

— La chute de l'arme n'a-t-elle pu faire partir le coup ?

— Impossible.

— Même si l'arme a été violemment plaquée sur le bureau ?

— Oui, Monsieur !

— Pendant vos vingt ans de spécialisation dans l'étude et le maniement des armes à feu, avez-vous jamais entendu parler d'un tel accident ?

— Pas une seule fois !

— Je vous remercie, Inspecteur, fit Herrick qui, se tournant vers Robinson, ajouta : La défense peut interroger le témoin, si elle le désire.

— Il est maintenant près de quatre heures, dit alors le président du tribunal. Je crois que nous pouvons en rester là pour aujourd'hui. Messieurs les Jurés, je me permets de vous renouveler mes recommandations. Vous ne devez sous aucun prétexte discuter entre vous de cette affaire ni permettre à qui que ce soit d'en discuter en votre présence. Vous ne devez ni adopter une opinion ni l'exprimer, tant que vous ne serez pas en possession de tous les éléments de la cause. Le tribunal s'ajourne à demain matin dix heures. L'audience est levée.

Il se mit debout et, dans un friselis de robe, se retira. L'assistance attendit pour quitter la salle qu'un appariteur eût conduit les jurés à leur vestiaire. Finalement, un officier de police s'approcha d'Ashley et lui toucha l'épaule. L'inculpé se tourna vers son avocat ; ses traits étaient tirés et il paraissait las ; en quelques semaines, il avait beaucoup maigri et ses joues étaient devenues flasques. Ses yeux, profondément cernés, étaient injectés de sang, et l'on pouvait remarquer, au coin de l'orbite droite un léger tic musculaire.

— Ce sera demain la dernière audience, n'est-ce pas, Mark ? demanda-t-il.

— Probablement, oui, répondit Robinson qui ne comptait pas abuser de ses droits de défenseur pour prolonger les débats. Tout dépendra de la délibération des jurés.

— Ecoutez, Mark, reprit Ashley avec une gravité soudain plus intense, il faut que je vous parle. C'est… c'est absolument vital pour moi !

Robinson le dévisagea un instant avant de répondre :

— C'est bon, Lloyd. Je vais venir dans un quart d'heure.

Ashley s'en fut, escorté par son gardien, et disparut par une petite porte, derrière le fauteuil du président. Il restait encore quelques spectateurs dans la salle. Robinson, tout en réfléchissant, rassembla ses documents et les glissa dans sa serviette ; mais ne se leva pas tout de suite. Adossé à son siège, il se frotta les yeux, incapable de chasser de sa pensée l'image d'Ashley. L'homme était visiblement terrifié, et il y avait de quoi. En dépit des exhortations du juge, recommandant aux jurés de ne pas encore adopter une opinion, Robinson sentait par expérience qu'ils étaient tout près de conclure. Il y a toujours, en pareil cas, des signes qui ne trompent pas, en particulier leur attitude en quittant la salle, les yeux baissés et évitant avec soin de regarder l'accusé. Personne ne prend plaisir à envoyer un de ses semblables à la mort. Ashley avait dû, lui aussi, sentir l'atmosphère de condamnation qui régnait aux assises.

Au moment où Robinson pénétrait dans le couloir de sortie, il aperçut Eve Ashley qui, à quelque distance, attendait l'ascenseur. Elle paraissait toute petite et perdue dans la foule. L'avocat hâta le pas pour la rejoindre, mais il n'en eut pas le temps, car elle fut entraînée par le flot des spectateurs dans la cabine et disparut.

Robinson avait été surpris de constater combien la jeune femme prenait cette affaire à cœur : elle se rendait malade, à force de s'accuser et d'éprouver des remords. Aussitôt après le meurtre, elle était venue le voir, et l'air bouleversé, lui avait dit, en se tordant nerveusement les mains :

— Je savais qu'il était jaloux, mais je ne l'aurais jamais cru capable de faire une chose pareille... Jamais !... Oh ! Mark ! Ils vont l'envoyer à la chaise électrique, j'en suis sûre ! Et tout cela, c'est ma faute !

Il lui avait répondu durement :

— Ecoutez-moi ! Vous ne pouviez vous douter de rien. Je veux que vous vous ressaisissiez. Si vous vous effondrez en ce moment, cela ne vous avancerait à rien, ni vous, ni votre mari. Ce n'est pas votre faute.

— Si, c'est ma faute ! répliqua-t-elle frémissante.

J'aurais dû le comprendre. Et maintenant, voyez ce que j'ai fait ! Deux hommes ! Tom est déjà mort, et Lloyd le sera bientôt !

— Ça suffit ! s'écria-t-il en la saisissant par les épaules.

— Il faut que vous le tiriez de là ! poursuivit-elle sur le même ton et avec passion. Si vous n'y parvenez pas, je ne me le pardonnerai jamais !

— Je ferai de mon mieux, dit Robinson.

Mais il connaissait tous les risques de l'entreprise. L'accusation était en position de force, pouvant arguer d'un mobile, de l'arme, et des circonstances...

L'ascenseur le ramena au rez-de-chaussée, mais, au lieu de sortir du Palais de Justice, il s'en fut directement au quartier pénitentiaire ; après les formalités habituelles, on le conduisit au parloir des avocats, et à peine y était-il arrivé qu'on amena Lloyd Ashley. Ils s'assirent l'un en face de l'autre, de chaque côté de la large table.

— Alors, Mark, dit le prisonnier dès qu'ils furent seuls, en posant sur la table ses poings fermés, il faut me dire la vérité. Quelle est votre impression ?

— Les débats ne sont pas terminés, répondit Robinson en haussant les épaules. On ne sait jamais comment le jury réagira.

— Allons donc ! s'écria Ashley. Vous me prenez pour un enfant, Mark ! Je m'y connais en hommes et j'ai vu leurs visages !

Robinson ne put que hausser de nouveau les épaules.

— Ecoutez, Mark ! reprit Ashley. Voilà longtemps que vous êtes mon avocat. Nous avons été ensemble dans une quantité de procès. Je vous y ai vu à l'œuvre. Je sais comment vous savez plaider un dossier. Vous êtes un juriste retors et plein de ressources. J'ai donc la plus grande estime pour vos capacités. Mais je... enfin... j'ai...

— N'êtes-vous pas satisfait de la façon dont j'assume votre défense ?

— Je n'ai pas dit ça, Mark.

— Ne croyez-vous pas que j'exploite tous les arguments possibles ?

— Dans la mesure où la loi vous le permet, je suis en effet convaincu que vous faites de votre mieux. Mais je vous ai vu plaider beaucoup de dossiers dans le passé. Je sais comment vous pouvez manœuvrer un jury. Vous m'avez montré que vous avez plus d'un tour dans votre sac. Mais voici que, brusquement, vous paraissez tellement scrupuleux que je vous reconnais à peine. Pourquoi cela, Mark ? Que s'est-il passé ?

— Simplement que je n'aperçois pas la moindre issue, Lloyd, voilà tout ! La thèse de l'accusation me paraît irréfutable ; je n'y trouve pas le moindre point faible que je puisse exploiter. Mes mains sont liées...

— Déliez-les !

— Je voudrais bien savoir comment !

— Ecoutez-moi, Mark ! dit Ashley les doigts crispés sur le bord de la table. Vous connaissez mes affaires presque aussi bien que moi. Vous savez ce que j'ai hérité et ce que j'ai gagné. En gros, je vaux actuellement quatre millions de dollars. C'est d'ailleurs pour cela, fit-il en pinçant les lèvres, que sans doute Eve m'a épousé. Je ne sais pas... En tout cas, ça représente un gros paquet, et je voudrais pouvoir en profiter un peu. Or, si je suis condamné, je n'en profiterai pas...

Il s'interrompit pour s'humecter les lèvres, puis reprit :

— Quand je serai mort, ma fortune ne me sera d'aucune utilité. Mais si je vis, je pourrai faire ce que je désire avec beaucoup moins que ce que je possède. Or, si quelqu'un peut me sortir d'affaire, même au point où en sont les choses, c'est vous. Je ne sais comment vous pourriez vous y prendre, mais j'ai le sentiment, — appelez ça une intuition, si vous voulez — que vous êtes capable de trouver un biais... quelque chose !... Vous avez beaucoup d'imagination, et je suis sûr que vous pouvez enlever le morceau !

Robinson, très intrigué, n'en laissa cependant rien paraître, tandis qu'Ashley, se penchant vers lui par-dessus la table, lui disait d'une voix rauque :

— Je coupe la poire en deux, Mark ! Fifty-fifty ! La moitié de ce que je possède, je vous le donne, et je garde l'autre moitié pour moi. Ça représente des honoraires de deux millions de dollars, Mark ! Autrement dit, vous deviendrez un homme indépendant jusqu'à la fin de vos jours. Pour ça, il faut trouver un argument massue, qui me fasse acquitter.

— Consentiriez-vous à m'écrire cela, Lloyd ? questionna vivement l'avocat.

— Bien sûr !

Robinson tira de sa serviette une feuille de papier blanc, sur laquelle il traça quelques lignes, de son écriture claire et dans une forme concise. Puis il tendit le document à son client, qui le parcourut rapidement et le signa d'un geste nerveux. Robinson, dont les doigts tremblaient un peu, reprit le papier, le plia avec soin et le mit dans sa poche.

— Puisque vous acceptez mon offre, dit Ashley, c'est que vous avez une idée. Quelle est-elle ?

Mais Robinson demeura immobile et garda le silence, sans qu'un seul trait de son visage bougeât. Certes, il avait une idée, elle lui était venue trois nuits auparavant, alors qu'il cherchait en vain un moyen de gagner cette partie désespérée. Elle lui était venue tout d'un coup, au point qu'il s'était dressé sur son lit ; assis dans l'obscurité, il y avait beaucoup réfléchi, pesant le pour et le contre, mais finalement il s'était dit que c'était une folie et, se recouchant, il avait ri tout haut de ses divagations. Sans doute, n'y avait-il pas de quoi rire, en de telles circonstances et l'idée, malgré son outrance, était ingénieuse ; pourtant elle n'avait aucune chance d'aboutir à un heureux résultat !...

Mais voici que brusquement, Robinson changeant d'avis à ce sujet dépouillait ses scrupules. Il est certain que la perspective de toucher deux millions de dollars a de quoi vous faire réviser certains jugements hâtifs. Des hommes commettent chaque jour des crimes, voire des meurtres, pour beaucoup moins que cela. Soudain, la réalisation pratique de son idée parut à l'avocat très claire, nette et tentante. Sans doute fallait-il compter avec certains impondérables, dus pour la plupart aux mentalités des douze jurés...

— Il faut que je réfléchisse, Lloyd, dit-il en se levant. Faites-moi confiance, et détendez-vous. Tâchez de dormir cette nuit.

Sur ces mots, il quitta le parloir et, d'un geste impératif, fit signe au policier qui l'avait conduit de le ramener vers la sortie. Dehors, l'air s'était rafraîchi à l'approche du crépuscule ; tout en marchant d'un bon pas, l'avocat étudia minutieusement les détails de son plan. Etait-il conforme à la morale et surtout aux règles de sa profession ? Pas précisément, mais ce genre de considération n'avait jamais tenu une bien grande place dans les préoccupations de Robinson. Comme avocat d'assises, il était réputé pour ses succès. Son plus grand atout résidait en sa voix ; elle pouvait se faire chaleureuse et séduisante, mais aussi redoutable et méprisante. Quant à ses interventions au banc du Ministère public, elles avaient laissé dans les milieux judiciaires un souvenir marquant. On se rappelait particulièrement son dernier procès, au cours duquel il avait retourné sur le gril, avec une cruauté impitoyable, l'auteur d'un vol à main armée. L'homme, condamné au maximum, s'était tourné vers lui, après la lecture de la sentence, en lui jurant qu'un jour il se vengerait ; et souvent, il recevait des lettres de menaces anonymes, émanant des parents de criminels qu'il avait envoyés au bagne. C'est pour cette raison qu'il possédait un permis de port d'arme ; il le faisait renouveler chaque année et l'avait toujours dans son portefeuille.

Non loin du Palais de Justice, il s'arrêta dans Centre Street à un petit magasin spécialisé dans les armes à feu. Après avoir soigneusement passé en revue les divers modèles exposés en vitrine, il acheta un pistolet automatique Colt, calibre 32 modèle de poche, ainsi qu'une boîte de cartouches. Quand le marchand eut fait un paquet du tout et dûment visé le permis, Robinson s'en fut et sauta dans un taxi pour regagner rapidement son cabinet.

Il y trouva sa secrétaire, miss Graham, occupée à taper du courrier ; en le voyant entrer, elle s'interrompit pour lui tendre une liste de messages téléphonés ; mais constatant qu'il paraissait absorbé, elle s'abstint de lui demander comment s'était déroulée l'audience. Sans lui dire un mot, il passa dans son cabinet, dont il referma la porte derrière lui.

Il avait depuis peu fait remettre à neuf cette pièce, et chaque fois qu'il y pénétrait il éprouvait une réelle satisfaction de ce nouvel aménagement. Faisant face à l'imposant bureau, un tableau accroché au mur représentait les neuf magistrats de la Cour Suprême des Etats-Unis. Il était peu probable qu'aucun de ces vénérables personnages eut jamais assisté, au cours de sa carrière, à une scène semblable à celle qui allait se dérouler dans ce cabinet.

Mark Robinson défit le paquet et tint un instant l'arme dans sa main, en réfléchissant. Puis, ayant pris sa décision, il introduisit trois balles dans le chargeur et remit celui-ci en place. Serrant les dents, il leva le pistolet et visa son bras gauche, un peu au-dessus du coude, puis appuya sur la détente.

Le vacarme de la détonation l'assourdit un instant. Mais Robinson n'était pas un stoïque et la douleur, cuisante comme si on le brûlait au fer rouge, lui arracha un cri. Toutefois, il eut l'énergie de pousser avec son pouce le cran de sûreté de l'arme qu'il posa sur son bureau. Deux secondes plus tard, la porte de son cabinet s'ouvrit brusquement et miss Graham parut ; à la vue de Robinson, très pâle et tenant son bras rouge de sang, elle écarquilla des yeux horrifiés en poussant un cri.

— Remettez-vous ! lui dit l'avocat d'une voix rauque. C'est un accident. Ne restez pas là, plantée comme une borne. Allez chercher un médecin. Il y en a un au rez-de-chaussée.

La jeune fille s'en fut à toutes jambes et usa sûrement d'arguments convaincants, car le praticien quitta aussitôt le malade qu'il examinait pour se précipiter, sa trousse à la main, chez Robinson.

— Eh là ! s'écria-t-il, en jetant un regard de dégoût vers le pistolet. Encore un de ces stupides accidents qu'on explique en disant : je ne savais pas qu'il était chargé !

— Pas précisément ! rétorqua l'avocat d'un ton sec.

— Ah ? Eh bien, commençons par enlever ce veston !

Quand il l'eut débarrassé de son vêtement, le médecin déchira la manche de la chemise, du poignet jusqu'à l'épaule, découvrant ainsi la blessure, qu'il examina avec soin.

— Hum ! finit-il par dire. Ça paraît plus grave que cela n'est, en réalité. Vous avez de la chance, Maître ! Pas de muscles ni d'artère endommagés. Rien que des tissus arrachés : il en résultera sûrement une gêne dans l'articulation…

Tirant de sa trousse un antiseptique, il en versa sur la plaie, et Robinson ne put réprimer une plainte, tant la douleur le tortura. Puis, lorsqu'il eut achevé le pansement, l'homme de l'art, reculant d'un pas, dit à son patient, comme s'il s'excusait :

— Ce n'est pas à vous, Maître, que j'apprendrai la Loi. Mais tout médecin appelé à panser une blessure causée par une arme à feu doit en aviser la police. Je ne peux faire autrement.

Robinson se garda de sourire, car il n'aurait pas manqué de rappeler lui-même le règlement au docteur, si celui-ci l'avait oublié ou ignoré. Il tenait en effet à ce qu'on avisât au plus tôt la police : c'était une partie essentielle de son plan. D'ores et déjà il imaginait les en-têtes des journaux : « *Robinson se blesse en voulant démontrer sa thèse.* » Avec quel luxe de détails la presse n'allait-elle pas expliquer pourquoi il avait voulu pousser jusqu'au bout l'expérience, en laissant tomber l'arme sur son bureau !…

*
**

A dix heures précises, le lendemain matin, l'huissier clama son solennel : « Tout le monde debout ! Voici l'Honorable Juge de la Cour d'Assises de l'Etat de New York ! » Aussitôt le noble magistrat surgit de derrière un rideau et gagna vivement son fauteuil, dans un grand mouvement de robe et de manches.

— Asseyez-vous, je vous prie ! dit alors l'huissier. L'audience est ouverte !

Le juge examina d'un œil surpris Robinson, dont le bras gauche reposait dans une écharpe de soie accrochée à son cou, puis il ordonna :

— Introduisez le témoin !

L'inspecteur Keller fit alors son entrée, prêta serment. Les douze jurés se penchèrent en avant, manifestement intéressés. Au banc de l'accusation, le procureur Herrick semblait tendu, vigilant et prêt à la riposte. Quant à Robinson, il s'efforçait de ne pas sourire ; mais l'air pincé de l'avocat général, lorsqu'ils s'étaient salués avant l'audience, l'avait réjoui. Le magistrat soupçonnait-il la vérité ? C'était possible.

— La parole est à la défense, pour interroger le témoin, déclara le Président.

Il y eut un léger murmure dans l'assistance quand Robinson se dressa, comme mu par un ressort. Non sans cabotinage, il commença par se tourner vers le public, pour que chacun pût voir qu'il avait le bras en écharpe. Au premier rang des spectateurs, Eve, pâle et menue, l'implora du regard.

D'un pas résolu, il s'avança jusqu'à la table des pièces à conviction et saisit dans sa main valide le pistolet d'Ashley ; puis, se tournant vers l'expert en balistique, il lui dit :

— Si j'ai bonne mémoire, monsieur Keller, vous avez déclaré hier vous être servi de cette arme pour tirer une balle, à titre d'expérience ? N'est-ce pas ?

— C'est exact, Maître, répondit Keller d'un ton sec.

— Vous vouliez ainsi prouver que ce pistolet a bien servi à tirer la balle fatale ?

— C'est exact, répéta l'inspecteur.

— Je présume qu'avant de procéder à cette expérience, vous avez enlevé le cran de sûreté ?

— Dame, c'est évident ! Sans cela, je serais encore au laboratoire en train d'appuyer vainement sur la détente !

Un spectateur pouffa et le greffier sourit, ce qui donna plus d'assurance au témoin. Mais Robinson, le foudroyant du regard, le rabroua vertement :

— Ce n'est pas le moment de faire de l'esprit, monsieur Keller ! Vous rendez-vous compte que votre témoignage peut envoyer un innocent à la chaise électrique ?

Le procureur Herrick, levant la main, déclara :

— Je considère également la réponse du témoin comme déplacée et je demande aux jurés de ne pas en tenir compte.

— Entièrement d'accord ! fit le président. Le jury n'en tiendra pas compte.

— Ainsi donc, reprit Robinson, vous êtes absolument sûr, Inspecteur, que, pour pouvoir faire feu avec cette arme, il faut d'abord enlever le cran de sûreté ?

— C'est mon avis formel.

— Et vous êtes également convaincu que le cran de sûreté d'une telle arme ne peut sauter en aucune circonstance ?

Keller hésita un instant, puis répondit :

— C'est-à-dire… que… Oui, pour autant que je sache.

— En avez-vous fait vous-même l'expérience ?

— Que voulez-vous dire, Maître ?

— Ceci : avez-vous jamais chargé cette arme et essayé de la faire tomber de haut sur une surface dure ?

— Euh !… Ma foi… non, Maître !

— Vraiment ? Bien que sachant sur quelle assertion reposait la défense de l'accusé ?

Keller eut l'air soudain gêné et mal à l'aise ; il jeta un regard vers le procureur, mais le visage inexpressif du magistrat ne lui fut d'aucun secours.

— Veuillez répondre à ma question ! reprit Robinson, d'un ton extrêmement inamical.

— Non, Maître, je n'ai pas fait l'expérience.

— Et pourquoi donc, monsieur Keller ? Pourquoi n'avoir pas essayé ? N'était-ce pas, de toute évidence, la première chose à faire ? Auriez-vous par hasard craint de donner ainsi raison à mon client ?

— Oh ! non, Maître, pas du tout !

— Alors pourquoi ?

— Tout simplement, répliqua l'inspecteur, humilié, parce que ça ne m'est pas venu à l'idée.

— Ça ne vous est pas venu à l'idée ? Ainsi, un

homme est accusé d'un meurtre au premier degré ; on le fait passer en cour d'assises, où il risque sa vie et se voit menacé de la chaise électrique ; mais vous, vous n'avez pas un instant pensé à faire une expérience extrêmement simple, pour savoir si l'accusé disait la vérité ?

L'inspecteur Keller rougit violemment, mais ne trouva rien à répliquer.

— Je demande qu'il soit inscrit au procès-verbal, reprit alors Robinson, que le témoin a refusé de répondre ! Autre chose, maintenant, Inspecteur ! Vous avez hier affirmé sous la foi du serment qu'une arme de ce modèle ne pouvait pas se décharger en tombant sur une surface dure ? N'est-ce pas ?

— Quand le cran de sûreté est mis.

— Bien entendu.

— En effet, Maître, c'est ce que j'ai dit.

— Et vous êtes sur ce point absolument formel, n'est-ce pas ? Aucun doute ne subsiste dans votre esprit ?

Keller, de plus en plus gêné, avala péniblement sa salive et, regardant le bras de Robinson, finit par répondre :

— Ma foi... non !

— Alors, voyons un peu ! fit l'avocat.

Ce disant, il prit le revolver dans sa main gauche, dont les doigts enflés dépassaient l'écharpe ; puis, il sortit, avec sa main droite, une cartouche de sa poche et l'introduisit maladroitement dans le chargeur, qu'il replaça en position de tir. S'approchant alors du témoin, il voulut lui tendre l'arme, mais ce simple mouvement de son bras blessé le fit grimacer de douleur et le contraignit à arrêter son geste ; la scène fut impressionnante, et l'on sentit dans l'assistance une intense émotion. D'un geste très lent, Robinson prit dans sa main droite le pistolet, le tendit à l'expert, et lui dit d'une voix claire, détachant chaque syllabe :

— Et maintenant, monsieur Keller, voulez-vous, je vous prie, examiner le cran de sûreté de cette arme et nous dire s'il se trouve placé dans une position telle qu'aucune cartouche ne puisse être tirée.

— Il est bien en place, Maître.

— Parfait ! Alors, voulez-vous lever le bras, s'il vous plaît. Je désirerais prouver au tribunal, à Messieurs les Jurés et à l'assistance que cette arme ne peut absolument pas faire feu si on la laisse tomber de haut. Veuillez donc la lâcher pour qu'elle heurte le dallage, ou bien abattez-la avec force sur la table des pièces à conviction.

Un murmure parcourut l'assistance, cependant que le procureur Herrick se levait d'un bond et s'écriait, rouge de colère :

— Je proteste, Monsieur le Président, et m'oppose à ce que le témoin s'exécute ! Cette expérience, digne d'un champ de foire, est inadmissible en pleine audience, sans compter qu'elle est dangereuse pour tous...

Il s'arrêta court et n'en dit pas plus ; mais ces quelques mots suffisaient à prouver qu'il croyait à la possibilité d'un coup de feu, malgré le cran de sûreté. Contrastant avec cette attitude, Robinson paraissait extrêmement calme et à son aise.

— Plaise au tribunal, déclara-t-il, de remarquer que je ne demande rien d'anormal au témoin. Il vient en effet, sous la foi du serment, de faire une déclaration dont l'importance est capitale. Je me borne à le prier de nous en administrer la preuve.

Le Président, visiblement à contrecœur, prononça :

— Objection non valable.

— Allons, monsieur Keller ! reprit alors Robinson. Veuillez prouver vous-même à la Cour et aux jurés que le coup de feu qui a tué la victime n'a pas pu partir dans les conditions précisées par mon client.

Dans un silence pathétique, Keller leva lentement son bras armé du pistolet au-dessus de la table des pièces à conviction. Son visage exprimait une confusion mêlée d'angoisse. Robinson, retenant son souffle, l'observait d'un air impassible. Quant au Président, il se tassa dans son fauteuil, pour s'exposer le moins possible au danger.

— Nous vous attendons, Inspecteur ! dit Robinson d'une voix douce mais très distincte.

Keller resta le bras levé et l'on vit que des gouttes de sueur perlaient à ses tempes.

— Allons, monsieur Keller, ne perdons pas de temps, je vous prie ! dit l'avocat. Vous nous faites inutilement attendre !

Les deux hommes se regardèrent fixement, puis, délibérément, Robinson arrangea son écharpe. Keller poussa un profond soupir et, sans dire un mot, s'assit sur le siège réservé aux témoins, devant la barre, et posa le pistolet sur ses genoux. Un soupir de soulagement retentit dans toute la salle.

Dès lors, personne ne douta plus du verdict. La plaidoirie de Robinson fut un chef-d'œuvre d'éloquence judiciaire, et le Président ne cacha pas qu'il ne trouvait aucune preuve formelle permettant d'incriminer Lloyd Ashley. Dans ces conditions les jurés n'avaient guère le choix et, après une heure de délibération, ils déclarèrent l'accusé non coupable d'assassinat.

Lorsque l'audience fut levée, Ashley ne manifesta aucune jubilation. L'épreuve l'avait exténué et il semblait sur le point de s'évanouir. Robinson le tira de sa torpeur en lui touchant l'épaule.

— Allons, Lloyd ! lui dit-il. Nous en sommes sortis tout de même ! Vous voilà libre, maintenant. Rentrons à mon bureau. Nous avons encore une petite formalité à remplir, n'est-ce pas ?

— Mais oui, bien sûr ! fit Ashley en se redressant et avec un sourire pincé.

Ils se frayèrent un chemin à travers la foule des curieux qui les attendaient devant le Palais de Justice et arrêtèrent un taxi. Les débats et les formalités ayant duré tout l'après-midi, le soir tombait quand ils arrivèrent au cabinet de l'avocat. La secrétaire, qui assistait à l'audience, était rentrée chez elle, en sorte qu'ils se trouvèrent seuls.

Pour célébrer l'événement, Robinson alla prendre une bouteille dans le placard et emplit des verres, que les deux hommes vidèrent d'un trait. Puis il ouvrit une boîte de cigares et en offrit un à Ashley qui, l'ayant allumé, se carra dans son fauteuil et aspira de longues bouffées. Après quelques minutes de silence, il déclara :

— Bien joué, Mark ! Je savais que vous étiez capable de m'en sortir. Vous avez rempli les clauses de notre marche. J'imagine que, maintenant, vous attendez de moi que je tienne à mon tour parole ?

Robinson répondit par un geste vague.

— Avez-vous ici des chèques passe-partout ?

— Il doit y en avoir dans le bureau de ma secrétaire, rétorqua l'avocat.

Il en tenait toujours à la disposition de clients qui venaient le consulter sans apporter suffisamment d'argent. Gagnant donc la pièce voisine, il fouilla un instant dans les tiroirs jusqu'à ce qu'il eut mis la main sur le carnet de chèques. Quand il revint dans son cabinet, il trouva Ashley installé derrière le bureau. Il lui tendit un des chèques. Sans sourciller, le financier le remplit pour un montant de deux millions de dollars.

— J'ai dit moitié-moitié, Mark, fit-il en lui remettant le document. Il se peut que vous touchiez davantage. Nous serons fixés, quand mon comptable aura établi un bilan définitif.

Lorsque Robinson eut pris le chèque, il le regarda fixement, fasciné par la longue succession de chiffres. L'émotion fit battre plus fort le sang dans sa blessure, mais peu lui importait maintenant. Cependant, la voix d'Ashley lui parvint, étrangement douce.

— Oh ! oui, Mark ! Vous méritez mieux que cela, et je crois que je vais pouvoir vous le donner tout de suite.

Robinson, levant les yeux, vit qu'Ashley braquait sur lui le pistolet acheté la veille, et qu'il enlevait avec son pouce le cran de sûreté.

— Je viens de trouver ça dans votre bureau, reprit Ashley. Ce doit être l'arme dont vous vous êtes servi hier soir. Quelle ironie du sort, Mark ! Vous possédez maintenant ce qui vous paraît le plus précieux au monde, la fortune, et pourtant vous ne pourrez jamais en dépenser un centime !

Le regard d'Ashley inquiéta l'avocat.

— Qu'est-ce que cela signifie ? demanda-t-il.

— Vous vous souvenez du détective privé que vous m'aviez recommandé ? Eh bien, figurez-vous qu'après avoir supprimé Ward, je n'ai pu lui faire savoir que sa mission était terminée, en sorte qu'il a continué de suivre ma femme pendant que j'étais en prison. Et avant-hier, il m'a fait parvenir un rapport. Je pense qu'il est inutile de vous en donner le contenu et de vous préciser qui a été l'amant d'Eve pendant tout ce temps ?

Robinson pâlit, car la main d'Ashley ne tremblait pas, tandis qu'il poursuivait :

— Voyez-vous, Mark, j'estime que vous êtes au moins autant que moi responsable de la mort de Ward. Car vous avez persuadé Eve de l'utiliser comme paravent, afin d'être tout à fait tranquille. Une telle idée ne pouvait venir que de vous. Eve n'a pas assez d'imagination pour cela.

Robinson ruisselant de sueur, balbutia :

— Attendez, Lloyd ! Ecoutez-moi !

— Non, Mark. Je n'en ai aucune envie. Vous êtes trop fort, pour ce qui est d'embobiner les gens. J'en ai eu la preuve aujourd'hui. Voilà deux jours que j'attends et prépare cet entretien. La découverte de votre arme précipite les choses. Je trouve que, au fond, c'est justice. Vous m'avez forcé à tuer un innocent, et je ne vois aucune raison de ne pas tuer le vrai coupable.

Des deux coups de feu qui claquèrent, Mark Robinson n'entendit que le premier.

The $ 2 000 000 depense.
D'après la traduction de Jacques Brécard.

Le tiroir oublié

par

HARRY MUHEIM

Norman Logan paya sa tarte aux pommes, son café, prit son plateau et se dirigea vers la partie de la cafétéria donnant sur la rue. Il reconnut tout de suite la silhouette massive de William Tritt qui lui tournait le dos. Les tables près de Tritt étaient libres ; Logan n'avait aucune envie de déjeuner en sa compagnie, mais il y avait cette affaire qui les concernait tous les deux et que Logan tenait à éclaircir. Il s'arrêta près de la table de Tritt et demanda :

— Puis-je m'asseoir ici sans vous déranger ?

Tritt le regarda du même œil qu'il levait sur tous ses clients, derrière son guichet, à la banque juste en face. Il jouait les valets — un de ces gros maîtres d'hôtel rigides comme on en voyait autrefois au cinéma — mais cette mince pellicule d'obséquiosité dissimulait mal une attitude générale de vaste supériorité qui avait toujours eu le don d'horripiler Logan.

— Mais bien sûr, monsieur Logan, je vous en prie... Permettez-moi seulement de vous demander de ne plus me parler de ces deux cents dollars...

— Je verrai, répondit Logan en tirant une chaise pour s'asseoir. Vous déjeunez bien tard !

— Oh ! J'ai déjà déjeuné, ceci n'est qu'un en-cas...

Tritt coupa un gros morceau de la tranche de rôti qui était devant lui et se le fourra dans la bouche.

— Je ne crois pas vous avoir vu de tout l'été, continua-t-il en mastiquant.

— J'étais en province. Nous essayions d'enrayer une épidémie dans les pommiers.

— Ne me dites pas...

Tritt avait pris un air concerné que les circonstances ne demandaient certes pas.

— J'avais l'intention de partir vers l'Ouest pour continuer mes recherches mais je n'ai pu obtenir de l'Université les fonds nécessaires.

— Mais vous serez là pour la rentrée, n'est-ce pas ?

— Oh ! Oui, fit Logan dans un soupir, nous recommençons demain.

Un moment, il songea aux nouveaux visages qui se lèveraient vers lui dans la salle de conférence. Tous ces adolescents surexcités par la vie à New York, élevés au milieu du béton et poussés à l'Université soit par leurs parents, soit par l'armée et poussés ensuite dans son cours de botanique par l'Université même. Leur univers était la ville et cultiver quoi que ce soit ne les intéressait nullement. Parfois, une sorte de tristesse s'emparait de Logan en constatant qu'après cinq années d'enseignement assidu il n'avait réussi à communiquer son amour de la botanique qu'à très peu d'entre eux.

— On peut dire que dans l'enseignement vous avez votre compte de vacances, fit Tritt... de juin à septembre !

— C'est sûrement vrai... Le seul ennui est qu'on ne gagne pas assez pour pouvoir profiter agréablement de tout ce temps libre.

Tritt étouffa un petit rire tout en continuant de mâcher. Logan se mit à manger sa tarte. Elle avait le goût insipide de toutes les pâtisseries de cafétéria. Puis, après un long silence :

— Monsieur Tritt...

— Oui ?

— Quand allez-vous me rendre ces deux cents dollars ?

— Oh ! s'il vous plaît, monsieur Logan ! Cette histoire est terminée depuis des mois. Tout le monde a vérifié : M. Pinkson, les inspecteurs de la banque... Je ne vous ai *pas* volé ces deux cents dollars !

— Vous me les avez volés et vous le savez très bien.

— Je ne veux plus entendre parler de ça.

— Monsieur Tritt, ce jour-là j'avais en main trois cent vingt-quatre dollars exactement : je venais juste de négocier des bons. Je sais tout de même combien j'avais !

— La question a été réglée voici des mois, coupa Tritt sèchement.

— Non ! En ce qui me concerne, certainement pas : vous avez crédité mon compte de cent vingt-quatre dollars au lieu de trois cent vingt-quatre.

Tritt posa sa fourchette et croisa les mains.

— Ecoutez, je vous ai entendu raconter cette histoire plus de mille fois. Et moi je vous dis que ma caisse était juste quand vous êtes revenu faire votre réclamation.

— Sûr qu'elle était juste ! explosa Logan. C'est au moment où Pinkson vous a demandé de vérifier vos liquidités que vous vous êtes rendu compte de l'erreur. Alors, vous avez retiré mes deux cents dollars du tiroir. Pas étonnant que votre caisse ait été juste !

Tritt posa une main qui se voulait apaisante sur le bras de Logan.

— Monsieur Logan, il y a des années que je travaille dans cette banque. Il est hors de question que je me permette de faire des erreurs.

— Il est également hors de question que vous admettiez en avoir fait une.

— Ecoutez-moi, dit Tritt comme s'il s'adressait à un gamin, croyez-vous vraiment que j'irais m'amuser à mettre ma carrière en jeu pour deux cents dollars ?

— Votre carrière n'a rien à voir là-dedans, répliqua Logan. Vous saviez que personne ne s'apercevrait de rien et vous avez pris mon argent pour couvrir votre erreur.

Tritt ne s'énerva pas, il se contenta de sourire :

— C'est votre version des choses, monsieur Logan, mais j'aimerais bien que vous cessiez de m'importuner avec votre conte de fées.

Abandonnant la moitié de son repas, Tritt se leva,

mit son chapeau et fit le tour de la table pour venir se pencher au-dessus de Logan :

— Partant d'un point de vue tout à fait hypothétique bien sûr, permettez-moi seulement d'ajouter que si *j'avais* volé votre argent pour ensuite risquer ma réputation en affirmant qu'il n'en est rien, la pire chose à faire maintenant serait de vous le rendre, vous ne croyez pas ?

— Ça ne se passera pas comme ça, Tritt, lâcha Logan en se redressant sur sa chaise, j'ai horreur de me faire avoir...

— Je sais, je sais... Ça aussi il y a des mois que vous le dites. Bon, allez... Au revoir !

Tritt sortit de la cafétéria. Suivant du regard l'imposant caissier qui traversait la rue et entrait dans la banque, Norman Logan ne fit pas un mouvement. Il n'éprouvait pas de colère, conscient seulement d'un sentiment d'impuissance de plus en plus grand. Lentement, il finit son café.

Quelques minutes plus tard, Logan entrait dans la banque. Dans la salle des coffres au sous-sol, il souleva le couvercle de la longue boîte métallique qui lui était réservée et en sortit trois bons de vingt-cinq dollars chacun. Tout en soupirant, il commença à les remplir afin de les encaisser. Cela couvrirait le montant de sa prime d'assurance sociale pour l'année. Déjà, en juillet, il avait négocié trois titres, quand son père avait dépensé plus que sa retraite. Et, au début de l'été, il avait dû récidiver encore lorsqu'il était rentré dans un camion et avait dû faire réparer la Plymouth. Presque chaque mois maintenant les circonstances voulaient qu'il négocie des bons et Logan réfléchit qu'il n'en avait plus souscrit depuis qu'il avait quitté la marine. Une chose était certaine : la botanique ne rapportait pas assez.

Les titres à la main, il remonta jusqu'au rez-de-chaussée l'escalier étroit et, se dirigeant vers l'arrière de la banque, il longea la rangée de cages vitrées où officiaient les caissiers. Il poussa le portillon en fer d'une balustrade basse et pénétra dans la partie réservée aux directeur et sous-directeur de l'agence. Le bureau du directeur étant placé juste à côté du portillon, M. Pinkson leva les yeux lorsque Logan entra. Regardant pardessus les lorgnons pincés sur l'arête de son nez, il lui adressa un sourire :

— Bonjour, monsieur Logan.

Rapides, ses yeux s'étaient posés sur les titres que Logan tenait à la main puis, avec une neutralité professionnelle propre à sa fonction de directeur, ils remontèrent aussitôt vers le visage de son client.

— Si vous voulez bien vous asseoir, je vais appeler M. Tritt.

— M. Tritt ?

— Oui, il a été transféré à la première caisse depuis peu.

Pinkson lui ayant indiqué une lourde table placée loin derrière lui près du mur de fond, Logan alla s'y asseoir.

— Vous avez passé de bonnes vacances ?

Pour lui faire face, Pinkson avait fait pivoter son fauteuil grinçant.

— Pas mauvaises, merci.

— Vous êtes parti quelque part ?

— Oui, je travaillais en province... je travaille toujours pendant les vacances.

M. Pinkson eut un petit rire étouffé, qui lui tenait lieu de réponse lorsqu'il n'était pas certain qu'il s'agisse ou non d'une boutade de la part de ses clients. Puis, faisant à nouveau volte-face, il repartit dans ses calculs en baissant son crâne chauve.

Logan posa ses bons sur le buvard propre qui couvrait une partie de la table et regarda en direction du compartiment où se trouvait Tritt. C'était le dernier de la rangée, avec une porte ouvrant directement sur la section réservée aux directeurs. Assis à l'intérieur, Tritt était au téléphone et, pendant une longue et déplaisante minute, au travers de la vitre verdâtre, Logan observa le gros visage plein d'assurance. « Je l'aurai », se dit-il. Mais il ne voyait pas du tout comment. Depuis presque un an maintenant, Tritt restait fermement protégé par son mensonge, et Norman Logan ne semblait pas très au fait des techniques de vengeance.

A cran, Logan se renversa sur sa chaise qu'il tint en équilibre sur les deux pieds arrière. Après avoir essayé sans succès de faire disparaître une tache de graisse de son pardessus, ses yeux se posèrent sur un tiroir dissimulé par un surplomb du plateau de la table. La poignée ayant été enlevée, il était très difficile de le voir. Seule une fine ligne noire le signalait dans la teinte foncée du bois. Logan avait même du mal à distinguer les deux trous maintenant comblés par la cire qui marquaient l'emplacement où la poignée se trouvait naguère. Curieux, il se pencha vers l'avant et glissa ses ongles dans la fente noire marquant l'emplacement du bas du tiroir. Doucement, il tira. Le tiroir s'ouvrit sans heurt.

L'intérieur était sale et en désordre. De petits monticules de moisissure grisâtre s'étaient accumulés sur la colle des jointures. Un voile de poussière recouvrait des morceaux de papier jaunis et des trombones éparpillés. Basculant à nouveau sa chaise vers l'arrière Logan ouvrit le tiroir en grand, révélant une délicate toile d'araignée. Morte et desséchée, l'araignée reposait sur une plage oubliée d'éphéméride. La feuille unique de ce calendrier portait la date du 2 décembre 1936. Refermant doucement le tiroir, Logan se demanda si celui-ci n'avait pas été touché depuis que Alf Landon avait fait campagne contre Roosevelt.

Ouvrant la porte, Tritt sortit de son réduit et s'avança, un grand formulaire jaune à la main. Se déplaçant avec une certaine délicatesse malgré son embonpoint, le jeune William Tritt se tenait très droit et faisait un visible effort pour rentrer le ventre.

— Bonjour, monsieur Logan... Excusez-moi de vous avoir fait attendre mais c'est le siège qui m'appelait, je ne pouvais raccrocher.

— Oui, bien sûr...

Tout en s'asseyant face à lui, le caissier sourit à Logan. Celui-ci fit glisser les titres de l'autre côté de la table.

— Très heureux de vous revoir, dit Tritt avec courtoisie pendant qu'il dévissait le capuchon de son stylo. Prêt pour la rentrée ?

Rien qui pût laisser soupçonner la conversation qu'ils

128

avaient eue quelques instants plus tôt. Logan ne répondant rien, Tritt se mit au travail, se référant au formulaire jaune pour le montant à payer par la banque sur chaque titre.

— Voilà... Cela fait un total de soixante-sept dollars et vingt-cinq cents, annonça-t-il en terminant l'addition.

Logan remplit une feuille de dépôt.

— Voulez-vous mettre ceci au crédit de mon compte, s'il vous plaît ?

Il tendit à Tritt son livret d'épargne :

— Et faites en sorte que le montant correct y soit inscrit, je vous prie.

— Mais certainement, monsieur Logan, répondit Tritt en souriant d'un air indulgent.

Logan observa Tritt avec attention pendant que celui-ci remplissait son livret. Au moment où Tritt retournait vers sa cage de verre, et sans bien savoir pourquoi, Logan ne put s'empêcher de jeter un autre coup d'œil dans le tiroir poussiéreux. Tout comme il ne put s'empêcher d'y penser dans le bus qui le ramenait à l'Université. En fait, grande était sa surprise d'être tombé sur un coin sale et oublié dans une banque où régnaient toujours l'ordre et la propreté.

De retour au département de biologie, se proposant d'établir ses nouvelles listes d'étudiants, Logan s'installa à son bureau. Un long moment, il resta sans bouger. Le soleil de septembre descendit bas derrière les *New Jersey Palisades* mais Logan ne se mit pas au travail. Inexplicablement, le tiroir oublié continuait de l'obséder.

Soudain, il se redressa. Dans une surprenante illumination de pensée créatrice, il venait de voir comment il pouvait utiliser le tiroir. Il n'avait pas conscience d'avoir cherché un plan. Le schéma tout entier s'était soudain imposé à lui, avec une telle clarté et une telle précision qu'il se sentait à peine responsable de son élaboration : Il allait voler la banque et faire porter le chapeau à Tritt. Ça lui apprendrait !

***

Dans les semaines qui suivirent, Norman Logan resta étonnamment calme quant à son projet. Mais plus il revenait point par point sur le mécanisme de l'opération et plus la chose lui semblait parfaitement réalisable. Il plaça sa première attaque le jour où il reçut le chèque de son salaire de novembre.

S'étant rendu dans la 55ᵉ Rue, Logan entra dans un magasin de farces et attrapes, où il acheta un étui à cigarettes. Fabriqué dans un plastique foncé bleu acier, celui-ci ressemblait à un pistolet 9 mm automatique. Lorsqu'on appuyait sur la détente, une partie du dessus de l'arme se soulevait, révélant les cigarettes à l'intérieur de la poignée.

L'objet en poche, Logan prit un bus qui l'emmena tout en bas de la 2ᵉ Avenue et il entra dans un magasin crasseux offrant toutes sortes d'armes en vitrine. Un petit bonhomme s'approcha en traînant les pieds et Logan demanda à voir un 9 mm.

— Je ne peux rien vous vendre si vous ne me montrez pas votre permis, lui dit l'homme. Loi Sullivan !

— Je ne veux pas acheter d'arme, expliqua Logan, sortant son pistolet en plastique, je veux simplement voir si le vrai ressemble à celui-ci.

Le bonhomme émit une sorte de ricanement et sortit un 9 mm de dessous le comptoir.

— Alors, vous voulez juste vous amuser un peu, hein ?

— Exact, répondit Logan en examinant les armes.

Elles étaient pratiquement identiques.

— Facile de les confondre, non ? Mais laissez-moi vous donner un petit tuyau : mettez du papier collant transparent sur le couvercle pour être sûr qu'il restera fermé. Un ami à moi a voulu utiliser un de ces machins : il était sur le point de réussir sans bavure une belle attaque quand il a appuyé sur la détente et le couvercle s'est soulevé. Il a bien essayé d'offrir une cigarette à sa victime mais celle-ci lui est rentrée dedans et lui a flanqué une bonne raclée !

130

— Merci du renseignement, fit Logan dans un sourire, j'essaierai de m'en souvenir.

— Tenez, voici un rouleau de scotch, si vous voulez en mettre tout de suite.

Logan marcha jusqu'à la station la plus proche et retraversa la ville en métro. Il était 3 heures moins 5 lorsqu'il arriva à la banque. Quand Logan passa la porte d'entrée, le vieux gardien en uniforme gris le salua. Les pupitres étant tous occupés par des clients, il n'y eut rien que de très naturel à voir Logan se diriger vers le fond, pousser le portillon de fer, traverser la pièce et aller s'asseoir à la table au tiroir. M. Pinkson et le nouveau sous-directeur étaient déjà partis, laissant leurs bureaux respectifs bien en ordre.

Tritt ouvrit sa porte et passa la tête :

— Encore des bons, monsieur Logan ?

— Non, juste un versement à mon compte.

Tritt retourna à son travail.

Ayant sorti son portefeuille puis son chèque, Logan regarda sur toute la longueur de la banque. Personne ne faisait attention à lui. En même temps qu'il replaçait son portefeuille dans sa poche intérieure, il en sortit le faux pistolet et ouvrit le tiroir. Il y glissa l'arme, ferma le tiroir, déposa son chèque et rentra chez lui.

En dépit de la loi Sullivan, le processus était engagé.

Deux fois pendant le mois de novembre, Logan utilisa la fameuse table. A chaque occasion, il vérifia que le pistolet était toujours là. On n'y avait pas touché. Lorsque arriva la date de déposer son chèque de décembre, il était absolument certain que personne ne regardait jamais à cet endroit. Le 19 du même mois, il décida de sauter le pas.

Le lendemain matin, après sa classe de 10 heures, Logan descendit la colline à pied jusqu'à la banque. Sortant quatre bons de son coffre, il les remplit aux fins de remboursement. Apaisants, des chants de Noël parvenaient du rez-de-chaussée jusqu'à lui.

Revenu en haut, il alla s'asseoir à la lourde table et attendit Tritt. Pinkson le salua de la tête avant de se replonger dans ses chiffres ; le directeur, lui, était absent de son bureau. Ici, les chants de Noël étaient assez forts et Logan sourit à cet avantage inattendu. Il posa les bons bien en vue sur le papier buvard. Ayant entrouvert le tiroir, il prit le pistolet dans sa main gauche et le tint caché sous la table.

Le barème de remboursement à la main, Tritt se dirigeait vers lui. Ils se dirent bonjour et Tritt s'assit pour se mettre au travail. Il recommença deux fois ses calculs puis, regardant toujours ses chiffres, il annonça :

— Voilà, monsieur Logan, cela fait quatre-vingt-trois dollars et cinquante cents.

— Vous allez y ajouter autre chose, fit Logan d'une voix unie en se penchant vers lui.

— Je vous demande pardon ?

— Dix mille dollars en billets de vingt.

Tritt esquissa un sourire. Il s'apprêtait à regarder le visage de Logan lorsque ses yeux découvrirent le canon du pistolet dépassant tout juste le rebord de la table. Le morceau de scotch était invisible.

— Vous retournez à votre caisse et vous me rapportez cet argent.

C'était la première fois que William Tritt subissait une expérience de ce genre.

— Monsieur Logan... Voyons... Monsieur Logan !

Il déglutit, essaya de dire autre chose mais sa belle assurance continuelle l'avait abandonné. Il se tourna vers le dos de Pinkson.

— Regardez-moi ! ordonna Logan sèchement.

Tritt revint à sa position initiale.

— Monsieur Logan, vous ne savez plus ce que vous faites...

— Restez tranquille !

— Peut-être pouvons-nous vous consentir un prêt ou...

— Ecoutez-moi bien, Tritt...

La voix de Logan était tout juste assez forte pour porter au-dessus de « Petit Papa Noël ». Le ton autoritaire qu'il employait le surprit lui-même.

— ... mettez l'argent dans un sac et apportez-le sur cette table.

132

Tritt tenta de formuler une nouvelle objection mais Logan n'eut qu'à soulever légèrement le canon de son arme pour que toute velléité de résistance abandonnât le gros homme.

— D'accord, d'accord... j'y vais !

Pendant que Tritt retournait vers sa caisse d'un pas mal assuré, Logan posa le pistolet dans le tiroir qu'il remit en place. Tritt ferma sa porte et, baissant la tête, disparut à la vue de Logan. Aussitôt le téléphone sur le bureau de M. Pinkson se mit à sonner et le directeur décrocha. Logan l'observait et, après quelques secondes, il vit son dos se raidir. Comprenant que ce n'était pas cette fois-ci qu'il aurait l'argent, Logan soupira.

Pendant un court instant il ne se passa rien mais, soudain, le vieux gardien fit une entrée précipitée, son lourd revolver tressautant alors qu'il essayait de courir en le maintenant braqué sur Logan.

— Ne bougez plus ! Les mains en l'air !

Logan leva les mains pendant que le gardien, un air vaguement surpris sur le visage, se tournait vers Pinkson :

— Plus rien à craindre, monsieur Pinkson, je le tiens en respect...

Pinkson se leva au moment où Tritt sortait de sa cage de verre. A l'abri du revolver, les trois hommes s'avancèrent doucement vers Logan.

— Attention, Louis, il est armé ! lança Tritt à l'adresse du gardien.

— Puis-je vous demander ce que signifie tout ceci ? questionna Logan, les mains toujours en l'air.

— Ecoutez, monsieur Logan, je suis désolé mais M. Tritt vient de me dire que... que...

— Que vous vouliez m'extorquer dix mille dollars, compléta Tritt, la voix cassante.

— Je... *quoi ?*

— Vous avez tenté un vol à main armée. Et n'essayez pas de le nier, je vous en prie !

Le visage de Logan se mua en celui d'un homme tellement stupéfait qu'il lui est impossible de parler.

Cependant, il se rappela qu'il ne devait pas en faire trop... Il commença par rire en regardant Tritt. Puis, baissant les bras, ne tenant aucun compte de l'arme du gardien toujours braquée sur lui, il se mit debout : il était l'image même d'un digne membre de la Faculté — calme mais indigné.

— Tout ce que j'ai à dire, monsieur Tritt, est que je le nie absolument.

— Dieu soit loué ! lâcha Pinkson.

— Vous feriez bien de lui retirer son arme, ordonna Tritt au gardien.

Avec précaution, celui-ci s'approcha de Logan et le palpa... (comme au cinéma, pensa le professeur).

— Il n'est pas armé, finit par déclarer le gardien.

— Je vous dis que si ! lança Tritt en s'écartant. C'est là, dans son veston.

Tritt fourra sa grosse main dans la poche gauche du veston de Logan, l'agitant en tous sens.

— Ce n'est pas dans cette poche, dit-il.

— Ni dans celle-là ni dans aucune autre, ajouta Logan, je n'ai pas d'arme !

— Ce n'est pas vrai ! Vous en avez une... Je l'ai vue ! cria Tritt comme un gamin en colère.

Saisissant Logan aux épaules, il lui fit faire un brusque demi-tour et, d'un seul mouvement, lui enleva son veston, dont les manches se trouvèrent retournées. Avec acharnement, le caissier se mit à fouiller dans toutes les poches et, en désespoir de cause, froissa brutalement le veston sur toute sa longueur.

— Le... l'arme n'est pas dans son veston, finit-il par marmonner.

— Ni dans son pantalon, ajouta le gardien.

Tritt avança vers la table :

— Il est là quelque part... Nous étions assis ici !

Debout face au tiroir fermé, il passa les mains sur toute la longueur de la table, souleva une pile de formulaires, les remit en place et regarda même sous le grand buvard comme si une arme pouvait y être dissimulée.

Logan estima devoir faire cesser ce manège.

— Y a-t-il un endroit où je puisse enlever le reste de mes vêtements? demanda-t-il d'une voix tonitruante tout en baissant ses bretelles.

Attirés par le remue-ménage, plusieurs clients s'étaient attroupés de l'autre côté de la balustrade. M. Pinkson protesta aussitôt avec véhémence.

— Oh! Non... non! C'est inutile, monsieur Logan! Louis nous a dit que vous n'étiez pas armé... Louis, s'il vous plaît, rangez *votre* arme, voulez-vous, et veuillez faire circuler les clients, je vous prie.

— Mais, monsieur Pinkson, vous devez me croire! protesta Tritt en s'approchant du directeur, cet homme m'a menacé de son arme et...

— Je ne sais que croire mais, puisque rien n'a été volé, je ne vois aucune raison d'importuner plus longtemps M. Logan avec cette histoire. S'il vous plaît, monsieur Logan, rajustez vos bretelles...

Pour le caissier, c'était un coup terrible : pour la première fois à la banque, sa parole était mise en doute.

— Monsieur le directeur, permettez-moi d'insister mais ce monsieur...

— Monsieur Tritt, coupa Pinkson, veuillez retourner à votre travail...

Le caissier obéit. Le directeur aida Logan à remettre son veston et l'entraîna vers son bureau.

— Monsieur Logan, il s'agit d'une lamentable erreur... asseyez-vous, je vous en prie...

Le petit homme respirait avec difficulté.

— Voilà, je voulais seulement vous dire que si vous décidez de porter plainte, les... les choses risquent d'aller fort mal pour nous vis-à-vis du siège et je...

— Monsieur Pinkson, soyez sans inquiétude, je n'ai nullement l'intention de porter plainte.

Et avec une certaine désinvolture, Logan donna sa version des faits : M. Tritt avait cru voir une arme, c'est tout! Il s'agissait là d'une aberration passagère, anomalie pouvant atteindre de temps à autre des gens parfaitement normaux. Maintenant, M. Pinkson pouvait-il en terminer avec les bons?

Se confondant en excuses, le directeur lui paya quatre-vingt-trois dollars et cinquante cents.

Logan sortit de la banque et s'éloigna en sifflotant un chant de Noël. Il s'en était tiré parfaitement.

Dans les semaines qui suivirent, et comme si rien ne s'était jamais produit, Logan procéda à ses opérations bancaires habituelles avec Tritt. Le caissier s'efforça de rester calme et un tant soit peu distant mais il faisait des erreurs dans ses opérations et, souvent, ses mains tremblaient. Un jour, vers la fin janvier, alors qu'il était en train de procéder à une de ces transactions, il se leva brusquement, le corps secoué de frissons.

— Excusez-moi, monsieur Logan, murmura-t-il, avant de se précipiter dans le couloir derrière la rangée de cages vitrées.

Pinkson l'y suivit et Logan mit ce moment à profit pour vérifier que le pistolet était toujours là. Il n'avait pas bougé d'un centimètre. Pinkson revint seul :

— Je suis absolument désolé de ce contretemps : M. Tritt ne se sent pas bien.

— Il n'a tout de même pas vu encore un pistolet ? demanda Logan avec calme.

— Non... mais depuis cet incident avec vous le mois dernier, il se bouleverse très facilement... Il semble être toujours comme sur des charbons ardents !

— En effet, j'ai remarqué qu'il a changé.

— Il a perdu la pondération et le doigté propres au travail bancaire... et il est terrorisé à l'idée de pouvoir être à nouveau la proie d'une autre hallucination.

— Tout cela est bien triste, fit Logan avec la mine de circonstance.

— Oui, d'autant que c'est moi qui l'ai fait entrer dans cette banque. Tritt était destiné à obtenir un jour ou l'autre un poste important au siège. Bel homme, intelligent, solide, précis, on peut dire qu'il avait tout pour réussir. Mais maintenant il est... Mais je veux encore espérer... oui j'*espère* qu'il saura surmonter cette mauvaise passe.

— Je comprends ce que vous ressentez.

Intérieurement, Logan se félicitait de la précision de

sa manœuvre. Non seulement il avait mentalement atteint le gros William juste ce qu'il fallait mais il avait en outre semé le doute dans l'esprit de Pinkson.

Le 10 mars, Norman Logan agit de nouveau. Alors que Tritt était assis face à lui de l'autre côté de la table, il attaqua :

— Allez, on recommence, monsieur Tritt.

Relevant la tête, Tritt vit, une fois de plus, le canon de l'arme automatique braqué sur lui. Il n'essaya même pas de parler.

— Vous allez me chercher les dix mille dollars, ordonna Logan, et cette fois-ci, pas de blague, hein !

Sans opposer la moindre résistance, le caissier retourna vers son box. Logan rangea l'arme dans le tiroir puis mit debout sur la table l'attaché-case qu'il avait laissé par terre en arrivant. Le téléphone de Pinkson ne sonna pas et le gardien ne se montra point. Tritt réapparut, un petit sac de toile à la main.

— Parfait. Continuez avec les bons et posez le sac sur la table entre nous deux.

Logan se pencha et ouvrit le sac de toile. Dissimulé comme il l'était par l'attaché-case, on ne pouvait voir ce qu'il faisait. Les billets tout neufs étaient par liasses de mille dollars, chaque liasse maintenue par une bande de papier jaune vif. Logan vérifia une liasse et, Tritt le regardant faire, plaça l'argent dans l'attaché-case.

— Voilà !... Si vous voulez bien en terminer avec les bons...

Le caissier finit de remplir le formulaire et demanda à Logan de le signer, sans paraître autrement affecté...

— Maintenant, Tritt, écoutez-moi bien. J'ai tout prévu pour m'échapper mais si jamais vous déclenchez une alarme quelconque avant que je sois sorti de la banque, je vous tire une balle entre les deux yeux. N'imaginez surtout pas que j'hésiterais une seule seconde.

Tritt regagna sa cage vitrée. Pendant qu'il avait le dos tourné, Logan sortit le sac de toile de l'attaché-case et le fourra dans le tiroir à côté du pistolet. Il referma le tiroir, prit sa serviette et quitta la banque.

Une fois dehors, il resta à proximité, comme s'il attendait l'autobus. Quelques secondes plus tard une sirène stridente se déclenchait et le vieux gardien se précipitait au dehors pour se ruer sur lui. Suivirent Pinkson, le sous-directeur et Tritt.

— Alors messieurs, questionna Logan en levant les bras, on remet ça ?

Des gens s'attroupant, Pinkson envoya le sous-directeur débrancher la sirène et dit :

— Rentrons, je ne veux pas faire d'esclandre dehors.

Ce fut la même scène que la précédente fois à ceci près que, que Logan — pris à deux reprises au nombre des suspects — était très en colère... Dix mille dollars manquaient aussi dans la caisse de Tritt lequel, en revanche, paraissait très calme.

— Je m'y attendais, annonça-t-il fièrement à Pinkson, et j'ai marqué les liasses : mes initiales sont sur les bandes. L'argent est dans sa mallette.

— Bon sang, Tritt, ça commence à bien faire ! se mit soudain à hurler Logan. Vous avez déjà vu un voleur vouloir fuir en attendant le bus ? Je ne sais pas à quel jeu vous jouez mais...

— Ne vous occupez pas de ça, ouvrez seulement votre mallette.

Arrachant l'attaché-case des mains de Logan, Tritt manipula le loquet et retourna la mallette pour la vider de son contenu. Un paquet de copies d'examen corrigées en tomba. Et ce fut tout.

— Vous voyez ? fit Logan, pas un cent...

Le gardien rengaina son arme pendant que Pinkson se mettait à ramasser les papiers. Faisant demi-tour, Tritt lança l'attaché-case contre le mur et empoigna Logan par les revers de son pardessus.

— Mais je vous ai donné l'argent ! Je vous l'ai donné... je vous l'ai donné !

Son visage avait pris une mauvaise couleur grisâtre et sa voix devenait de plus en plus stridente.

— Vous l'avez mis dans votre mallette. Je vous ai vu ! *Je vous ai vu* le faire !

Il secouait Logan comme pour en faire tomber des

138

billets de banque. Se redressant des papiers plein les mains, Pinkson intervint :

— Monsieur Tritt, s'il vous plaît, calmez-vous... Assez, vous dis-je !

S'immobilisant, Tritt, comme un fou, fit face à Pinkson :

— Alors, vous ne me croyez pas ? Vous ne me croyez pas ! répéta-t-il en hurlant.

— Là n'est pas la question, il...

— Je vais retrouver cet argent, je vais vous montrer qu'il ment !

Se précipitant vers la table, Tritt, d'un seul mouvement du bras, balaya tout ce qui se trouvait dessus. Les formulaires s'envolèrent et l'encrier, en se brisant, alla éclabousser le tapis. Déchaîné, Tritt tira la table et dans un violent arc de cercle l'envoya violemment heurter le bureau de Pinkson. Logan remarqua que, sous le choc, le tiroir s'était légèrement entrebâillé.

Avec maladresse, le gros homme se laissa tomber à genoux et, sans arrêter de marmonner, se mit à frapper le sol du plat de la main.

— Le sac est quelque part ici, je vais le trouver...

Saisissant un coin du tapis, il le souleva en grognant, révélant dans un nuage de poussière un large triangle de parquet sale et nu. Une douzaine de personnes se trouvaient maintenant de l'autre côté de la balustrade et derrière chaque cloison vitrée se pressait le visage des autres caissiers.

— Je vais y arriver... je le retrouverai..., hurlait Tritt.

Quand il se releva, la sueur perlait à son front. Se retournant, il se dirigea vers la table. Le tiroir entrouvert était juste en face de lui mais Tritt ne le vit pas sous le surplomb du rebord.

Rapidement, Logan se pencha vers Pinkson et lui murmura :

— Monsieur Pinkson, il vous faut le calmer, il risque de devenir dangereux...

Saisissant le bras de Pinkson il l'entraîna de plusieurs pas vers l'arrière de façon que le directeur s'arrête contre le bord de la table, à l'emplacement exact du tiroir. Pinkson avait encore en main les copies d'examen.

— Monsieur Tritt, cessez, je vous en prie !

— Poussez-vous de là, Pinkson ! lança Tritt, se ruant sur lui en soufflant comme un bœuf. C'est lui que vous croyez, hein ? Mais vous allez voir !...

Attrapant Pinkson aux épaules, il hurla :

— Décampez, vieux cinglé !

— Personne ne me parlera sur ce ton ! rétorqua Pinkson en lui administrant une gifle cinglante.

Frappé de stupeur, le caissier s'immobilisa et, d'un seul coup, éclata en sanglots.

— Monsieur Pinkson... monsieur Pinkson... il *faut* que vous me croyiez...

— Je suis désolé, mon garçon, je n'aurais pas dû faire cela, s'excusa Pinkson, contrit.

— Il faut me croire, il m'a encore menacé de son arme. C'est vrai... je vous le jure... je ne l'ai pas rêvé !

— Mais pourquoi n'avez-vous pas appelé Louis ? Vous savez bien que c'est le règlement.

— Je voulais le confondre moi-même. Il a essayé de me faire passer pour un fou le mois dernier.

— Cette histoire du mois dernier était due à une hallucination, dit Pinkson en jetant un coup d'œil vers Logan par-dessus l'épaule de Tritt.

Logan approuva d'un hochement de tête.

— Mais il ne s'agit pas d'une hallucination quand dix mille dollars ont disparu ! s'exclama Tritt.

— C'est précisément ce qui est troublant, déclara calmement M. Pinkson. Nous allons devoir éclaircir cela bien sûr mais dans l'immédiat, je suis désolé de devoir demander votre arrestation, monsieur Tritt.

S'étant approché de Pinkson, Logan se tint à côté de ce dernier et tous deux, l'air désolé, regardèrent Tritt retourner lentement vers sa cage de verre.

— J'en suis malade, dit Pinkson.

— Je pense que, légalement, on peut le considérer comme irresponsable, déclara Logan afin de laisser Pinkson sur une idée réconfortante.

— Sait-on jamais...

Compatissant, Logan donna un coup de main pour réparer les dégâts et, aidant le sous-directeur à remettre la table en place, et pendant qu'ils la soulevaient, il en profita pour refermer le tiroir du bout des doigts.

Le lendemain, Norman Logan retourna à la banque. S'étant assis à la table pour remplir un formulaire de dépôt, un sentiment exaltant de victoire l'envahit alors qu'il faisait passer le pistolet et les dix mille dollars du tiroir dans la poche de son pardessus. Sur le point de sortir de la banque et alors qu'il passait à proximité du gardien, il rencontra M. Pinkson qui entrait précipitamment.

— C'est terrible, vraiment terrible, dit le directeur sans même prendre le temps de saluer Logan.

— Quoi donc ?

— Je viens d'avoir un entretien avec les médecins de Bellevue au sujet de Tritt. Il semble tout à fait normal et ils l'ont laissé sortir. Malheureusement, s'il peut répondre à toutes les questions, celle sur laquelle il reste muet est : « Où est passé l'argent ? »

La main fermement serrée sur les billets au fond de sa poche, Logan exprima une compassion de circonstance.

De retour chez lui, ayant emprunté la machine à écrire du voisin du dessus, il s'installa pour rédiger une note :

Cher Monsieur Pinkson,

Voici l'argent. Je suis désolé. Je ne savais sans doute pas ce que je faisais. Il y a probablement longtemps que je ne sais plus ce que je fais.

Après avoir recherché les initiales de Tritt sur le double d'un vieux formulaire, Logan traça un W.T. très bien imité.

Logan prit soin d'effacer toute trace d'empreintes sur les billets et en fit un petit paquet auquel il joignit la note. Pendant un moment délicieux, il imagina ce que pourrait devenir sa vie s'il gardait l'argent. Il démissionnerait de l'Université et partirait dans l'Ouest poursuivre ses recherches. Mais ceci ne faisait pas partie du plan initial et tout marchait trop bien pour compromettre quoi que ce soit maintenant. Logan alla jusqu'au bureau de poste le plus proche de chez Tritt et adressa le paquet à la banque, à l'attention de M. Pinkson.

Le lendemain matin, M. Pinkson vint trouver Logan à l'Université.

— Eh bien ça y est, tout est terminé, annonça-t-il, soulagé mais triste. Tritt nous a rendu l'argent, nous n'allons donc pas porter plainte, il nous faut toutefois le licencier car non seulement il nie avoir pris l'argent, mais aussi l'avoir restitué...

— Je suppose qu'il ne sait plus du tout où il en est...

— Oui. C'est d'ailleurs ce qu'il dit dans sa note. Enfin, voilà... je... je voulais simplement vous présenter une nouvelle fois toutes nos excuses...

— Mais je vous en prie, monsieur Pinkson, répondit Logan en souriant.

— ... et également vous remercier de votre aide.

— Ce n'était pas grand-chose... j'ai fait ce que j'ai pu...

Après avoir pris congé, Logan traversa le hall et se dirigea vers sa classe pour y dispenser son cours de botanique.

The dusty drawer.
Traduction de Christiane Aubert.

C'est le plombier !

par

L̲AWRENCE T̲REAT

Margot quitta ses chaussures et frotta ses pieds l'un contre l'autre. Elle s'était préparé un plateau sur lequel il y avait deux sandwiches, accompagnés d'un verre de lait et, assise près du téléphone, l'esprit un peu ailleurs, elle grignotait un des sandwiches en attendant que Lewis l'appelle.

Elle ne doutait pas qu'il le fasse, car il brûlerait de lui annoncer qu'il l'avait emporté et venait d'être chargé de cette affaire de corruption. Ce serait la première fois qu'il se trouverait ainsi en vedette.

Fermant les yeux, Margot repensa à ce qu'on lui avait dit la semaine précédente au Service des Adoptions. Lewis et elle avaient bonne réputation, ainsi que des revenus suffisants. Il ne restait plus que quelques formalités à remplir avant l'ultime entrevue : « Je suis certaine qu'il n'y a ni scandale ni turpitude morale dans vos antécédents », leur avait dit l'assistante sociale en souriant.

Margot ne cessait de se demander si le bébé était déjà né, si ce serait une fille ou un garçon, et ce qu'elle ressentirait lorsqu'elle le tiendrait pour la première fois dans ses bras. « Je suis comme une femme enceinte » se dit-elle. « Je vis sur mes nerfs, en proie à mille secrètes appréhensions. »

Elle rouvrit les yeux et le micro du magnétophone de Lewis se trouva dans son champ visuel. L'appareil était dans la pièce voisine, mais Lewis aimait à dicter là, parlant dans le micro placé à l'intérieur du meuble de la chaîne stéréo.

Tout en prenant son petit déjeuner, il lui avait dit : « J'ai là en train quelque chose qu'il me faut terminer ce soir » pour lui expliquer combien sa journée était chargée.

Elle faillit presser le bouton et faire repasser l'enregistrement, juste pour entendre la voix de son mari. Ou bien encore pour confier à l'appareil tout ce qu'elle ressentait, espérait, concernant le bébé, Lewis et elle.

Mais pourquoi donc se sentait-elle angoissée comme ça ?

En entendant un bruit de moteur au-dehors, Margot remit vivement ses chaussures et se leva. Grande, mince, elle avait une bouche épanouie et des yeux noirs au regard profond. S'approchant de la fenêtre, elle vit la petite camionnette garée à l'entrée de l'allée, près de la rue. Une petite camionnette verte, sur le côté de laquelle était peint : « Jack Staley, Plomberie-Chauffage 483 East Bay Street. »

Revenant au plateau, Margot but une gorgée de lait tout en regardant le téléphone avec espoir. Mais ce fut la sonnerie de l'entrée qui retentit.

En ouvrant la porte, Margot découvrit avec surprise que Jack Staley était un costaud à l'air jovial, dont le rire exubérant disait la santé. Les joues rouges et charnues, il avait un regard débordant de vitalité.

— Madame Brenner ? Vous avez téléphoné au sujet d'une fuite ?

Elle marqua une hésitation, la question lui semblant vaguement menaçante. « Je suis vraiment comme une femme enceinte ! » se rabroua-t-elle. Ne se trouvait-elle pas dans sa maison, encadrée de voisins et avec le téléphone dans le living-room ? Elle ne courait aucun danger.

— Oui... C'est exact, répondit-elle enfin. En bas, dans la cave.

— Parfait !

Il reprit sa boîte à outils qu'il avait posée par terre.

— Si vous voulez bien me montrer le chemin ?

— Par ici, dit Margot, mais elle ne put s'empêcher d'éprouver une sorte de malaise tandis qu'elle ouvrait la porte de la cave, actionnait le commutateur et descendait l'escalier.

Il la suivit tout en continuant de parler :

— C'est bien plaisant chez vous, madame Brenner. Beaucoup de gens auraient fait disparaître ces grosses pierres, tandis que vous avez arrangé ça très joliment. J'aime beaucoup les jardins de rocaille. Comment vous appelez cette plante avec des feuilles rouges, qui est en bordure de l'allée ?

— C'est une bugle.

Margot prêtait l'oreille. Si le téléphone sonnait, elle s'excuserait et monterait répondre aussitôt. Elle était sûre de reconnaître Lewis rien qu'à la sonnerie. Tout comme elle était certaine qu'il serait choisi pour cette affaire.

S'immobilisant devant la chaudière, elle pointa l'index :

— C'est là, derrière... Voyez, il y a même une flaque...

Staley acquiesça avec entrain :

— Vu ! Je vais vous arranger ça. Vous savez où est le robinet d'arrêt ?

— Non...

Il se tenait trop près d'elle tout en lui souriant et Margot se raidit, trouvant déplaisant de se trouver seule dans la cave avec cet homme. Pour s'esquiver, elle dut le frôler et elle le sentit gonfler sa robuste poitrine en riant.

— Il me faut remonter... dit-elle d'une voix sourde.

Ce fut presque en courant qu'elle gravit les marches et elle haletait en atteignant le rez-de-chaussée. Elle s'estima stupide d'agir ainsi, simplement parce que ce plombier avait ri lorsqu'elle avait frôlé sa chemise beige. Néanmoins, les choses qui lui venaient à l'esprit n'étaient pas imaginaires et s'étaient déjà produites.

Elle s'assit de nouveau près de la table du téléphone où était posé le plateau, tout en pensant : « Je pourrais toujours appeler la police. » Et elle resterait là jusqu'à ce que Lewis lui ait téléphone.

Elle prit le sandwich entamé, le reposa. Elle n'avait plus faim. Elle but une gorgée de lait, mais sans y prendre aucun plaisir.

Elle emporta alors le plateau dans la cuisine, où elle jeta le reste du sandwich à la poubelle. Puis elle ouvrit le robinet d'eau chaude, heureuse d'avoir la vaisselle du petit déjeuner pour l'occuper.

Elle demeurait l'oreille tendue, aux aguets du téléphone. C'est peut-être pour cela que ses mains tremblaient un peu et qu'un verre lui échappa, se brisant sur le carrelage.

La vaisselle terminée, Margot retourna dans le living-room. Elle n'avait pas entendu le plombier remonter de la cave ; pourtant, elle le trouva campé devant la cheminée et fumant une cigarette, occupé à détailler ce paysage du Maine qu'elle avait peint l'année précédente. Dans l'angle inférieur droit, sa signature sautait aux yeux.

— Joli ! apprécia-t-il. C'est de vous, hein ?

— Oui... Merci.

Elle se montrait polie, feignant de trouver naturel qu'il eût pris possession de la pièce pour y discuter peinture.

— Le talent, la beauté... Vous avez vraiment tout pour vous, car je suis prêt à parier que l'intelligence ne vous manque pas non plus, hein ?

— Je croyais que vous vous occupiez de réparer la fuite ? répondit-elle un peu sèchement.

— Je tue le temps en attendant que les tuyaux aient fini de se vider... Vous avez des valves Manson pour la sécurité, alors ça demande un moment. Il faut aussi que je monte fermer celle de la salle de bains et j'attendais que vous me montriez où c'est.

— Vous avez besoin de monter dans la salle de bains pour réparer une fuite dans la cave ?

Il acquiesça en souriant d'un air supérieur :

— Hé oui : avec les valves Manson, faut égaliser la pression. C'est leur seul inconvénient... Autrement, y a pas mieux. Sans elles, votre cave aurait été inondée. (Il accentua son sourire.) Vous avez d'autres peintures de vous ?

— Non, dit Margot. Et la salle de bains est à l'étage, en traversant la chambre, première porte à droite.

Il écrasa sa cigarette dans la cheminée :

— Bon, d'accord... Je trouverai...

— Il vaut peut-être mieux que je vous montre.

Elle répugnait à le laisser circuler seul au premier étage. Elle gravit rapidement l'escalier, entra dans la chambre et indiqua la porte de la salle de bains :

— C'est là.

Il promena un regard admiratif autour de la chambre.

— Vous avez rudement bon goût... La tapisserie, les meubles... Moi, vous voyez, j'ai pas beaucoup d'instruction, mais j'ai le sens de ce qui est beau. Ces tableaux sur le mur, c'est vous qui les avez peints ?

— Oui.

Il les étudia avec une sorte de respect :

— Eh bien, dites donc ! Vous êtes une véritable artiste. J'ai toujours souhaité rencontrer des artistes... des peintres, des sculpteurs... Je ne suis qu'un plombier, le type dont on plaisante, mais je sais apprécier ce qui est beau.

En un sens, Margot se sentit flattée, mais son malaise persistait. Toutefois, comme elle craignait de vexer l'artisan, elle voulait croire qu'il était une sorte de grand gosse, ne pensant pas à mal.

— Le goût est une chose personnelle, qui ne se discute pas, dit-elle. Mais la plupart des gens ne savent pas voir vraiment les choses.

Il approuva énergiquement :

— Oui, voilà ! Beaucoup de gens traversent la vie les yeux fermés. Mais moi... Vous n'avez pas idée de tout ce que je sais voir.

Il fit rouler ses larges épaules sous la chemise beige. Puis, s'approchant du lit, il prit entre le pouce et l'index un coin du patchwork au dessin rose et or.

— S'il vous plaît... dit-elle alors.

Il la regarda, tenant toujours à la main le coin du couvre-lit. Lentement, comme s'il comprenait soudain

147

ce qu'elle voulait lui signifier, son sourire s'effaça, faisant place à une expression boudeuse. Puis, tout aussi lentement, le visage s'éclaira de nouveau :

— Combien ça vous a coûté un truc comme ça ?

— Je croyais que vous désiriez arranger la valve.

— C'était juste histoire de me montrer amical, rétorqua-t-il en haussant les épaules. Comme un bon gros toutou... Mais ça doit paraître anormal... On me dit souvent que je suis trop curieux... Alors, là, je réponds qu'un bon plombier, faut qu'il se montre curieux de bien des choses.

Elle continuait de le regarder fixement, en proie au sentiment qu'il profanait elle ne savait quoi en tripotant ainsi le patchwork entre ses grosses mains, tandis qu'il continuait à déverser un flot de paroles :

— Ouais... Je parle trop... Mais faites pas attention... C'est dans ma nature de me montrer amical... Et si tout le monde était comme moi, vous croyez pas que la vie serait meilleure ? Aime ton prochain... Moi, j'ai jamais fait que ça !

Elle essayait de se montrer intimidante en le regardant ainsi sans parler, mais lui ne parut pas s'en apercevoir.

— Vous avez de beaux yeux, dit-il.

Toutefois il ne chercha pas à se rapprocher d'elle. Avisant les pantoufles de Margot près du lit, les rouges avec le liseré blanc, il se baissa pour les toucher.

— Drôlement élégantes, apprécia-t-il en caressant l'une des pantoufles, d'une façon telle que Margot se sentit devenir cramoisie.

— Laissez ça, voulez-vous...

Sans lui prêter attention, il dit :

— J'ai une vieille paire de pantoufles... Ça fait bien dix ans que je les mets tous les soirs. Elles sont tout usées, mais on s'attache même à des pantoufles... C'est quelque chose d'intime...

Sa grosse main calleuse écrasa le bout de la pantoufle :

— Y a la semelle qui se découd, fit-il remarquer.

Il lâcha la pantoufle, qui ne fit presque pas de bruit en tombant sur la moquette.

— Vous avez l'air effrayée, dit-il soudain.

Elle releva la tête et laissa tomber d'un ton glacial :

— Voulez-vous vous occuper de ce que vous avez à faire, je vous prie ?

Il se raidit, ouvrit le tiroir de la table de chevet, le referma et recommença deux ou trois fois machinalement avant de se retourner.

Craignant l'attaque, Margot se déplaça de côté, prête à se ruer dans l'escalier pour courir au-dehors chercher du secours.

— Toujours ma grande gueule, comme d'habitude... Sur ce, au boulot !

Il disparut dans la salle de bains et Margot se remit à guetter la sonnerie du téléphone. Si elle appelait Anne Warren ? Anne pouvait être là en un clin d'œil et lorsqu'elles seraient deux, il n'y aurait plus rien à craindre...

Mais son effroi lui parut ridicule. L'homme n'avait rien fait de mal... Ce Staley était un numéro, d'accord, et qui aimait à parler, mais le reste, c'étaient des idées qu'elle se faisait. L'ennui, c'est qu'elle n'arrivait pas à s'en convaincre.

Lorsqu'il ressortit de la salle de bains, Margot le précéda dans l'escalier. Tandis qu'elle se cramponnait à la rampe, il continuait à discourir derrière elle : Tableaux... patchwork... valves...

Elle retrouva avec soulagement le voisinage du téléphone, tout en jugeant étrange que Lewis ne l'eût pas encore appelée.

— Je descends à la cave, madame Brenner.

— Oui, très bien.

Pourquoi lui avait-il dit ça ? Etait-ce pour l'engager à le suivre ? Elle essayait de se rappeler des choses qu'elle avait lues concernant les obsédés sexuels... Ils avaient un air normal jusqu'à ce que quelque chose déclenche leur obsession... Mais il leur arrivait de témoigner de certaines bizarreries... Admirer ses tableaux en était-elle une ? Puis, tout d'un coup, ils ne se possédaient plus, et c'étaient les gros titres dans les journaux...

Oh, Lewis, Lewis... Pourquoi ne me téléphones-tu pas ?

Elle perdit toute notion du temps. Le plombier remonta de la cave, entra dans le living-room tout en allumant une cigarette et parlant de quelque chose qu'il lui fallait faire.

Pour lui échapper, Margot alla dans la cuisine se préparer une tasse de thé. Elle le but trop chaud et se brûla les lèvres. Reposant alors la tasse, elle marcha résolument vers le téléphone. Elle entendit Staley mener gaiement dans la cave de bruyantes activités.

Elle ne savait que faire. Elle ne pouvait lui demander de s'en aller au beau milieu de la réparation. Elle ne pouvait pas non plus alerter la police... Qu'aurait-elle dit pour justifier son appel ? Et téléphoner à Lewis était hors de question.

Anne ? Mais Margot sentait que Lewis devait être sur le point de l'appeler et elle ne voulait pas bloquer la ligne, ne fut-ce qu'un instant.

Le téléphone resta silencieux. Vers quatre heures, le plombier revint dans le living-room.

— Voilà, tout est réparé, annonça-t-il en se frottant les mains. Vous voulez payer maintenant ?

— Oui, dit-elle en se levant, trop heureuse d'en finir et d'être débarrassée de lui. Ça fait combien ?

— Cinq cents dollars.

— Combien ? articula-t-elle très lentement tandis que son cœur se glaçait, car elle sentait venir l'attaque.

— Cinq cents dollars, répéta-t-il. Ecoutez... Vous ne souhaitez pas que les gens sachent, n'est-ce pas ?

Margot crispa sa main sur le dossier de la chaise.

— Sachent quoi ? demanda-t-elle dans un souffle.

— Eh bien, nous deux, là-haut... Le couvre-lit en patchwork, les pantoufles rouges dont une a la semelle qui se découd, les choses que vous gardez dans le tiroir de votre table de nuit... Comment pourrais-je avoir connaissance de tout ça, hein ?

— Ce chantage est absolument ridicule.

— Ah ? Ecoutez... Réparer cette fuite ne demandait pas plus de cinq minutes de travail. Ma camionnette est dehors, à la vue de tout le monde, et ça fait trois heures qu'elle est là. Vous et moi étions seuls ici... Et quelqu'un a peut-être téléphoné sans obtenir de réponse.

Grimaçant un sourire, il se dirigea vers le téléphone et elle s'écarta instinctivement de son chemin. Elle le vit se baisser et retirer un tampon de papier qui avait bloqué la sonnerie. Elle se rappela alors l'avoir trouvé là, juste après avoir fait la vaisselle. Il avait profité qu'elle était dans la cuisine... Et voilà pourquoi le téléphone n'avait pas sonné de tout l'après-midi.

Lewis. Il ne faisait aucun doute que Lewis avait essayé de la joindre...

Staley lui montra le tampon de papier et, tout en passant sa langue sur ses lèvres, il dit presque rêveusement :

— Peut-être que quelqu'un a téléphoné... Mais ça sonnait, sonnait, sans que personne réponde.

— Je vais appeler la police.

— A votre guise. Mais Mme Warren n'en a rien fait. Non plus que Mme Herzog et Mme Forbes. Elles ont compris que, pour finir, il leur faudrait aussi acheter le silence du flic.

Anne Warren ? pensa Margot. Et Rhoda Forbes ? Alors, il n'en était pas à son coup d'essai... Tout cela avait été prémédité.

— Mon mari est avocat, dit-elle d'une voix sourde empreinte de colère. Je lui raconterai tout.

Il renversa la tête et s'esclaffa. Visiblement, il avait des parades pour tout.

Fermant les yeux, Margot pressa une main sur son front, pensant soudain à ce que dirait le Service des Adoptions. « Nous sommes désolés, madame Brenner, mais... » Cependant tout son être se rebellait contre l'idée d'un chantage, elle se refusait à en être victime. Et elle ne voulait pas non plus charger Lewis de ce problème, qui pouvait risquer de lui faire perdre l'affaire tant convoitée.

— Je ne vous donnerai pas un centime ! lui lança-t-elle avec rage.

— Vous préférez être assignée devant les tribunaux, parce que j'ai glissé et me suis fait très mal au dos dans la salle de bains... où je me rhabillais ?

— Vous n'oseriez pas... ! balbutia-t-elle, sidérée.

— Essayez pour voir, la défia-t-il. Et souvenez-vous que je connais ce petit jeu à fond. Je le pratique environ une fois par semaine. Ce qui me rapporte dans les vingt-cinq mille dollars par an, exempts d'impôts. J'adorerais aller devant un tribunal décrire votre couvre-lit, vos pantoufles et le reste, moi qui étais censé me trouver pendant tout ce temps dans votre cave, occupé à réparer une fuite ! Et pensez au choc moral que cela serait aussi pour une personne sensible comme vous l'êtes... d'autant que j'ai entendu dire que vous cherchiez à adopter un enfant.

Elle se laissa tomber pesamment sur le siège le plus proche.

— Je n'ai pas cinq cents dollars, dit-elle d'une voix faible.

— Allez les chercher.

— Je... Je ne peux pas. Je n'ai pas de compte en banque. C'est mon mari qui s'occupe de tout.

Le mensonge était trop transparent et Staley lui dit aussitôt :

— Ne comptez pas que j'avale ça.

Margot secoua la tête :

— Non, je ne peux pas... Je ne veux pas... Je ne cèderai pas !

— Prenez le temps de réfléchir, lui conseilla-t-il très posément. En ce moment, vous êtes un peu bouleversée et cela se comprend. Seulement, vous auriez dû penser aux conséquences avant de m'emmener dans votre chambre.

— Vous êtes abject !

— Ecoutez... Je vais vous laisser jusqu'à demain pour vous procurer le fric. Comme ça, vous avez le temps de vous faire à l'idée... Disons donc demain matin, après l'ouverture des banques.

Il passa devant elle, la porte de l'entrée claqua, un moteur ronfla au-dehors et une camionnette quitta l'entrée de l'allée. S'abandonnant contre le dossier du fauteuil, Margot crut bien qu'elle allait s'évanouir.

Lorsque le 17 h 42 arriva, Margot était à la gare. Anne Warren s'y trouvait également, ainsi que Rhoda Forbes ; souriantes, elles semblaient heureuses et discutaient du nouveau super-marché. Margot constata ainsi qu'on pouvait céder aux exigences d'un maître chanteur et continuer à vivre normalement.

Mais elle ne s'en sentait pas capable.

Elle vit Lewis descendre du deuxième wagon, comme à son habitude, et la chercher des yeux. Elle agita la main et, courant au-devant de lui, se jeta dans ses bras.

— Ça y est, hein, Lewis ? Tu as l'affaire ?

— Bien sûr, répondit-il en souriant. Mais comment l'as-tu appris ?

— Je le sentais... Il ne pouvait pas en être autrement !

— Si tu avais été à la maison, j'aurais pu te le confirmer.

Glissant un bras sous celui de son mari, Margot répondit :

— Mais j'étais à la maison. Pourquoi ? Tu as téléphoné ?

— Si j'ai téléphoné !

Il lui ouvrit la portière de la voiture, puis fit le tour pour s'installer au volant :

— Je t'ai appelée à une heure et demie, dès que cela a été officiel. N'obtenant pas de réponse, j'ai dit à Mary de laisser le courrier de côté et de faire le numéro jusqu'à ce qu'elle l'obtienne. Elle l'a appelé presque sans arrêt jusqu'à plus de quatre heures.

— Vois-tu, le plombier est venu ; alors j'ai dû descendre à la cave lui montrer ce qu'il y avait à faire.

— Et cela t'a pris tout l'après-midi ? s'enquit Lewis, taquin.

— Oh ! non.

Elle déglutit avec peine. Il lui fallait mentir.

— Ensuite, je me suis occupée dans le jardin et puis j'ai porté une robe chez le teinturier.

— Une journée bien paisible... Ça se voit rien qu'à regarder la belle Margot Brenner... Mon enchanteresse !

Tout cela venait de la joie qu'il éprouvait à s'être vu attribuer l'affaire. Puis il demanda :

— Il a réparé la fuite ?

— Oh ! oui... ce n'était pas grand-chose.

Le lendemain matin, dès que Lewis eut quitté la maison, Margot téléphona à la police. Elle expliqua brièvement que, victime d'un chantage, elle souhaitait qu'un policier fût témoin du paiement. Elle précisa être en mesure de prouver que l'histoire sur laquelle se fondait ce chantage était fausse. Après quoi, elle s'en fut à la banque.

Quand elle en revint, un homme de haute taille, au visage rubicond, l'attendait. Il exhiba sa plaque officielle en l'informant qu'il appartenait à la police judiciaire et se nommait Thompson. Margot le fit entrer dans le living-room et, tout en prenant le café avec lui, raconta ce qui lui était arrivé.

— Staley ? fit l'autre avec surprise. J'ignorais qu'il s'adonnait à ce genre d'activités.

— Eh bien, vous pourrez le constater par vous-même.

— O.K. Commençons par marquer les billets, pour que je puisse prouver qu'il les tient de vous. Je vais m'installer derrière la porte de la cuisine. Je vous demande simplement de parler assez haut et de tâcher de l'amener de ce côté-ci de la pièce afin que je ne perde rien de ce qui se dira entre vous.

Une vingtaine de minutes plus tard, Margot entendit une voiture approcher et, regardant par la fenêtre, elle vit que c'était la camionnette verte. Pensant au rôle qu'il lui fallait jouer, elle sentit les battements de son cœur s'accélérer et eut quelque peine à marcher.

Elle conduisit Staley dans le coin du living-room proche de la cuisine et sortit l'argent. Elle dut respirer bien à fond avant de pouvoir parler et choisit soigneusement ses mots.

— Voici, dit-elle. J'ai décidé de céder à votre chantage et de vous payer pour éviter d'avoir des ennuis.

Staley parut étonné :

— Je ne comprends pas...

— Vous m'avez demandé cinq cents dollars, dit Margot que sa nervosité croissante mettait au bord des larmes. Les voici.

Il n'eut pas un geste vers l'argent.

— Ecoutez, fit-il, vous n'avez pas à avoir peur... ma chérie... Vous avez eu un moment de faiblesse, mais soyez sans inquiétude : cela restera entre nous.

— Mais vous avez dit...

Il la repoussa du geste, tandis que son visage se fendait d'un large sourire :

— Comprenez-moi : je ne suis qu'un plombier. Ça me ferait drôle d'accepter tout cet argent. Si ce que je me suis fait au dos en glissant entraîne des frais, c'est couvert par mon assurance. Alors, pas question que je vous embête pour ça.

Comme Margot en demeurait bouche bée, la porte de la cuisine s'ouvrit, livrant passage à Thompson.

— Hello, Staley... J'étais là et j'écoutais. Cette dame prétend que vous avez voulu lui extorquer cinq cents dollars. De quoi s'agit-il ?

Staley eut un haussement d'épaules, en frottant le tapis du bout de sa chaussure, l'air un peu gêné :

— Oh ! c'est juste quelque chose... Entre la dame et moi.

— Mais son accusation ?

— Oubliez-la, fit le plombier en haussant de nouveau les épaules.

Le policier se tourna vers Margot :

— Dois-je mettre votre mari au courant ?

— Non, non, absolument pas ! Il... Je...

Elle s'interrompit, horrifiée, se rendant compte que le policier croyait maintenant à ce que laissaient entendre les paroles de Staley.

Après qu'elle eut regardé les deux hommes partir

ensemble, Margot s'assit sur le canapé, les poings crispés. A présent que Thompson croyait Staley, la police ne lui serait plus d'aucun secours. Et si jamais l'affaire venait devant les tribunaux, le témoignage du détective serait accablant pour elle.

Elle était malade d'exaspération, consciente que sa trop grande nervosité l'avait trahie quand elle avait conduit Staley à proximité de la cuisine. Il avait immédiatement deviné ce qui se tramait. Elle n'avait pas été à la hauteur. Elle était trop timide, nerveuse, incapable de faire face à un tel problème...

Néanmoins, elle se refusait à mettre Lewis au courant. C'était une responsabilité qu'elle se devait d'assumer sans son mari. D'ailleurs, au fond d'elle-même, Margot se rendait bien compte qu'elle n'oserait jamais lui parler de tout cela.

Quand le téléphone sonna, la jeune femme saisit aussitôt le combiné.

— Madame Brenner ? (La voix de Staley.) C'est un sale tour que vous avez voulu me jouer. Vous allez finir par me mettre en colère.

— Je paierai quand vous voudrez, répondit-elle calmement.

— Tantôt. Et plus de blagues, hein !

Margot raccrocha. Après un moment, elle appela Anne Warren, puis Rhoda Forbes et Myra Herzog. Une demi-heure plus tard, elle était dans la cuisine, occupée à préparer le déjeuner.

Trois heures venaient de sonner lorsque arriva Jack Staley. Il était toujours en chemise beige, mais celle-ci était propre et bien repassée.

— Bonjour, madame Brenner, dit-il gaiement. Je ne vous aurais jamais cru capable d'une chose pareille... Une artiste comme vous !

— Entrez, dit-elle.

— Oui, et si ça ne vous fait rien, je vais commencer par jeter un petit coup d'œil, hein ?

Elle acquiesça nerveusement et le regarda se promener lentement autour de la pièce, pour s'arrêter devant le micro incorporé à la chaîne stéréo.

— Ah ! ces magnétophones, fit-il en hochant la tête. Une dame avait essayé une fois de s'en servir contre moi, mais elle l'a bien regretté.

Puis se tournant aimablement vers Margot :

— Bon, allons-y maintenant.

— Non, je ne vous donne pas l'argent. Je... J'ai décidé de tout raconter au District Attorney.

Staley se campa devant elle, les mains sur les hanches :

— Ma petite dame, s'il me faut vous donner une bonne leçon, vous allez y avoir droit. J'ai tout prévu et vous n'avez pas la moindre chance. Compris ?

— Je connais le District Attorney, c'est un ami de mon mari. Je vais l'inviter à dîner et le mettre au courant.

— Le D.A. ? fit Staley avec un pesant mépris. Il ne me fera rien. Je sais trop de choses le concernant.

— Je ne vous crois pas. Et Mme Forbes, Mme Warren, toutes... Nous raconterons toutes la même histoire !

Le visage de Staley s'empourpra et ses petits yeux noirs s'étrécirent encore davantage :

— Eh bien allez-y ! fit-il avec une colère contenue. J'avais bien pensé que cela finirait par se produire un jour et que je vous aurais toutes contre moi. Alors, allez-y... Mais ce sera briser le ménage de Mme Forbes et vous ne voudrez sûrement pas prendre une telle responsabilité. Vous êtes bien trop gentille, bien trop douce pour ça. Vous êtes incapable de faire du mal aux gens.

Margot en eut le souffle coupé. Rhoda Forbes ? Était-il possible que Rhoda... avec cet homme ? Ou cherchait-il à la bluffer en proférant n'importe quelle accusation ?

— Trop gentille ! ricana-t-il.

Le cœur de Margot battait à grands coups tandis qu'elle reculait lentement jusqu'à se trouver adossée à la porte du bureau de Lewis. Derrière elle, sa main chercha le bouton de porcelaine.

D'une voix à peine plus haute qu'un murmure, elle dit alors :

— Chacune des paroles que nous venons de prononcer a été enregistrée dans la pièce voisine.

— Vraiment ? fit-il, toujours ricanant, ne la croyant visiblement pas.

Elle ouvrit la porte et se faufila à l'intérieur du bureau. Rhoda Forbes, Anne Warren et Myra Herzog s'y trouvaient, formant un bloc compact devant l'appareil enregistreur. Margot vint se placer à côté d'elles.

Staley s'était figé sur place, mais il dit d'une voix rauque, menaçante :

— Allez, finissons-en, et pas d'histoires !

Aucune ne lui répondit. Il fit un pas vers elle :

— Vous savez très bien que je suis foutu de le prendre, alors autant que vous me le donniez.

Il avait tendu la main. Devant la persistance de leur silence, il la referma en un poing.

— Allez, vite... Avant que je ne me mette en rogne !

Elles demeurèrent muettes. Quatre femmes terrifiées, mais résolues à faire bloc pour lui tenir tête.

Sa main retomba lentement le long de son corps et un peu de sueur perla sur son front.

— O.K... Donnez-moi l'enregistrement, madame Brenner, et nous serons quittes. Vous n'aurez plus de souci à vous faire.

— Pas question, répondit Margot.

La petite Myra Herzog lui chuchota :

— Demande-lui de nous rendre notre argent.

Anna Warren tira Margot par sa manche :

— Dis-lui ce que nous avons décidé au sujet de l'école.

Staley se dressait d'impressionnante façon devant Margot. Elle le sentait incertain, dangereux, pesant les conséquences.

— Monsieur Staley, dit-elle comme l'eut fait une enfant récitant sa leçon, nous aimerions que vous assuriez les travaux de plomberie pour la nouvelle crèche. En retour, nous vous promettons de ne pas faire usage de l'enregistrement.

Il recula sous l'effet de la surprise, agrippant le montant de la porte. Il parut tendre ses muscles comme pour bondir mais, au lieu de cela, il éclata de rire :

— Gratuitement ? s'exclama-t-il. Mais oui... Je pourrais dire ça aux journaux pour qu'ils en parlent ! Et la Chambre de Commerce me décernerait peut-être un diplôme, que je mettrais dans ma vitrine... Vous êtes futées, mes petites dames ! J'aimerais bien vous avoir dans les affaires avec moi... Oh ! quelle publicité ça va me faire !

Il claqua ses mains l'une contre l'autre dans un bruit de battoir et, pivotant sur ses talons, il quitta la pièce. La porte d'entrée se referma derrière lui et quelques instants plus tard, le moteur de la camionnette ronfla.

Margot se massa le front. Elle se sentait tout étourdie, les jambes en coton. Puis elle vit la trace de doigts sur le montant de la porte.

— Oh ! voyez ce qu'il a fait ! Je vais y passer tout de suite un chiffon mouillé, puis je nous préparerai du thé.

A 17 h 42 ce soir-là, Margot attendait sur le quai, avec près d'elle Anne Warren, Rhoda Forbes et Myra Herzog. Elles avaient la bouche rieuse, les yeux brillants. Lorsque le train s'immobilisa, elles se séparèrent pour aller au-devant de leurs maris respectifs.

Margot embrassa Lewis en l'entourant de ses bras :

— Bonsoir, mon chéri ! La journée a été bonne ?

— Excellente. Les gens n'arrêtent pas de me féliciter. Et toi ?

— J'ai eu quelques amies à la maison pour le thé.

Lewis s'esclaffa :

— Quelle journée excitante ! Rien d'autre ?

Elle sourit :

— Si : j'ai réglé son compte au plombier.

Puis elle glissa un bras sous celui de son mari tandis qu'ils se dirigeaient vers leur voiture.

Suburban tigress.
Traduction de Maurice Bernard Endrèbe.

Comme aux jours d'autrefois

par

JAMES YAFFE

Depuis le début de l'hiver, le souci primordial pour Joan Porter était de savoir ce qu'elle ferait une fois la nurse partie. Bébé Bruce ayant maintenant trois mois, Mme Finney ne pouvait rester encore longtemps. Elle s'occupait exclusivement de nouveau-nés et ceux-ci ne manquaient pas, qui réclamaient ses soins à cor et à cri. Elle acceptait de demeurer chez les Porter, mais seulement le temps qu'ils trouvent une personne d'âge, et moins spécialisée qu'elle, pour la remplacer.

Or, ce n'était pas si facile, car Joan avait décidé de ne pas engager n'importe qui. Au cours des deux ou trois années qui allaient suivre, peut-être même davantage, cette personne serait pour le petit une compagne de chaque instant et tous les livres de psychologie faisaient ressortir l'importance capitale de ces années. Une mauvaise influence subie par l'enfant dans son âge tendre risquait de peser sur sa vie entière.

Aussi, quel soulagement pour Joan lorsque Harry lui annonça un soir la merveilleuse nouvelle :

— Devine qui m'a téléphoné au bureau cet après-midi ? Si jamais je m'attendais à celle-là ! Frieda ! Frieda dont je t'ai tant parlé, tu te souviens ? La vieille nounou que j'ai gardée jusqu'à l'âge de six ans ? Eh bien, elle a appris l'existence de Poupon par le journal de New-Rochelle et m'a demandé si nous aimerions qu'elle s'occupe de lui !

C'était tout bonnement miraculeux. Si Joan se rappe-

161

lait les confidences de son mari ! Frieda, la vieille nurse, avec son drôle d'accent allemand, sa chaude affection, sa fermeté quand Harry était méchant. Frieda et ses petites berceuses, les histoires merveilleuses qu'elle racontait à l'heure du coucher. Frieda et la minutie tatillonne qu'elle attachait à la propreté de l'enfant... l'orgueil qu'elle tirait de ses hauts faits.

Harry ignorait jusqu'à son nom de famille actuel — car elle avait été mariée, mais son époux était mort plusieurs années auparavant, et il ignorait tout de lui. Pour Harry, elle était simplement « Frieda ». SA Frieda. Que de fois n'avait-il pas répété : « Si je garde le souvenir d'une enfance heureuse, si je suis devenu un homme normalement équilibré, je crois le devoir pour une large part à Frieda. » Et bien des fois aussi, Joan avait rêvé d'une nurse semblable pour son petit garçon à elle.

Le lundi suivant Frieda débarquait en gare de New-Rochelle, où Harry et Joan étaient allés l'accueillir.

D'emblée Joan comprit que tout irait très bien. Frieda était une femme d'environ soixante ans, lourdement bâtie, aux traits fortement accusés sous des cheveux grisonnants. Pourtant, malgré son manque de beauté, son visage hâlé et ridé n'avait rien de vulgaire. Joan lisait la sympathie dans ses yeux, en même temps que cette vivacité et cette expression de compétence ordinaires aux Allemandes. Et son sourire était bizarrement empreint de délicatesse et de mélancolie. Elle portait un vêtement gris, usagé mais propre, un chapeau très simple encore que d'une forme un peu désuète, et de solides chaussures qui dénotaient chez elle une absence totale de coquetterie.

Entre les deux femmes la glace fut immédiatement rompue.

— Madame Porter, murmura Frieda en regardant un instant Joan en face d'elle. Ainsi c'est vous la femme de mon petit Harry ! Je savais bien, moi, qu'il épouserait une bonne et jolie demoiselle...

Harry piqua son fard, disant que Frieda lui redonnait l'impression d'avoir six ans. Joan rit de bon cœur, étreignit affectueusement la main de la vieille femme et lui prit le bras pour l'aider à monter dans la voiture.

Durant tout le trajet on échangea force souvenirs sur « notre petit Harry », cependant que l'intéressé, cloué à son volant, tentait de vaines protestations.

Comme la voiture s'arrêtait devant la maison, Frieda se mit à donner les signes d'une profonde émotion :

— C'est que je ne peux pas attendre pour voir le petit bébé, expliqua-t-elle. Je veux savoir tout de suite s'il est aussi beau qu'était son papa.

Pendant que Harry rentrait l'auto au garage, elle fit quelques compliments sur l'aspect de la maison. Mais elle paraissait de plus en plus émue. En cet instant, et au grand bonheur de Joan, elle était incapable de dissimuler que son unique désir était de voir le bébé.

Tous trois enfin se retrouvèrent dans la nursery, au premier étage, et Frieda put se pencher sur Bébé Bruce installé dans son parc. Elle resta un long moment sans rien dire, immobile. Puis :

— Il est si joli...

Sa voix était basse et toute tremblée.

— C'est le plus joli petit poupon du monde...

Joan la regarda et se sentit empoignée au cœur en voyant des larmes briller dans ses yeux.

— Madame Porter, reprit la vieille femme, que pourrai-je faire pour vous remercier ? Pour moi, c'est maintenant comme aux jours d'autrefois.

Alors, d'un élan spontané, Joan lui ouvrit ses bras :

— Vous n'avez pas à me remercier, Frieda, dit-elle en l'étreignant. Désormais vous faites partie de la famille.

L'instinct de Joan ne l'avait pas trompée : Frieda eut tôt fait de s'avérer ce qu'il est convenu d'appeler « une perle ». Avec ses deux malles, qui selon toute apparence contenaient ses seuls biens terrestres, elle s'installa dans la chambre de bonne attenante à la nursery. Moins d'une semaine plus tard, on avait peine à imaginer que la maisonnée ait jamais pu marcher sans elle.

En premier lieu, bien sûr, venait cette adoration qu'elle avait vouée au bébé. Discrètement, sans tapage, elle avait pris en main tous les soins que réclamait le poupon. Elle le faisait manger, ce qui laissait beaucoup moins de traces de bouillie sur le petit menton que du temps de Joan. Elle le baignait, et l'on demeurait stupéfait de voir à quel point il restait calme et quiet entre ses mains de fée. Mue par une sorte d'instinct mystérieux, qui relevait presque de la double vue, elle savait toujours le moment où ses couches avaient besoin d'être changées. Quant à lui adresser des sourires, lui fredonner des comptines, le chatouiller, le faire glousser de plaisir — elle semblait y trouver une joie inépuisable.

Mais elle ne cherchait nullement à l'accaparer pour autant. Frieda personnifiait ce phénomène extraordinaire, ce parangon, de la nurse qui ne considère pas son rôle plus important que celui de la mère vis-à-vis de l'enfant. Elle savait s'effacer devant Joan, sans la moindre trace d'amertume, quand celle-ci prenait sa part de risettes et de caresses. Et si la jeune femme voulait le baigner ou le faire manger, Frieda lui laissait tout bonnement la place, sans égrener l'habituel chapelet des murmures, ricanements et autres soupirs méprisants.

De surcroît, elle ne demandait pas mieux que d'aider aux travaux domestiques. Elle faisait le ménage avec Joan, et même avait insisté pour prendre part aux apprêts culinaires :

— Je sais que vous êtes une bonne cuisinière, dit-elle un jour, mais je m'y connais, moi aussi. Et puis, les jeunes amoureux aiment bien demeurer assis à table, quelquefois, avec deux jolies chandelles. Ils aiment se retrouver en tête à tête, sans avoir à s'inquiéter de la cuisson du rôti.

— On jurerait, répondit gaiement Joan, que vous parlez par expérience. Je suis sûre que vous-même, les premiers temps de votre mariage...

Mais Frieda eut un petit sourire mélancolique :

— Oh ! non, madame Porter. Pour ça, mon époux ne ressemblait pas à mon petit Harry. C'était un Prussien, vous comprenez…

Elle rit à son tour, fit dévier la conversation et Joan ne lui en reparla plus par la suite.

— Je me demande bien ce que je ferais sans elle.

Ce fut en ces termes que Joan, un mois plus tard, résumait ses impressions à sa mère. La vieille nurse avait congé ce jour-là. Installées dans la chambre du petit, mère et fille prenaient leur café tout en surveillant les ébats de Bébé Bruce dans son parc.

— En fait, reprit Joan, il me semble parfois que c'est trop beau pour être vrai.

— Mais c'est précisément cela ! rétorqua sa mère. Ces vieilles nurses sont toutes les mêmes : dès leur arrivée elles contrôlent tout, régentent tout — et avant qu'on s'en soit seulement rendu compte, il n'y a plus moyen d'approcher le bébé.

— Ce n'est pas du tout le genre de Frieda. Elle n'a rien de l'accapareuse. Elle ne cherche que le bonheur de Poupon, et sa plus grande joie est de me voir jouer avec lui. Si tu savais sa douceur, quand…

— Tiens ! bien sûr ! coupa Madame Mère, avec ce petit mouvement impérieux du menton qui lui était familier. Au début, on est tout miel, tout sucre. Et puis, petit à petit, mine de rien, on se rend indispensable. Et le moment venu, gare ! Tu n'as plus le droit de faire ceci, plus le droit de faire cela. Et c'est Bébé qui doit dormir à ce moment précis, et c'est Bébé qu'il ne faut pas énerver, et c'est Bébé qui ne veut pas te voir. En fin de compte, tu peux t'estimer heureuse si on ne te ferme pas carrément la porte au nez !

Mais Joan se contenta de sourire en caressant la main de sa mère :

— En tout cas, tu admettras au moins une chose : mieux vaut une nurse accapareuse, mais qui aime sincèrement l'enfant, que l'espèce dont il est question ici.

Elle désignait le quotidien du soir plié à côté d'elle.

— Quelle espèce ?

— Tu n'as donc pas encore lu ça? Cette affreuse histoire, à San Francisco?

Ouvrant le journal, Joan lut à haute voix le récit de cette affaire. Il s'agissait d'une famille qui avait perdu un enfant en bas âge six semaines plus tôt. Le docteur ayant diagnostiqué une de ces infections microbiennes parfois mortelles chez les tout-petits, le bébé fut inhumé normalement. Mais tout récemment, une tante des parents — une vieille fille qui vivait chez eux — persuadait les autorités d'ordonner une exhumation aux fins d'autopsie. De fait, les experts avaient conclu à un empoisonnement — et les policiers recherchaient la nurse de l'enfant, qui avait été congédiée très peu de temps avant le drame. Cette femme avait toujours fait preuve d'un caractère ombrageux, tatillon, et ne supportait pas que d'autres personnes qu'elle-même approchent le bébé. Or, la veille du crime, exactement, elle avait bel et bien bouclé la porte de la nursery, refusant d'y laisser pénétrer la mère et la tante. C'était d'ailleurs le motif de son renvoi.

Bien qu'il n'existât aucune preuve contre elle, les journaux commençaient à faire grand bruit autour de cette femme, et l'appelaient « La Nurse Rouge ».

— Brrr... quelle horreur! frissonna la mère de Joan. Mais je ne change pas d'avis pour autant. Ces vieilles nurses se croient toujours plus fortes que les mères, et crois-moi, c'est... Joan! Attention! Le petit va se coincer les doigts entre les barreaux du parc!

— Mais non, maman, il ne se fera pas de mal. Il faut qu'un bébé fasse ses premières expériences de lui-même, sans quoi il reste timide et renfermé toute la vie.

— Encore une belle phrase de tes fameux livres de psychologie, je suppose? Eh bien, moi, je ne resterai pas à regarder tranquillement mon petit-fils se briser les doigts... Là, là, Poupon! C'est fini, c'est fini, ne pleurons plus! Mamie est là...

**
*

Ce fut deux jours plus tard, en pleine nuit, que Bébé Bruce eut sa première crise gastrique. Joan se réveilla en sursaut dès qu'il se mit à crier. Malgré la distance entre les deux chambres elle comprit que ce n'était pas sa façon de pleurer habituelle. Le temps de gagner la nursery, elle y trouva Frieda déjà penchée sur le berceau et chuchotant au petit des paroles consolantes.

On fit venir le Dr. Flowers. Ce n'était pas le genre de médecin que Joan aurait choisi de son seul gré, car elle le trouvait d'âge respectable, et un peu trop vague et optimiste dans ses diagnostics. Mais il avait toujours soigné la famille Porter, et aurait été ulcéré que l'on fît appel à un autre que lui.

— Rien de grave, ma chère enfant, vous n'avez aucune raison de vous tourmenter, conclut le vieillard de sa voix pointue et monotone. Un simple cas bénin d'intolérance gastrique, sans plus. J'ai prévenu la pharmacie pour qu'elle prépare le nécessaire. Veillez en attendant à ce que votre jeune gaillard reste bien au calme, bien au chaud, et il sera remis à neuf demain matin.

Or, il fallut trois jours pour le « remettre à neuf », trois jours durant lesquels les suffoquements et les vomissements alternèrent avec de longues périodes d'apathie qui tenaient le bébé prostré au fond de son berceau, l'œil atone. Littéralement affolée, Joan était à peine capable d'une pensée cohérente, et si elle put supporter ce cauchemar jusqu'au bout, ce fut uniquement grâce à Frieda. Celle-ci se montra une merveille d'efficacité : s'occupant du bébé, lui faisant prendre son médicament, le consolant, chantant pour l'endormir, nettoyant les vomissements, elle veillait en même temps à la bonne tenue de la maison, aux nerfs de Joan et aux repas de Harry. Et tout cela dans le plus grand calme, sans se départir un seul instant de sa bonne humeur. Elle n'avait rien de ce genre d'infirmière diplômée dont les manières gendarmesques prétendent tout mener à la baguette.

Le troisième jour enfin, Bébé Bruce était redevenu un poupon plein de vie — et Joan se sentait prête à aller s'effondrer sur son lit pour n'en plus bouger d'une semaine. Mais elle ne le fit pas avant d'avoir pris la main de la vieille nurse, qu'elle retint dans une brève étreinte :

— Merci, murmura-t-elle.

Le lendemain, la maisonnée avait retrouvé son aspect normal. Le soir, pendant que Frieda couchait le bébé, Joan et Harry prenaient un cocktail avant de passer à table.

— Oh ! regarde, fit soudain Joan qui donnait un rapide coup d'œil aux faits divers du journal, on parle toujours de ce crime... de cette Nurse Rouge.

— Encore une bonne dose de sensationnel, remarqua Harry. Le même journal annonce que la Bombe H peut volatiliser une ville entière... et chacun s'émeut d'un pauvre petit crime commis à San Francisco.

— Mais, c'est tout naturel. Tuer un bébé de cette façon... c'est tellement monstrueux !

Harry regardait sa femme d'un œil amusé :

— Et en quoi le meurtre d'un seul enfant est-il plus horrible que la destruction d'une ville entière avec tous ses habitants — y compris des milliers de bébés ?

— Je ne sais pas. C'est comme ça. Simple question de logique.

Obscurément mécontente de cette explication, Joan s'empressa de replonger dans le journal pour y lire l'article. Quelques instants plus tard, elle eut un petit rire un peu forcé.

— Qu'y a-t-il de drôle ? demanda Harry.

— Rien qu'une coïncidence amusante. Quand ils ont perquisitionné dans la maison du crime, les détectives ont trouvé une bouteille cachée derrière une commode dans la chambre de la nurse. Cette bouteille était encore à moitié pleine d'arsenic. A présent on recherche la femme pour assassinat.

— Parfait. Mais cette coïncidence amusante dont tu parlais ?

— Eh bien, le journal publie le signalement de cette femme : « Agée d'environ soixante ans. Lourdement bâtie. Taille : un mètre soixante. Cheveux gris. Teint foncé. Modestement vêtue. Parle avec un accent allemand... » Interrompant sa lecture, Joan regarda de nouveau son mari : Tu ne vois donc pas ? Ce signalement... enfin, c'est tout le portrait de Frieda.

Harry demeura un instant abasourdi, les yeux ronds. Puis il se renversa en arrière et partit d'un énorme éclat de rire. Le visage de Joan vira au rouge pivoine :

— Je ne vois pas ce que tu trouves de risible dans ce que j'ai dit. J'ai simplement parlé d'une coïncidence.

— Mais oui, bien sûr ! Mme Sherlock Holmes Porter mène l'enquête. Pauvre Frieda ! Nous la connaissons depuis vingt-cinq ans, elle m'a élevé pratiquement seule — mais ça ne fait rien ! Du moment qu'elle a les cheveux gris et l'accent germanique, nous ferions mieux de flairer nos plats pour y déceler l'odeur caractéristique du cyanure.

Harry s'esclaffa derechef.

— Ces quelques jours d'angoisse t'ont exténuée, ma chérie. Tes idées s'en ressentent. Ne vois-tu pas que ce signalement peut s'appliquer à la quasi-totalité des nounous allemandes ? Va te promener dans Central Park le matin : je parie bien que tu y verras, sur chaque banc, au moins une bonne vieille qui répondra au signalement donné ici.

Joan commençait à se sentir un tantinet vexée contre elle-même, aussi prit-elle un ton aigre-doux pour répondre :

— Ai-je prétendu que cela signifiait quelque chose ? Je me borne à souligner une coïncidence, sans plus, et voilà que tu me taxes de déficience mentale.

— Ma chérie !

Harry se leva et vint l'embrasser solennellement sur le front.

— Pardonne-moi. Je n'ai jamais voulu dire que tu souffrais de déficience — ni d'aucune affection mentale, bien sûr !

Après cela, il ne fit plus aucune allusion à l'affaire — sauf une seule fois, au cours du dîner, quand il prit une mine de circonstance pour renifler longuement la salade, en adressant un clin d'œil taquin à Joan.

— Allons, cette fois, c'est fini, décida-t-elle in petto, bien résolue à oublier cette ineptie une bonne fois pour toutes.

*
**

Mais on ne se débarrasse pas toujours d'une idée avec la même facilité qu'on a mise à l'accueillir. C'était du moins le cas pour Joan. Il lui venait des pensées, des soupçons incongrus — comme ça, sans savoir ni d'où ni comment. Elle se rendait parfaitement compte de leur absurdité et, cependant, ne retrouvait pas sa tranquillité d'esprit avant d'avoir poussé les choses à fond et s'être par là démontré leur manque de consistance. Ainsi naguère, dans les premiers temps de ses fiançailles : ayant appris par un tiers qu'on avait vu Harry en compagnie de la petite Nathalie Taylor, Joan s'était mis martel en tête plusieurs jours durant — allant jusqu'à faire une avanie à Harry et lui signifier que tout était rompu entre eux. Mais elle conservait encore le souvenir cuisant de sa confusion quand elle avait su que Nathalie était sa cousine germaine, et qu'il était sorti avec elle cette nuit-là uniquement parce que sa mère le lui avait demandé.

Or, voici que cela recommençait ! Une fois de plus, elle se laissait entraîner par la folle du logis.

Et pourtant, dès le lendemain alors que Frieda l'aidait à ranger sa chambre — et pour ainsi dire, contre son propre gré — Joan se surprit à tourner autour du sujet brûlant :

— Savez-vous, Frieda, que vous ne nous avez pas encore raconté grand-chose de votre vie, depuis l'époque où vous dorlotiez Harry ? Dieu sait que je ne veux pas paraître indiscrète, mais puisque nous vous considérons comme de la famille, nous sommes sincèrement...

Etait-ce encore un tour de son imagination — ou bien, le vieux visage souriant venait-il de se durcir, imperceptiblement ?

— Ma vie n'a guère été intéressante, madame Porter. Quand j'ai eu quitté mon petit Harry, je suis entrée au service des Atkins, ces amis que sa maman avait dans le West-End...

— Oui, bien sûr, on m'a beaucoup parlé d'eux : vous y êtes demeurée près de sept ans, après quoi vous avez été dans la famille d'un artiste. Harry m'a raconté tout cela, et comment vous lui envoyiez de jolies cartes d'anniversaire. Mais ensuite, Frieda ? Vous aviez écrit à Harry que vous abandonniez vos occupations pour aller habiter chez votre fille mariée, dans l'Ouest. C'était il y a dix ans, et Harry n'avait plus aucune nouvelle de vous depuis cette époque.

Frieda s'affairait à border les couvertures d'un des lits jumeaux.

— Ça n'a pas marché avec ma fille, madame Porter. Elle était petitement logée, et puis je ne m'entendais pas avec ce bon-à-rien de Carl, son mari. Au bout d'un an, quand ils sont partis pour Saint-Louis, ils m'ont demandé de les accompagner. Mais j'ai dit non, que je voulais retourner m'occuper de petits poupons... Et voilà tout ce qui m'est arrivé.

Elle releva la tête, eut un petit rire contraint :

— Rien de bien intéressant, n'est-ce pas ?

— Chez qui étiez-vous, dans l'Ouest ?

— J'ai travaillé chez beaucoup de gens, madame Porter.

— Et ceux chez qui vous étiez, en dernier, comment s'appelaient-ils ?

— Comment ils s'appelaient ?

Frieda entreprit de retaper longuement l'oreiller, puis :

— Leur nom... c'était Munster — M. et Mme William Munster.

« Aucun rapport », pensa Joan, « avec le nom des gens qui avaient perdu leur bébé, à San Francisco. »

— Et ces Munster habitent San Francisco. ?

— Non : Bakersfield, une petite ville. Je n'ai jamais été à San Francisco.

Joan prit un temps avant d'insister d'une voix qui tremblait un peu :

— Leur bébé... c'était un petit garçon, lui aussi ?

Frieda sourit. Elle semblait détendue soudain :

— Oh! oui. Je m'occupe toujours de petits garçons. Je m'entends toujours si bien, avec eux... Je crois que je vais maintenant pouvoir aller nettoyer la salle de bains.

Et elle s'esquiva avant même que Joan ait pu lui poser une autre question.

Cette conversation, la jeune femme ne cessa d'y repenser de la matinée. Cette fois, ce n'était plus du tout une question d'imagination : sans aucun doute, Frieda avait répondu de façon très évasive. Mais pourquoi cherchait-elle à passer sous silence certains détails de sa vie, si elle n'avait pas quelque chose à cacher? Un secret terrible, peut-être?

Mais, se rétorquait Joan, il y avait beaucoup de raisons possibles à cela. Des motifs d'ordre personnel, d'ordre privé. Les gens ont bien le droit de sauvegarder leur intimité, après tout. Pourquoi seraient-ils tenus de raconter leur vie à tout venant? Mêle-toi de tes affaires, ma fille...

Et une petite voix intérieure, insidieuse, lui chuchotait à son tour : « Bébé Bruce est ton enfant... ton bébé à toi... c'est lui, ton affaire. Lui seul compte... »

Quelques jours plus tard, trois faits nouveaux allaient brusquement ranimer ce feu qui couvait sous la cendre.

***
***

Le premier survint au cours du petit déjeuner, quand Joan lut en dernière page du *Times* un entrefilet consacré à la Nurse Rouge.

— Ecoute ça, dit-elle à son mari en s'efforçant de conserver un ton normal. Tu te souviens de ce crime dont nous parlions l'autre jour? Eh bien, on a d'autres détails sur la nurse. Un employé de la gare de San Francisco se rappelle l'avoir vue, le lendemain de l'enterrement du bébé. Il lui a délivré un billet pour New York. Or, il y a six semaines environ que le crime a été commis, et il faut compter trois ou quatre jours de voyage... ce qui fait une semaine tout juste avant le jour où Frieda t'a proposé de venir chez nous, non?

172

Délaissant sa page de journal, Harry soupira :

— Et qu'est-ce que cela prouve, au juste ?

— Je ne dis pas que cela prouve quelque chose.

— Vraiment ? J'aimerais bien savoir ce que tu as voulu dire ? Bonté divine, ma chérie, ne pourrais-tu faire preuve d'un peu de bon sens ? Des centaines de gens prennent chaque jour le train pour New York. Et puis, cette femme n'est peut-être pas allée jusque-là : elle a aussi bien pu descendre à Chicago — ou même, ne pas partir du tout. Je ne comprends pas que tu puisses raisonner sur de telles niaiseries.

— Je sais que je suis stupide, je le sais ! Seulement... le journal donne encore l'avis d'un grand psychiatre. On lui a demandé s'il avait une idée des mobiles qui ont pu pousser la Nurse Rouge à empoisonner le bébé, et voici ce qu'il a répondu : « Cette femme souffre indubitablement d'une psychose fréquente chez les personnes d'âge mûr qui n'ont pas d'enfants, ou qui se voient délaissées par eux. Dominées par ce complexe de frustration elles en arrivent à éprouver de la haine à l'égard des femmes plus jeunes qu'elles, et qui ont des petits enfants. Il leur semble inique de les voir plus favorisées qu'elles, et elles ont souvent recours aux moyens extrêmes pour les punir de cette prétendue injustice. »

— Très astucieux, opina Harry. S'il y a une chose que je déteste, moi, c'est bien un petit déjeuner psychiatrique.

Joan ignora le sarcasme. Elle revint à la charge :

— Il faut que je sache à quoi m'en tenir, Harry ! Une bonne fois pour toutes. Je veux en avoir le cœur net... ou alors, je ne serai plus jamais tranquille. Frieda m'a dit que ses derniers employeurs s'appelaient Munster, qu'ils habitent Bakersfield, en Californie. Je vais télégraphier à Los Angeles, à mon frère. Eddie est notaire, il a les moyens de se renseigner. Je vais lui demander d'entrer en rapport avec ces gens et de me répondre tout de suite. Et je lui demanderai encore si les journaux de là-bas ont publié une photo de la nurse, et si oui, de me l'envoyer.

Elle reprit, coupant court à toute objection :

— C'est inepte, j'en conviens. C'est idiot... mais il le faut !

Elle expédia donc le télégramme aussitôt après le petit déjeuner, pendant que Frieda mettait la lessive à sécher dehors.

Le second incident survint l'après-midi du même jour. Frieda sortit promener le bébé, Joan fut soudain prise du désir impérieux d'aller fouiller la chambre de la nurse — voir si elle n'y trouverait pas un objet, un indice quelconque susceptible de dissiper son angoisse. C'était un vilain geste, elle le savait, elle avait horreur d'espionner. Mais elle se rétorqua que « c'était pour Bruce ».

En fait, elle n'eut pas à aller jusque-là car, dès la porte ouverte, elle ne vit plus qu'un objet posé sur la commode : une grande bouteille, pleine aux trois quarts d'un liquide sirupeux, noirâtre. Elle la prit, la retourna, mais n'y vit aucune étiquette, aucune indication de contenu. Elle la déboucha, la sentit. Quelle que fût sa nature, le liquide n'avait aucune odeur.

Peu après, dès le retour de Frieda, Joan lui dit gentiment :

— Je me demandais, Frieda... En passant devant la porte de votre chambre qui était restée ouverte, j'ai vu cette bouteille, sur votre commode. Serait-ce une bouteille du meuble à pharmacie ?

Cette question ne parut pas troubler Frieda le moins du monde, qui continua tout tranquillement de débarrasser Bébé Bruce de son petit chandail.

— Oui, madame Porter, c'est un médicament, mais pas de votre placard. C'est un médicament à moi.

— Un remède que vous prenez ?

— Oh ! non, pas moi. C'est pour le bébé.

La bonne humeur de cette réponse glaça Joan :

— Mais je ne me souviens pas que le Dr. Flowers ait rien prescrit de semblable ?

— Ce n'est pas le docteur. Il n'y connaît rien, celui-là. C'est un remède à moi, du temps que j'étais petite. Si mon poupon ne va pas bien, s'il est un peu enrhumé, s'il digère mal, alors je lui en donne une cuillerée. Et c'est bien meilleur que les médicaments du médecin.

— Frieda… (Joan était incapable de maîtriser la peur qui tremblait dans sa voix.) Vous n'en donnerez pas à Bruce !

— Mais je ne comprends pas, madame Porter… Mon médicament lui fait grand bien, et j'en ai toujours donné à mes bébés…

— Ne vous avisez plus de lui en faire prendre !

Joan sentit les larmes lui gonfler les yeux.

— Ne vous y hasardez pas, vous m'entendez ?

Elle vit la surprise et le chagrin se partager le visage de la vieille nurse.

— Madame Porter… Je ne veux lui faire aucun mal, moi. Vous ne savez donc pas combien je l'aime, mon petit Poupon ?

Une vague de honte submergea la jeune femme :

— Je… Frieda, je ne sais pas ce… Pardonnez-moi !

Sur cette excuse dont les mots se heurtaient, Joan courut jusqu'à sa chambre.

Quand elle revit Frieda au repas du soir, toutes deux se montrèrent aussi calmes et cordiales qu'auparavant, sans refaire la moindre allusion à l'algarade.

Et ce fut vers dix heures qu'eut lieu le troisième incident. Frieda était montée se coucher. Joan et Harry regardaient la télévision. Le téléphone sonna. C'était le Réseau de l'Ouest qui transmettait la réponse de Los Angeles. La standardiste lut le télégramme :

— « PRIS CONTACT BAKERSFIELD. VU LISTES MAIRIE, ANNUAIRES TÉLÉPHONE, REGISTRES PERCEPTEUR. AUCUN WILLIAM MUNSTER CES CINQ DERNIÈRES ANNÉES. ENVERRAI PHOTO COURRIER SPÉCIAL. »

Harry lui-même en fut ébranlé :

— Je n'y comprends rien, avoua-t-il en fronçant les sourcils. Pourquoi nous a-t-elle menti ?

— Je crois qu'elle a une bonne raison, moi !

Il y avait une pointe d'hystérie dans la réponse de sa femme.

— Nous lui en parlerons demain matin, proposa Harry. Je suis certain qu'elle a une raison parfaitement valable. D'ailleurs, la photo te prouvera sous peu que cette histoire n'a pas de sens. Bonté divine, quoi ! Je connais Frieda depuis mon enfance ! Pour nous elle a toujours fait partie de la famille !

— De la famille... répéta Joan.

**

Le lendemain, pourtant, ils n'en parlèrent pas. Bébé Bruce était de nouveau tombé malade au cours de la nuit, et ils ne songeaient plus qu'à ses souffrances. Le Dr. Flowers s'en tint à son premier diagnostic :

— Un simple embarras gastrique, il n'y a absolument pas lieu de s'inquiéter. C'est probablement de l'allergie, et je procéderai à des examens dès que cette petite crise aura pris fin.

A présent Joan n'avait plus aucune confiance dans le vieillard. Une seule idée l'obsédait : ne plus laisser le poupon un instant, ne plus le perdre de vue, fût-ce une minute. « Alors, seulement, pensait-elle, il sera en sécurité. » Elle annula ses rendez-vous, s'excusa pour ses réunions de comité féminin, prit en main tous les soins et les repas du petit, installa un lit pliant dans la nursery et passa près du poupon la seconde nuit de sa maladie. Au moindre mouvement, au moindre gémissement elle était debout, penchée au-dessus du berceau.

A plusieurs reprises Frieda lui offrit son aide :

— Vous vous donnez trop de peine. Vous n'avez pas l'habitude. Allez dormir, madame Porter, je veillerai sur lui.

Elle refusait toujours — brièvement d'abord, puis de plus en plus obstinément, durcie, impitoyable pour le pauvre visage déçu de la vieille nurse. Celle-ci insista une dernière fois, après une crise de vomissements particulièrement violente du bébé — et Joan se rebiffa avec colère :

— Allez-vous-en ! Je n'ai pas besoin de vous ni de votre aide ! Je peux me débrouiller toute seule !

Elle s'excusa un instant plus tard : elle était recrue, morte d'inquiétude, elle ne savait plus ce qu'elle disait. Mais même le sourire qui acceptait ses paroles ne pouvait effacer le chagrin dans les yeux de Frieda.

176

Le troisième soir, Harry téléphona pour avertir qu'il ne rentrait pas dîner, étant retenu à New York par des clients de passage.

— Et quand vas-tu donc revenir ?

La peur devait bouleverser la voix de Joan, car il se prit à rire en la rassurant :

— Enfin, pourquoi tout ce mauvais sang ? Je rentrerai vers minuit. Si Poupon va plus mal, appelle Flowers.

Joan raccrocha, regagna la nursery en toute hâte. Le bébé était seul, exactement comme elle l'avait laissé.

Peu à peu le crépuscule s'épaissit, devint ténèbres. La soirée s'écoulait, comme une lente angoisse. Joan s'occupa elle-même du repas du petit, et garda Frieda avec elle dans la cuisine durant les préparatifs. Elle lui avait dit qu'elle aurait besoin de son aide — mais le moment venu, ne la laissa toucher à rien. Ensuite elle remonta dans la nursery et fit manger le bébé, tandis que Frieda demeurait sur le seuil de la pièce, sans s'approcher du berceau.

Puis, les deux femmes dînèrent à leur tour. Joan ne voulut prendre qu'un sandwich qu'elle se confectionna elle-même, et but un verre de lait. Frieda proposa de cuisiner un plat quelconque — offre qui fut déclinée obstinément :

— Je n'ai pas vraiment faim, affirma Joan, et je ne veux pas laisser Poupon seul trop longtemps.

De tout le repas, elles n'échangèrent pour ainsi dire plus un mot. Une fois Frieda essaya de parler de son enfance en Allemagne. A un autre moment elle fit cas de tous les indices d'après lesquels Bébé Bruce promettait d'être un enfant remarquablement doué. Ce sujet de conversation était d'ordinaire infaillible — mais ce soir-là, Joan ne se mit pas à l'unisson.

De retour dans la nursery elles s'installèrent près du bébé, chacune d'un côté du berceau où il dormait. Et de nouveau le silence pesa entre elles, à peine rompu d'un mot, de loin en loin.

— Je crois qu'il va mieux, observa Frieda à un moment donné. Il avait meilleure mine, aujourd'hui.

Elle hésita, puis insista :

— Vous êtes bien de cet avis, il avait meilleure mine, n'est-ce pas ?

Elle n'obtint pas de réponse.

Un peu plus tard elle dit encore avec un petit rire :

— Ce docteur Flowers, il ne connaît rien aux bébés. Je crois qu'il est bon de ne pas dépendre de lui.

Joan releva vivement la tête, se demandant à quoi rimait cette remarque. Mais elle ne répondit pas.

La soirée s'avançait. A la lueur de la petite veilleuse de la nursery, les ombres des deux femmes s'allongeaient sur le sol. Profitant d'un moment où Frieda avait les yeux ailleurs, Joan se mit à la regarder fixement, intensément, cherchant à déceler la vérité derrière son visage. Cette femme était-elle vraiment ce qu'elle semblait être : la bonne vieille, l'inoffensive Frieda, l'exemple classique de la vieille nounou allemande, dévouée corps et âme à « son » bébé ? Ou bien derrière ce sourire, derrière ces rides, cachait-elle une âme sombre où grondaient les flots noirs de la jalousie, de la frustration, de la violence longtemps réprimée ? Joan aurait été incapable de le dire. Tantôt ce visage lui apparaissait comme l'incarnation même de Satan — et tout de suite après, il semblait emprunt de toute la douceur, de toute la candeur, de toute la tranquillité du monde.

Mais comment savoir ? Comment être jamais sûre de quelqu'un ? Les figures de tous les jours, ces figures qui vous semblent les plus aimantes, les plus affectueuses, ces visages qui représentent tout pour vous... savait-on jamais ce qui se cachait derrière eux ? Joan, avec un frisson d'horreur, eut l'impression que la vie n'était qu'un cauchemar, et l'humanité un immonde nœud de vipères...

En bas, le timbre de l'entrée retentit.

Elle sursauta et regarda sa montre-bracelet. 11 heures 30.

— Voulez-vous aller voir, Frieda ?

La vieille nurse sortit. Un instant plus tard, Joan l'entendit appeler :

— C'était la poste, madame Porter. Une lettre par courrier exprès.

Faisant effort pour se maîtriser, Joan descendit à son tour et prit la lettre qu'elle lui tendait. Elle se détourna, de façon que Frieda ne pût l'observer pendant qu'elle ouvrait l'enveloppe d'une main frémissante. Elle en sortit une coupure de journal. Un article, en tête duquel s'étalait un titre en gros caractères :

« Mme OSCAR BAUGARTNER QUI EST RECHERCHEE PAR LA POLICE POUR... »

Mais elle n'eut pas besoin d'en lire davantage : bien qu'un peu floue et sombre, la photographie reproduite sous la manchette était suffisamment éloquente.

Il n'y avait plus aucun doute possible.

C'était bien Frieda.

Alors, se retournant, Joan vit que la nurse n'était plus auprès d'elle.

Elle demeura immobile. Clouée par l'épouvante. Puis, les griffes terribles la lâchèrent, et tout son être eut un cri affreux :

— Bruce !

Elle escalada les marches, traversa comme une folle le couloir du haut, atteignit la porte de la nursery qui était fermée ; l'ouvrit à toute volée. Suffoqua en voyant...

... Frieda, penchée sur le berceau. Elle avait une cuiller à la main, et tenait dans l'autre la bouteille que Joan avait déjà vue sur sa commode. La bouteille au liquide noir. Et de sa voix la plus douce, de sa voix la plus caressante, Frieda chuchotait :

— C'est très bien, petit Poupon va maintenant avaler le bon remède pour guérir. Frieda promet que son bébé n'aura plus bobo...

Et Bruce, maintenant réveillé, la regardait d'un petit air sérieux. Il sourit. Tendit sa menotte. La cuiller s'approcha de ses lèvres...

Joan se rua en avant, bouscula Frieda, lui arracha la cuiller dont le contenu noirâtre éclaboussa le berceau. La bouteille alla se fracasser sur le sol. Bruce se mit à pleurer.

— Misérable ! hurla Joan. Monstre ! Nurse Rouge !

Frieda fit un pas vers elle. Une sorte de rictus déformait un coin de sa bouche.

— Laissez-nous !

La voix de Joan était rauque et basse, presque éteinte.

— Laissez mon bébé !

Ensuite, tout ne fut plus qu'un gouffre vertigineux — où tourbillonnaient Frieda, ses lèvres grimaçantes, les cris du bébé, un mugissement formidable, une veilleuse qui brillait, étincelait, aveuglait... Dans un ultime éclair conscient elle sentit une poigne se refermer sur son bras.

Les doigts osseux de Frieda... qui serraient...

*
**

... Elle gisait... Etendue sur le dos. Un visage se penchait vers elle. Harry...

Ce fut d'abord comme un brouillard, comme la brume légère d'un rêve. Puis tout devint plus net, plus précis. Elle reconnut le dessin familier du papier peint. Retrouva sous elle le moelleux d'un lit. Son lit.

Et soudain le cri renaquit en Joan. La cabra.

— Bruce !

La main de Harry effleura son épaule, l'obligea doucement à retrouver le calme de l'oreiller :

— Poupon va très bien, ma chérie. Il dort.

— Mais Frieda...

— Frieda est dans sa chambre.

— Dans sa chambre ?

Joan tenta encore une fois de se redresser.

— Tu ne l'as quand même pas laissée seule ? Elle va recommencer... elle veut le tuer, le...

— Oui, je sais...

Harry eut un soupir.

— Elle m'a dit ce qui s'est passé entre vous avant mon retour. Elle m'a répété... toutes tes paroles. Vois-tu... (Il se pencha vers sa femme.) Les journaux du soir ont donné le fin mot de l'affaire, ma chérie. Je les ai lus dans le train. L'assassin du bébé vient d'être arrêté. On a ses aveux complets. Frieda est totalement innocente.

Elle le regardait fixement, les yeux agrandis. Elle enregistrait ses mots, un à un, lentement.

180

— Mais cette photo... la photo du journal... c'était la sienne.

— Oui, Frieda était bien la nourrice du bébé. Elle sentait que quelqu'un voulait faire du mal au petit : c'est pour cela qu'elle s'enfermait avec lui, au moment de ses repas.

— Mais elle m'avait menti, elle prétendait avoir travaillé chez ces Munster qui...

— Ma chérie... ne comprends-tu donc pas qu'elle avait peur ? En apprenant la mort du bébé par les journaux, et quand elle a su qu'on la recherchait pour meurtre, elle a eu peur de parler. Les apparences étaient contre elle, l'assassin y avait soigneusement pourvu. Et Frieda craignait que la police ne voulût pas ajouter foi à ses dires. Après tout...

Harry baissa les yeux d'un air troublé.

— Pouvait-elle espérer que les enquêteurs sachent toute sa bonté, toute sa douceur — tout ce dont nous aurions dû nous souvenir, *nous* ?

— Et cette potion qu'elle faisait prendre à Bruce ?... Et la façon dont elle m'a empoignée quand je me suis évanouie ?

Harry eut un sourire las :

— Cette potion... Elle t'avait dit ce que c'était : son remède de bonne-femme favori, dont elle m'abreuvait deux fois par semaine, quand j'étais gosse... Et si elle t'a empoignée, c'est pour te venir en aide quand elle a vu que tu t'écroulais.

— Me venir en aide...

Un long frisson douloureux parcourait Joan.

— Mais enfin, puisqu'elle était bien la nurse du bébé, comment explique-t-on la présence de cette bouteille d'arsenic dans sa chambre ?

— Elle y avait été cachée exprès pour mieux faire croire à sa culpabilité. Par l'assassin. Le vrai.

— Le véritable assassin ?

— La propre tante du bébé. Cette vieille fille. Exactement ce qu'avait déduit le psychiatre : une femme d'âge mûr, qui n'avait pas d'enfants à elle, une femme qui souffrait d'un sentiment de frustration, pleine de rancœur contre les autres plus favorisés. C'est pour cela qu'elle avait tellement insisté, après l'enterrement, en vue d'obtenir l'ordre d'exhumation. Elle faisait tout pour charger Frieda de son crime. Il ne lui suffisait plus d'avoir assouvi sa haine à l'égard de la mère du bébé, elle voulait encore sa revanche sur Frieda — sur la nounou, sur celle qui n'avait aucun lien de parenté avec le poupon, mais qui recevait tant d'affection de sa part.

— Tant d'affection... répéta lentement Joan.

Elle comprenait enfin, pleinement, tout ce que son attitude avait eu d'odieux, d'abominable.

— Je vais la voir, dit-elle en se levant.

Frieda remplissait une de ses malles quand Joan entra dans sa chambre. Elle releva la tête ; montrant des yeux rougis. Son visage était défait, hagard. Très vieux.

Joan s'approcha d'elle, jetant dans ses paroles toute la véhémence, toute la sincérité dont elle était capable :

— Je vous demande pardon, Frieda. Pardon, du fond du cœur. Et je vous en prie : restez ici, chez nous, avec nous, avec Poupon.

Elle vit frémir les lèvres de la vieille femme, et il fallut un certain temps pour que ce frémissement s'arrête. Et puis, Frieda sourit. Un sourire très doux, très triste :

— Je ne vous reproche rien, madame Porter. Une maman doit protéger son bébé. Mais je crois qu'il vaut mieux que je m'en aille.

— Nous désirons tellement vous garder parmi nous ! Pour nous, c'est exactement comme si vous étiez de la famille, vraiment...

Frieda secouait la tête.

— De la famille... murmura-t-elle doucement — et il n'y avait pas la moindre amertume dans ses paroles. C'est ce qui nous trompe, nous autres. Nous ne faisons jamais partie de la famille. Nous sommes dans la maison, nous nous occupons du bébé, chacun nous parle poliment. Mais pour nous il n'y a pas, il n'y a plus de famille...

Elle sourit encore, paisiblement, après un silence :

— Je crois que je ne vais plus m'occuper de petits

bébés. J'ai un peu d'argent. Je trouverai un endroit où m'installer et je serai heureuse comme cela.

Elle baissa la tête et poursuivit rapidement ses préparatifs.

*
**

Cette même nuit, étendue sur le dos dans l'obscurité, Joan n'arrivait pas à trouver le sommeil. Finalement, elle parla :

— Jamais je n'oublierai ce que je lui ai fait... non, jamais.

— Mais si, tu oublieras, répondit Harry de l'autre lit jumeau. Pour l'instant tu es bouleversée, mais par la suite, avec le temps... Crois-moi, ma chérie, on arrive toujours à oublier ces sortes de choses.

Elle médita un moment sur cette réponse, puis elle conclut, d'une voix morne :

— Tu as raison. Et c'est bien cela le plus terrible.

One of the family.
Traduction de René Lathière.

Une histoire de fous

par

Frederic Brown

Debout au bord du quai de la petite gare, M. Belle-fontaine frissonna. Le fond de l'air était frais, mais ce n'était pas cela qui le faisait frissonner ; c'était cette sirène qui recommençait à hurler au loin. Un cri étouffé dans la nuit — le cri d'un démon torturé.

Il l'avait entendue pour la première fois une demi-heure auparavant, alors qu'il se faisait couper les cheveux dans une petite boutique située dans la grand-rue de ce petit patelin. Et le coiffeur lui avait expliqué de quoi il s'agissait.

« Allons, se dit-il, c'est à huit kilomètres d'ici. » Cette pensée ne le rassura pas pour autant. Un homme fort, résolu, pouvait parcourir huit kilomètres en moins d'une heure. En outre, on n'avait peut-être constaté sa disparition que longtemps après sa fuite. C'était même probable : si quelqu'un l'avait vu s'échapper, on aurait sans doute pu le rattraper.

Si ça se trouvait, il s'était échappé dans l'après-midi et était en liberté depuis un bon moment. Quelle heure était-il ? Sept heures un peu passées — or son train n'arrivait qu'à huit heures, la nuit tombait vite en cette saison.

Entre la boutique du coiffeur et la gare, M. Bellefon-taine avait marché rapidement — un peu trop rapide-ment pour un asthmatique. L'escalier donnant accès au quai l'avait vidé du peu de souffle qui lui restait ; c'est pourquoi il avait posé sa serviette de cuir pour se reposer un moment avant d'entrer dans la salle d'attente, à l'autre bout du quai.

Il avait encore le souffle court, mais il pensait maintenant être d'attaque pour parcourir les derniers mètres. Il saisit sa serviette, surpris de son poids inhabituel ; puis il se rappela le revolver qui était dedans.

C'était pour lui une expérience bizarre de transporter ainsi un revolver — même si l'arme, non chargée, était enveloppée dans du papier, et la boîte de cartouches empaquetée séparément dans un autre compartiment de la serviette. Mais M. Murgatroyd, le client qu'il était venu voir pour affaires, lui avait demandé comme un service personnel d'emporter avec lui le revolver à Milwaukee pour le remettre à son frère, à qui M. Murgatroyd l'avait promis.

— Ce genre d'objet est terriblement compliqué à expédier, avait dit Murgatroyd. Je ne sais même pas si on a le droit d'envoyer des armes par la poste.

— Certainement si, avait répondu Bellefontaine, puisqu'on en vend par correspondance. Mais il faut peut-être les expédier par exprès.

— De toute façon, avait dit Murgatroyd, comme vous allez à Milwaukee, ça ne vous posera pas de problème. Vous n'aurez même pas besoin de le porter à mon frère : téléphonez-lui simplement et il passera le prendre à votre bureau. D'ailleurs, je lui ai déjà écrit pour le prévenir.

Ne pouvant refuser sans offenser son client, M. Bellefontaine avait emporté le revolver, malgré son peu d'enthousiasme à l'idée de transporter un tel objet.

Il ouvrit la porte de la petite gare et entra. « Maudit asthme, se dit-il, et maudite pharmacie qui n'avait pas d'éphédrine en stock. La prochaine fois, j'en emporterai quelques cachets... » Il cligna des yeux pour s'accoutumer à la lumière, puis regarda autour de lui.

Il y avait un seul voyageur dans la gare. Un homme grand et mince, aux yeux injectés de sang, pauvrement vêtu. Il était assis sur un banc, la tête dans les mains. A l'entrée de M. Bellefontaine, il leva les yeux et dit :

— Hello.

— Hello, fit M. Bellefontaine, avec brusquerie. Euh... le temps se rafraîchit.

La pendule murale, au-dessus du guichet, indiquait sept heures dix. Trois quarts d'heure à attendre. A travers la vitre du guichet, il voyait un employé grisonnant installé devant une antique machine à écrire, contre le mur du fond. M. Bellefontaine ne s'approcha pas du guichet ; il avait déjà son billet de retour.

Le grand type était assis près d'un petit poêle à charbon, à l'autre bout de la salle d'attente. De l'autre côté du poêle se trouvait un rocking-chair d'aspect confortable, mais M. Bellefontaine préféra attendre un peu avant d'aller s'y asseoir.

Il voulait d'abord retrouver sa respiration normale, car il avait encore le souffle court à cause de son asthme. Il lui faudrait sans doute se mettre en frais dès qu'il serait assis, et s'il parlait par petites phrases entrecoupées, il se verrait contraint d'expliquer sa fâcheuse infirmité.

Pour se donner une contenance, il tourna son attention vers la porte vitrée comme s'il regardait quelque chose au-dehors.

Il ne vit que son reflet dans la vitre. Un petit homme grassouillet, au visage tout rose et au crâne légèrement dégarni — mais cela ne se voyait pas avec son chapeau. Ses lunettes à monture d'écaille lui donnaient un air très sérieux, qui lui allait bien, car M. Bellefontaine se prenait très au sérieux. Il avait quarante ans, et d'ici dix ans il serait un très important avocat de sociétés.

La sirène se remit à hurler.

Réprimant un frisson, M. Bellefontaine alla s'asseoir dans le rocking-chair, près du poêle. Sa serviette fit un bruit sourd quand il la posa par terre.

— Vous prenez le dix-neuf heures cinquante-cinq ? s'enquit le grand type.

M. Bellefontaine hocha la tête.

— Jusqu'à Milwaukee, précisa-t-il.

— Moi, je descends à Madison. Nous avons donc à voyager ensemble pendant plus de trois cents bornes, autant faire connaissance. Je m'appelle Jones. Comptable à la *Saxe Paint Company*.

M. Bellefontaine se présenta, puis s'enquit :

— La *Saxe Paint ?* Je croyais que c'était à Chicago.

— Ils ont une succursale à Madison.

— Ah ! fit M. Bellefontaine.

C'était son tour de parler, mais il ne trouvait rien à dire. Dans le silence, la sirène se reprit à hurler. Plus fort, cette fois. M. Bellefontaine frissonna.

— Ce bruit me donne la chair de poule, dit-il.

Le grand type prit le tisonnier et ouvrit la porte du poêle.

— Fait pas chaud ici, constata-t-il en secouant les braises. Dites donc, qu'est-ce que c'est que cette sirène ?

— L'asile d'aliénés. Une évasion. (Sans s'en rendre compte, il baissa la voix :) Un fou homicide, sans doute. C'est le genre de pensionnaires qu'ils ont.

— Ah ! dit le grand type avec indifférence.

Il secoua le feu avec une énergie redoublée, claqua la porte du poêle et se renversa dans son fauteuil, sans lâcher le tisonnier.

M. Bellefontaine remarqua que c'était un tisonnier bien lourd pour un si petit poêle. Le grand type le balançait entre ses genoux d'un air méditatif, ses longues jambes écartées. Il ne regardait non pas M. Bellefontaine mais le tisonnier en mouvement. Brusquement, il s'enquit :

— On sait quelle tête il a, ce fou ? On a son signalement ?

— Euh... non, dit M. Bellefontaine.

Le balancement régulier du lourd tisonnier l'hypnotisait.

Et si... ? pensa-t-il. Mais non, c'était stupide. Et pourtant, il y avait quelque chose.

Tout à coup, il comprit. Il avait d'abord cru que le grand type était pauvrement vêtu ; mais à y regarder de pi.s près, ce n'était pas cela du tout. Les vêtements étaient d'assez bonne qualité. Seulement ils étaient trop courts.

Ce costume, ainsi que le pardessus, avaient été

coupés pour un homme de taille moyenne. Les revers du pantalon étaient rabattus mais on voyait encore la marque du pli. Voilà pourquoi les jambes du pantalon pendaient de cette manière autour des chevilles. Elles étaient encore trop courtes de quelques centimètres, tout comme les manches du pardessus et du veston.

M. Bellefontaine demeura impassible. Tout en faisant semblant de ne pas regarder, il poursuivit son examen du coin de l'œil. La chemise était indubitablement trop large au col. Elle avait été coupée pour un homme au cou beaucoup plus fort. Le maigre cou de Jones flottait dedans.

Et ses yeux égarés, injectés de sang...

Il chercherait à atteindre une gare, pensa M. Bellefontaine. *Une petite gare comme celle-ci, à bonne distance de l'asile. En cours de route, il cambriolerait une maison pour se procurer des vêtements en échange de son uniforme. Peut-être même irait-il jusqu'à tuer un homme de rencontre pour lui voler ses vêtements. Et ceux-ci, naturellement, ne seraient pas à sa taille.*

M. Bellefontaine demeura impassible, mais sentit le sang se retirer lentement de son visage. Evidemment, il pouvait se tromper, mais...

Jones, se dit-il. *Exactement le genre de nom que donnerait un fou sur l'inspiration du moment. Et la* Saxe Paint Company, *une grande entreprise faisant une large publicité, serait la première à laquelle il penserait.*

Là, il s'est coupé — à propos de Madison — mais il s'est rattrapé en disant qu'il s'agissait d'une succursale.

Et il ne semble pas avoir de bagage. Seulement les vêtements qu'il a sur lui : or ce ne sont pas les siens. Des vêtements volés, qu'il s'est peut-être procurés au prix d'un meurtre. Si ça se trouve, il a tué un homme il y a une heure ou même moins. Un petit homme trapu au cou épais...

Lentement, le tisonnier se balançait, décrivant un arc fascinant. Lentement, les yeux injectés de sang du grand type se tournèrent vers M. Bellefontaine.

— A votre avis... dit-il.

Puis sa voix changea :

— Ça ne va pas ? Qu'est-ce que vous avez ?

M. Bellefontaine déglutit avec difficulté et parvint enfin à répondre :

— R-rien du tout.

Les yeux injectés de sang restèrent fixés sur lui une longue minute, puis revinrent lentement se poser sur le tisonnier oscillant. Le grand type ne termina pas sa question interrompue.

Il sait, pensa M. Bellefontaine, hébété. *Je me suis trahi. Il sait que je sais qui il est. Si je fais mine de partir, il comprendra que je vais prévenir la police. Il m'assommera avec ce tisonnier bien avant que j'aie atteint la porte.*

Il n'aurait même pas besoin du tisonnier. Il pourrait m'étrangler... Non, il se servira du tisonnier. Il n'y a qu'à le regarder jouer avec pour s'en convaincre : il médite de l'utiliser comme arme.

Est-ce qu'il me tuera de toute façon, même si je ne fais pas un geste ? Ça se pourrait bien ; il est fou. Les fous n'ont pas besoin de prétextes.

Il avait la gorge sèche et il lui semblait que ses lèvres étaient collées. Il dut passer sa langue entre elles pour pouvoir ouvrir la bouche. Il lui fallait dire quelque chose — quelque chose de naturel, pour tenter de rassurer le fou. Il prononça chaque mot avec circonspection, de façon à ne pas bégayer.

— Le t-temps se rafraîchit, dit-il.

Aussitôt après, il se rappela avoir dit la même chose quelques minutes plus tôt. Bah ! les gens se répètent souvent.

Le grand type le regarda, puis baissa les yeux sur son tisonnier.

— Ouais, dit-il.

Pas d'intonation, rien. Aucun moyen de deviner ce qu'il pensait.

Brusquement, M. Bellefontaine se rappela le revolver. Si seulement l'arme était dans sa poche, chargée, et non empaquetée au fond de sa serviette ! Comment faire pour... ?

Son regard, fouillant frénétiquement la pièce, rencontra la porte marquée « Hommes ». Pourrait-il y arriver ? Le tueur l'assommerait-il s'il se dirigeait vers elle ?

Le front perlé de sueur, il se leva lentement et saisit la serviette de cuir. Il rassembla tout son courage, et c'est d'une voix presque calme qu'il dit :

— Voulez-vous m'excuser une minute ?

Il contourna le poêle, passa derrière le fou et trottina vers la porte des toilettes.

Du coin de l'œil, il vit le grand type tourner la tête vers lui. Mais il ne se levait pas !

M. Bellefontaine referma vivement la porte des toilettes et chercha une clef dans la serrure. Il n'y en avait pas — pas plus que de verrou. Les mains tremblantes, il tira la fermeture Eclair de sa serviette.

Il regarda autour de lui sans trouver d'issue. Pas de fenêtre par où sortir ; juste une minuscule ouverture tout en haut, hors d'atteinte. Pas moyen de barricader la porte. Il y avait bien un petit verrou à la porte des W.-C., mais n'importe qui l'aurait fait sauter d'une seule main.

Non, pas de salut ici. Il ne lui restait plus qu'à charger le revolver et le mettre dans sa poche avant de ressortir. Il n'avait pas beaucoup de temps. Il devait faire vite... vite...

M. Jones regarda un moment avec curiosité la porte close des toilettes ; puis, avec un haussement d'épaules, il se remit à jouer avec le tisonnier.

Un vrai demeuré, ce gars-là ! Complètement cinglé, pas de doute. Lui qui avait espéré trouver un compagnon de voyage avec qui bavarder, il était servi ! S'il n'y avait rien de mieux, il s'en passerait. Tant pis, il essaierait de dormir dans le train.

Un peu de sommeil ne lui ferait pas de mal, après sa folle nuit. Une soirée aussi dingue, ici, en pleine cambrousse, c'était à peine croyable. Madge, sa sœur, était résolue à s'amuser — et Hank, son beau-frère, aussi. L'alcool avait été exécrable mais abondant. Pour une soirée d'anniversaire, ç'avait été réussi. N'empêche, leurs voisins — les Wilkins — s'étaient drôlement ridiculisés !

Mais pas autant que lui — songea tristement M. Jones — quand, en sortant dans la basse-cour pour prendre un peu l'air, il s'était étalé de tout son long dans de la gadoue bien gluante. Seigneur, son costume aurait-il la même allure lorsqu'il lui reviendrait ? En attendant, il était contraint de porter les vêtements de Hank jusqu'à Madison.

On ne l'y reprendrait plus à boire autant. Marrant sur le moment, mais bon Dieu ! quel effet ça faisait le lendemain matin — et même le lendemain soir. Encore heureux qu'il n'ait pas eu à aller travailler aujourd'hui, avec les yeux dans cet état. Au bureau, les autres l'auraient mis en boîte sans pitié.

Demain... Ah, quelle barbe, la peinture Saxe et la comptabilité ! Il aurait démissionné dès le lendemain si le vieux Rogers, le directeur de la succursale, ne lui avait promis de le muter au démarchage d'ici quelques mois. La vente, ça lui plaisait bien. Et puis il s'y connaissait en peinture, alors ça valait le coup de patienter encore deux ou trois mois.

La porte des toilettes s'ouvrit et le drôle de petit bonhomme sortit. M. Jones se tourna vers lui. Oui, il avait toujours cette expression de dément. Une expression figée, tendue, comme s'il avait un masque collé sur la figure.

Et puis il marchait bizarrement. Cette fois, il tenait sa serviette de la main gauche ; sa main droite était profondément enfoncée dans la poche de son pardessus.

Au fait, pourquoi diable avait-il emporté sa serviette aux toilettes ? Il ne s'était quand même pas imaginé qu'on la lui volerait pendant les quelques minutes où il serait absent ! A moins, évidemment, qu'il y eût des objets de valeur dedans, peut-être des bijoux. Non, quelque chose de plus lourd : elle avait fait un bruit sourd quand il l'avait posée par terre. Plutôt des échantillons de quincaillerie — sauf que les représentants en quincaillerie ne transportent pas leurs échantillons dans des serviettes en cuir.

Il regarda avec curiosité le petit homme se rasseoir sur le fauteuil — sans retirer sa main de la poche de son pardessus — et poser la serviette par terre. Cette fois, elle ne fit pas de bruit métallique. Elle paraissait plus légère, comme si elle était vide ou ne contenait que des papiers. Elle se renversa : apparemment, elle n'était pas assez remplie pour tenir toute seule. Le petit homme la ramassa et l'appuya contre le rocking-chair pour l'empêcher de tomber. Pas de doute : elle *était* vide — ou du moins, on en avait retiré un objet lourd.

Toujours vaguement curieux, M. Jones abandonna la mystérieuse serviette pour s'intéresser au visage pâle et tendu de son propriétaire.

Le type était-il cinglé ? *Vraiment* cinglé ?

Faiblement, dans le silence, retentit le hurlement de la sirène. Le petit homme sursauta, le visage déformé par la peur. Il se reprit aussitôt.

M. Jones sentit ses cheveux se hérisser. Faisant comme s'il n'avait rien remarqué, il baissa vivement les yeux sur le tisonnier qu'il tenait à la main. Il réalisa alors que c'était sa seule arme contre un fou meurtrier. Ses doigts se crispèrent autour du manche.

Bon sang, comment n'avait-il pas deviné plus tôt ?

Il est arrivé ici haletant, à bout de souffle ; il avait couru. Il s'est tourné vers la porte vitrée pour regarder si on l'avait suivi.

Ensuite, il s'était comporté normalement pendant quelques minutes. Les fous sont ainsi : à certains moments, on ne peut les distinguer des gens normaux.

Un fou meurtrier, songea-t-il. *A-t-il l'intention de me tuer ? Est-ce la raison de son comportement bizarre ? Est-il en train de préparer son coup ?*

C'est un petit bonhomme... Je devrais arriver à avoir le dessus, même si les fous sont censés être terriblement forts. Je sais me servir de mes poings. Oui, mais... s'il a un revolver ?

M. Jones sut alors avec certitude ce qu'avait contenu la serviette. Il sut pourquoi le fou était allé aux toilettes : pour sortir ce revolver de la serviette et le mettre dans la poche droite de son pardessus. En cet

Histoires diaboliques.   7.

instant même, il avait la main crispée dessus, le doigt sur la détente.

Faisant toujours semblant de regarder le tisonnier, M. Jones observa du coin de l'œil la bosse de la poche du pardessus. Un revolver, pas de doute ; une main ne ferait pas une aussi grosse bosse. En outre, il distinguait la forme du canon, un petit cylindre d'une quinzaine de centimètres.

Si c'était un fou échappé, tenta-t-il de se rassurer, *il ne m'aurait pas expliqué ce qu'était cette sirène. D'un autre côté, c'est moi qui lui ai posé la question... Il a pu croire que je le savais déjà et que je le soupçonnais à cause de son air traqué. Il était donc bien obligé de me dire la vérité. Et puis ce nom tordu : Bellefontaine ! On le dirait sorti d'un roman. Dans la vie réelle, les gens ont rarement des noms pareils.*

Mais ce n'étaient là que des arguments ; le revolver était un fait. Vous ne pouvez pas argumenter avec un fou meurtrier qui braque un revolver sur vous.

Qu'est-ce qu'il attendait ?

Un train siffla dans le lointain. Sans tourner la tête, M. Jones parvint à jeter un coup d'œil sur la pendule. Quinze minutes trop tôt pour le train de voyageurs, celui de dix-neuf heures cinquante-cinq ; ce devait être un train de marchandises qui allait dans l'autre sens.

Oui, le voilà qui approchait et il ne ralentissait pas : c'était bien un convoi de marchandises. M. Jones entendit une porte se fermer dans l'autre pièce, derrière le guichet. Le chef de gare sortait sur le quai. Il y eut des pas dehors, bientôt noyés par le grondement du train qui s'enflait.

Quand la locomotive passerait devant la gare, de l'autre côté du guichet. Evidemment ! c'était *ça* qu'il attendait. Le rugissement assourdissant qui couvrirait le bruit de la détonation !

M. Jones banda ses muscles, resserra son étreinte sur le tisonnier et se pencha légèrement en avant. Il pourrait y arriver d'un pas, en brandissant le tisonnier. Si le canon du revolver, qu'il voyait à travers le tissu, commençait à se dresser...

Le grondement du train, plus fort, plus proche... rugissement qui allait crescendo, noyant tout sur son passage... plus fort, *plus fort...*

A l'instant où M. Jones se penchait en avant, le canon du revolver se dressa.

L'homme vêtu d'un uniforme bleu à boutons de cuivre referma la porte derrière lui avec précaution et se tourna vers les deux hommes assis de chaque côté du poêle. Ils avaient l'air drôle, figés ainsi dans des attitudes contraintes, empruntées — comme s'ils étaient morts de peur.

Pouvait-il... ? Non, ce serait trop dangereux. Maintenant qu'il avait l'uniforme, il allait pouvoir monter dans le train sans difficulté et s'enfuir loin de la zone de recherches. D'un autre côté, ce serait tellement facile de tuer ces types avec le revolver qu'il portait à la ceinture — un revolver que son uniforme lui donnait le droit d'exhiber sans crainte.

— Bonsoir, messieurs, dit-il.

L'un d'eux marmonna une réponse. L'autre ne dit rien. Le plus grand, celui qui jouait avec le tisonnier, demanda :

— A-t-on attrapé le... le fou ?

Tout en parlant, il louchait avec insistance du côté du bonhomme rondouillard, comme s'il voulait faire comprendre quelque chose.

— Non, répondit-il, pas encore. Et je ne pense pas qu'ils l'attrapent de sitôt.

Que c'était drôle ! A mourir de rire.

— Maintenant, reprit-il, ils auront du mal à l'avoir. Il a tué un flic à Waynesville et lui a volé son revolver et son uniforme. Et ils ne le savent même pas !

Il se remit à rire. Il gloussait encore quand il porta la main à son revolver.

Il eut à peine le temps de le sortir de son étui que, sans avertissement, le petit homme tira un coup de feu — à travers la poche de son pardessus, apparemment — et le grand type au tisonnier lui sauta dessus. Avant même qu'il eût brandi son revolver, le petit homme tira un second coup de feu, qui l'atteignit à l'avant-bras, et le tisonnier s'abattit sur son crâne. Il tenta d'esquiver le coup mais ne parvint qu'à amortir le choc...

Lorsqu'il revint à lui, le train de marchandises sifflait dans le lointain. Derrière le guichet, le chef de gare parlait au téléphone avec excitation.

Il était pieds et poings liés. Il se débattit un instant, puis se calma. Avec un soupir, il leva les yeux vers les deux hommes qui l'encadraient. Et il réfléchit à ce qui s'était passé.

Pas de doute, avant même son arrivée, ils s'étaient tenus prêts à déclencher la bagarre ! Le petit rondouillard avait sans doute gardé le doigt sur la détente ; quant au grand type, il n'avait pas cessé de balancer le tisonnier, prêt à s'en servir. D'habitude, il faut se préparer un peu pour lancer une attaque comme ça ; ces gars-là étaient partis comme une charge de dynamite !

Bon Dieu, si tous les gens qui se baladaient en liberté étaient aussi dangereux que *ceux-là,* il serait plus en sécurité dans l'asile d'où il venait. Ma parole, ils avaient bien failli le tuer. Ils devaient être *fous !*

The dangerous people.
Traduction de Gérard de Chergé.

Que diriez-vous d'un meurtre ?

par

JACK RITCHIE

La fille, derrière le comptoir des annonces classées, regarda le papier que je lui tendais, mordilla son crayon, puis leva les yeux, hésitante :

— Vous voulez faire passer cette annonce dans notre journal ?

— Oui. Et j'aimerais que vous me donniez un numéro de boîte postale pour les réponses.

L'annonce que je voulais faire publier dans le *Herald Journal* était ainsi formulée : *Vous traînez derrière vous votre partenaire conjugal comme un boulet de canon. Peut-être y a-t-il une solution ultime à votre problème. Entière discrétion garantie. Ecrire au journal; boîte postal n°...*

Je notai l'air embarrassé de l'employée.

— Quelque chose ne va pas ?

La fille mâchonnait toujours son crayon.

— Je suis nouvelle au journal. Je ne connais pas très bien les habitudes de la maison.

Elle appela un certain M. Wilson, de toute évidence chef du service.

— Vous êtes juriste ? demanda-t-il après avoir lu mon texte d'annonce.

— Non.

— Je veux dire... euh... est-ce le divorce qui est envisagé dans cette annonce ?

— Non.

Wilson s'éclaircit la voix.

197

— Qu'entendez-vous par « solution ultime » ?

— Je préfère laisser l'annonce suggérer la solution elle-même.

On me dirigea vers d'autres responsables, toujours plus élevés dans la hiérarchie, jusqu'au directeur de la publicité, J. G. Bingham.

Mon annonce m'avait précédé et se trouvait déjà sur son bureau. Il entra directement dans le vif du sujet :

— Je crains qu'il ne faille me donner une explication satisfaisante, sinon le journal ne pourra accepter votre annonce.

Je laissai échapper un soupir.

— Entendu. Je m'appelle James Parkerson. Je suis professeur d'Université et mon domaine est la psychologie.

— Et ce texte a un rapport avec la psychologie ? demanda le directeur en indiquant du doigt l'annonce.

— Oui. J'entreprends une étude sur le meurtre entre conjoints, ma thèse de départ étant que peut-être dix fois plus de personnes mariées seraient assassinées par leur partenaire s'il n'existait pas un motif psychologique.

— Ils craignent d'être arrêtés ?

— C'est, évidemment, un facteur important. Mais le simple fait de ne pouvoir passer à l'acte en constitue un d'une importance égale sinon supérieure. S'ils étaient en mesure de *déléguer* l'acte meurtrier, s'ils pouvaient louer quelqu'un pour ce travail, il y aurait un effrayant accroissement de morts violentes.

Le directeur fronça les sourcils.

— Vous voulez insérer cette annonce dans notre journal pour inciter au meurtre ? Croyez-vous sérieusement que les lecteurs répondront à cette offre ?

— Bien sûr. Les gens répondent même aux propositions les plus saugrenues. Il y a quelques années, par exemple, une annonce, parue dans un grand magazine, était ainsi rédigée : *C'est votre dernière chance. Envoyez un billet d'un dollar à la boîte postale nº 107.* Un point c'est tout. On ne promettait absolument rien en récompense. Eh bien, des milliers de lecteurs ont envoyé un dollar. J'ai choisi volontairement l'expression « solution ultime ». Le mot *meurtre* ferait peur à tout le monde, sauf aux déséquilibrés. Je m'attends à deux catégories de réponses. La première comprendra les lettres adressées par des lecteurs croyant voir en moi un juriste qui détient des renseignements confidentiels sur de nouvelles dispositions de la loi sur le divorce. Ce courrier ne me sera d'aucun secours pour mon travail ; je l'écarterai donc purement et simplement.

Depuis le début de l'entretien, j'étais debout mais, à cet instant, je m'assis dans le fauteuil que m'indiquait Bingham.

— ... A la première lecture, les lettres de la seconde catégorie sembleront identiques aux autres, mais le germe du meurtre s'y cachera et je suis sûr d'arriver à le déceler. Dans ces réponses, on trouvera certainement des questions évasives du genre : « Est-ce possible ? Cette annonce veut-elle vraiment dire ce qu'on croit comprendre ? » Et leurs auteurs, sans aucun doute, dépenseront un peu de temps et un timbre pour en savoir plus.

Bingham ne semblait pas convaincu.

— Mais lorsqu'ils découvriront votre profession et vos intentions, ne battront-ils pas immédiatement en retraite ?

— Je n'ai pas l'intention de leur révéler ma véritable identité avant la fin de l'enquête. Je me présenterai comme un tueur professionnel qui loue ses services.

Le directeur réfléchit un instant, puis se frottant la nuque :

— D'accord. Je ne suis pas sûr d'agir avec prudence, mais je suis également curieux de voir ce qui se passera. Nous allons publier l'annonce. Combien de fois ?

— Pour le moment, une fois seulement.

— Vous feriez mieux de venir chercher vos réponses directement à ce bureau. Inutile de vous dire que des journalistes surveilleront votre boîte postale.

Mon annonce parut le jour même dans l'édition du

soir de l'*Herald Journal*. Le lendemain, après mon dernier cours, je passai prendre mon courrier au bureau de Bingham.

Le directeur parut gêné en me présentant le solide gaillard qui se tenait à ses côtés.

— L'inspecteur Larson de la police judiciaire. Le travail de M. Larson consiste, notamment, à lire les annonces classées, surtout celles d'ordre personnel. Il note tout ce qui lui semble louche.

— Il n'y a absolument rien de louche dans mon annonce, dis-je d'un ton ferme. Peut-être devriez-vous expliquer à l'inspecteur les motifs de cette publication.

— C'est déjà fait, intervint Larson. Mais j'aimerais procéder à une vérification. Montrez-moi vos papiers.

Je tendis mon portefeuille à l'inspecteur.

— ... Enfin, du moins, êtes-vous en possession du portefeuille d'un certain M. Parkerson. Je vais faire un saut à l'Université pour m'assurer qu'il s'agit bien de vous.

Bingham me tendit un petit paquet de lettres.

— Elles sont arrivées au courrier de ce matin.

Il n'y en avait que six. Un peu déçu, je les glissai dans ma poche, sous l'œil vigilant de Larson.

— Pensez-vous que certaines de ces lettres soient envoyées par des personnes désireuses de se débarrasser de leur conjoint ? demanda-t-il.

— C'est très vraisemblable.

— Donnez-les-moi ! dit l'inspecteur, tendant la main.

— Certainement pas. Elles me sont adressées. C'est mon courrier personnel.

Larson fronça les sourcils.

— Alors, Professeur, vous ne voulez pas prévenir un meurtre ?

— Si, bien sûr. Et la conclusion de mon travail s'orientera dans ce sens. Mais, avant de soigner le mal, il faut d'abord en apprécier l'étendue. Et puis, ne comprenez-vous pas qu'aucune de ces personnes ne commettra de meurtre avant d'avoir trouvé un tueur ? Aussi longtemps que je négocie avec elles, elles sont neutralisées.

L'inspecteur acquiesça sans enthousiasme.

— Soit. Mais lorsque vous en aurez terminé avec elles, je voudrais que vous me communiquiez leurs noms.

— Certes, ce sera de ma part un abus de confiance, mais je suis d'accord. Je vous ferai connaître leur identité en temps voulu.

Je rentrai à la maison et m'installai à mon bureau lorsque ma femme s'adressa à moi :

— As-tu réfléchi, mon chéri, à ce que nous ferons lorsque tu prendras ton année sabbatique ?

— Nous resterons ici, répondis-je. J'aimerais travailler sur une de mes nouvelles enquêtes.

Doris soupira.

— Tu travailles trop, chéri. J'ai vu une publicité pour une croisière autour du monde. Il y a des cargos qui prennent seulement quelques passagers. Ne serait-ce pas une façon merveilleuse de passer l'année ?

J'étais impatient de lire mes lettres.

— Pourquoi veux-tu voyager, Doris ?

— Eh bien… pour connaître d'autres gens, par exemple.

— Vraiment ? Mais ne penses-tu pas que tout le monde sur terre se ressemble ?

— Oui… c'est possible.

— En ce cas, Doris, à quoi bon dépenser une grosse somme d'argent pour vérifier un fait que tu connais déjà ?

Je m'assis à mon bureau et commençai à dépouiller mon courrier. Quatre lettres appartenaient sans hésitation à la première catégorie. Les deux autres correspondaient à ce que je recherchais.

Sur la première, on lisait :

Cher Monsieur,
Je viens de prendre connaissance de votre très intéressante annonce dans le Herald Journal.
Savez-vous ou non ce qu'implique l'expression
« solution ultime » ?
Si vous voulez poursuivre cet échange épistolaire,

faites paraître, s'il vous plaît, l'anonce suivante dans le Herald Journal : « *Perdu chien colley mâle. Répond nom de Regis.* »

Aucune signature ne figurait au bas de la lettre.

J'étudiai la frappe de la machine à écrire. Tous les « o » et tous les « e » étaient bouchés. De plus, les autres lettres avaient besoin d'un sérieux coup de brosse. Le ruban de la machine était franchement usé et aurait dû être remplacé. Quant au style de la lettre, il était correct. On ne relevait qu'une faute d'orthographe au mot « anonce ».

Mais peut-être me trompais-je ? Je cherchai des yeux mon dictionnaire, sans succès. Je me levai et appelai dans le couloir :

— Doris ! Comment écris-tu « annonce » ?

Elle réfléchit un instant.

— A-n-o-n-c-e.

Pourtant, cette orthographe ne me semblait toujours pas correcte.

— Où est le dictionnaire ?

— Au salon, sur le secrétaire, chéri.

J'allai le chercher et, de retour à mon bureau, constatai qu'annonce s'écrivait bien avec deux « n ».

J'ouvris la deuxième lettre. Elle était également tapée à la machine et ne comportait ni formule de politesse, ni signature.

Mac's Bar. 21st and Wells. Ce coir, à 8 heures. Commander un whisky. Dénouer et renouer lacet chaussure pied droit.

« Pourquoi pas ? » pensai-je. Je n'avais aucune raison de ne pas aller à ce rendez-vous. Je décrochai le téléphone et demandai l'insertion de l'annonce relative au colley dans l'édition du matin de l'*Herald Journal*.

La communication achevée, je laissai traîner mon regard sur le bureau, l'arrêtai sur le dictionnnaire, puis le portai sur la première des deux lettres. Je l'examinai pendant cinq minutes, puis glissai une feuille de papier vierge dans la machine à écrire. Je tapai : « Cette annonce est tout à fait bienvenue. »

Les lettres étaient bien noires et nettes. Ni les « o » ni les « e » n'étaient bouchés. Je souriai, un peu penaud, et froissai la feuille de papier. Les idées qui peuvent vous passer par la tête sont vraiment idiotes.

Après le dîner, j'enfilai mon manteau.

— Je retourne un moment à l'Université, chérie. J'ai du travail. Je ne sais pas à quelle heure je rentrerai.

— Entendu, chéri. Au fait, as-tu remarqué que j'ai nettoyé ta machine et changé le ruban ?

Je m'immobilisai au moment où j'allais poser mon chapeau sur ma tête.

— Quand as-tu fait cela ?

— Ce matin, chéri.

Je quittai la maison sous un petit crachin.

« Des milliers de gens ne savent pas l'orthographe », pensai-je en tournant la clé de contact de ma voiture. « Toutes les machines à écrire ont besoin d'être nettoyées et il faut changer leur ruban de temps en temps. »

J'arrêtai mon véhicule devant le Mac's Bar et entrai dans l'établissement. Je m'assis sur un tabouret et commandai un whisky, je défis et renouai mon lacet de chaussure du pied droit. Je jetai un regard circulaire. Personne ne s'approchait de moi.

Je levai les yeux vers la pendule : 8 heures précises. Peut-être, il ou elle était en retard ?

Dix minutes plus tard, un homme de taille moyenne entra dans le bar. Je terminai mon verre puis, d'une voix claire et distincte, commandai un autre whisky. Je dénouai et renouai mon lacet. Le nouvel arrivant m'ignora.

J'attendis patiemment le prochain client.

Après avoir répété mon expérience huit fois, je décidai d'abandonner. D'ailleurs, j'avais réussi à nouer le lacet de ma chaussure droite de telle façon qu'il m'était impossible de le dénouer.

Lorsque je rentrai à la maison, Doris était déjà couchée. Je terminai le sac de chips acheté au Mac's Bar puis, d'un pas mal assuré, montai rejoindre ma femme.

Le lendemain matin, je me réveillai avec un mal de tête atroce. Je réussis à venir à bout du nœud de mon lacet de chaussure, puis descendis prendre mon petit déjeuner. Je me contentai d'un café noir.

Doris parut inquiète.

— Tu as attrapé la grippe ?

— Peut-être.

Je terminai mon café, avalai deux aspirines et quittai la maison.

Mon cours à l'Université me parut interminable et je vis arriver l'heure du déjeuner avec un profond soulagement.

Je pris un léger repas à la cafétéria de la Faculté, puis me dis qu'un petit tour sur le campus me ferait peut-être du bien. Je m'arrêtai devant le monument aux morts pour allumer ma pipe lorsque j'aperçus un homme de grande taille, élégant, qui s'approchait de moi.

Il avait un léger sourire aux lèvres.

— Comment allez-vous, ce matin ?

Je ne le connaissais ni d'Eve ni d'Adam et l'état de ma santé ne le regardait certainement pas.

Il baissa les yeux sur mes chaussures.

— ... Je constate que vous avez réussi à triompher de votre nœud.

Je le dévisageai.

— Etiez-vous... ? Est-ce vous qui m'avez envoyé cette... ?

Il eut un signe de tête affirmatif.

— Oui, j'étais au Mac's Bar hier soir.

— Et pourquoi ne vous êtes-vous pas présenté ? répliquai-je, irrité.

— Parce que je suis prudent. Notre rendez-vous concernait une affaire délicate. (Il m'observa, puis reprit :) Qu'entendiez-vous par « solution ultime » ?

— Dites-le vous-même, répondis-je brutalement, car je n'avais pas retrouvé mon calme.

Il esquissa un vague sourire.

— Un meurtre ?

Je marquai un instant d'hésitation, puis répliquai :

— Précisément.

L'inconnu me regarda droit dans les yeux.

— Combien demanderiez-vous pour tuer ma femme ?

— Dix mille dollars, répondis-je sans réfléchir.

La somme ne parut pas le troubler.

— Et comment vous y prendriez-vous ?

— On vous assurerait un alibi et, pendant ce temps, j'abattrais votre femme d'un coup de revolver. Vous n'auriez rien à faire.

L'homme hocha la tête.

— C'est un plan très simple. Il devrait donc réussir, professeur Parkerson !

— Comment connaissez-vous mon nom ? dis-je, un peu déconcerté.

— Je vous ai suivi jusqu'à votre domicile, hier soir, et à l'Université, ce matin. Je me faisais fort de découvrir votre identité. Or, je ne pense pas qu'un homme ayant votre situation, Professeur, puisse devenir un tueur professionnel.

— Monsieur, dis-je froidement, voulez-vous ou non que je tue votre femme ?

— Je ne suis pas marié. Dites-moi, Professeur, qu'est-ce que vous manigancez ?

— C'est mon problème.

Il cligna des paupières.

— Je crois que je vais prévenir la police. Elle pourrait être intéressée.

— J'ai son autorisation, tout au moins celle des autorités subalternes.

— Peut-être alors devrais-je rencontrer un journaliste. Votre histoire ne le laisserait sans doute pas indifférent.

La suggestion me consterna. Si j'avais voulu la publicité d'une annonce de deux lignes, je ne souhaitais certes pas celle d'un article entier. Il effraierait certainement tous mes clients potentiels dans le présent et l'avenir.

— ... Dois-je raconter votre histoire au premier journaliste venu ? reprit l'homme.

— Non, dis-je en soupirant.

Nous nous assîmes sur un banc et je lui expliquai l'étude que j'avais entreprise. Lorsque j'eus terminé mon récit, il sembla réfléchir.

— Avez-vous reçu des réponses à votre annonce ?

— Six jusqu'à présent.

Il resta silencieux un instant, puis me demanda :

— Professeur Parkerson, lorsque vous aurez obtenu le nom des personnes intéressées par votre offre, je parle de celles de la seconde catégorie, auriez-vous l'obligeance de me les communiquer ?

— A vous ? Pourquoi ?

— Je vous verserai cinq cents dollars par nom, à condition, évidemment, qu'en fin de compte je traite avec la personne intéressée.

— Pourquoi désireriez-vous connaître ces noms ?

L'inconnu sourit.

— L'une des difficultés de ma profession est d'établir des liens avec de nouveaux clients. Je ne peux certes pas faire de publicité. Mais vous pouvez en faire pour moi.

Je posai une question superflue.

— Vous êtes un tueur professionnel ?

— On pourrait aussi bien fixer un pourcentage à vous verser. Disons, quinze pour cent de l'ensemble de mes gains ?

Je me levai.

— Je crois que c'est mon tour, maintenant, de prévenir la police.

Il haussa les épaules.

— Que pourriez-vous prouver ? Je nierais que cette conversation ait jamais eu lieu. Quant aux services de police, ils ne me connaissent pas. Mon casier judiciaire est vierge.

Une lueur passa dans son regard.

— Vous ne semblez pas vous rendre compte de la quantité d'argent que nous pourrions gagner. Votre recherche n'a pas à se limiter à cette localité. Elle pourrait s'étendre à tout le pays. Et, de plus, votre profession est une couverture parfaite.

— Jamais ! Vous entendez bien : jamais !

L'homme restait imperturbable.

— Je vais vous laisser le temps de réfléchir, Professeur. Et souvenez-vous qu'il y a probablement des centaines de psychologues qui sauteraient sur la chance que je vous offre.

Je le regardai s'éloigner et monter dans une luxueuse décapotable.

Après mon dernier cours, je rentrai chez moi au volant de ma vieille conduite intérieure.

Doris était occupée à trier un tas de vêtements.

— C'est pour la vente de charité de l'église, chéri, dit-elle.

Je jetai un coup d'œil aux vêtements.

— Que fait ici mon costume marron ? demandai-je. C'est celui que je portais le jour de notre mariage.

— Il est usé, chéri. Je ne savais pas que tu attachais une telle valeur sentimentale à tes vêtements.

— Ce n'est pas une question de sentiment, mais il est encore en bon état. Remets-le dans la penderie.

— D'accord. Mais, tu sais, aujourd'hui, c'est fini de se marier et se faire enterrer dans le même costume.

Je la jaugeai du regard. Pourquoi avoir choisi cet exemple ?

Je haussai les épaules et allai m'enfermer dans mon bureau. Je posai une feuille blanche sur ma table de travail et entrepris un petit calcul : la population des Etats-Unis s'élève à environ deux cents millions d'habitants. Imaginons que cent mille de ces individus veuillent se débarrasser de leur conjoint, chiffre sans doute inférieur à la réalité..., mais pourquoi se limiter aux personnes mariées ? Après tout, il existe des tantes, des oncles, des neveux, des nièces, des amis...

Supposons qu'on ne puisse entrer en relation qu'avec cinq mille d'entre eux seulement et qu'on obtienne une moyenne de cinq mille dollars par individu. On arriverait à un total de vingt-cinq millions de dollars. Or, quinze pour cent de vingt-cinq millions représentent...

Je froissai brusquement la feuille de papier et la jetai dans la corbeille. Puis, je me tournai vers une pile de tests et, courageusement, commençai à les pointer.

Le jeudi après-midi, je me rendis à l'*Herald Journal*. Dans ma boîte postale m'attendait la réponse à l'annonce concernant Regis, le colley.

En voici les termes :

> *Cher Monsieur,*
> *J'ai lu l'annonce relative à Regis, votre colley. Je crois qu'il est temps que nous nous rencontrions. Je vous propose de nous retrouver vendredi à 20 h, au restaurant Leoni, au coin de la 27ᵉ Rue et de Gerald Avenue. J'aurai un foulard en mousseline de soie rose et je vous reconnaîtrai grâce à l'œillet rouge que vous porterez à la boutonnière. Je dirai : « Regis » et vous répondrez « collier noir ».*

Je relus la lettre. Cette fois, il ne faisait pas de doute que la personne était une femme. Quant à la frappe, elle était claire et bien noire.

Le restaurant Leoni ? Oh ! oui. Je me souvenais de l'endroit. Doris et moi y avions dîné un an plus tôt. Ou, peut-être, y avait-il deux ans ?

Je réfléchis à cette question un instant, puis pris le chemin de la maison. A peine en avais-je franchi le seuil que je demandai à Doris :

— Il y a longtemps que nous n'avons dîné en ville. Que penses-tu d'aller chez Leoni, vendredi prochain ?

Doris leva les yeux de son magazine.

— Je suis désolée, chéri, mais c'est le soir où le *Women's Club* se réunit. Je renoncerais volontiers à y aller, mais j'en suis présidente, cette année. Je me dois donc d'être présente. Avoir des responsabilités dans une organisation implique certaines servitudes et la présence est l'une d'entre elles.

Je remis mon chapeau sur ma tête.

— Je vais faire un petit tour.

— Mais tu viens juste de rentrer, chéri.

— Je vais quand même me promener.

Dehors, la nuit était tombée et le vent soufflait. Doris était-elle en train de me jouer un tour ? Mais comment aurait-elle pu avoir connaissance de mon projet ? Par principe, je suis secret sur ce qui touche à mon travail jusqu'au jour où les résultats sont là. J'évite ainsi d'avoir à me justifier au cas où mes recherches se révèlent stériles.

Mais peut-être Doris nourrissait-elle vraiment le rêve de se débarrasser de moi ?

Nous étions mariés depuis dix ans et, me semblait-il, nous étions heureux. Evidemment, nous menions une existence tranquille, mais Doris devait s'être habituée à ce genre de vie. C'est dans mon milieu professionnel que je l'avais rencontrée. Son père était professeur à la Faculté de zoologie.

Devais-je demander des explications à Doris ?

Non. Je me contenterais de voir jusqu'où elle était capable d'aller.

Fallait-il se cacher derrière une fausse barbe ou un accessoire du même genre lors de la rencontre au restaurant Leoni ? Demain, j'irais voir le professeur Tibbery du département d'art dramatique et je lui demanderais s'il peut faire quelque chose pour moi.

Une grosse décapotable ralentit à ma hauteur et s'arrêta au bord du trottoir. Une porte s'ouvrit et le tueur à gages parut.

— Eh bien, Professeur, avez-vous pris une décision ?

Les pensées se bousculaient dans ma tête. Comment en arrive-t-on à tuer ? Pour le profit, la plupart du temps. Par passion, souvent. Et, parfois, en cas de légitime défense.

Ce dernier motif me fit écarquiller les yeux. Mon geste serait-il moralement justifié si je faisais assassiner Doris avant qu'elle n'ait le temps de tenter quoi que ce soit contre moi ? Fallait-il engager cet homme qui se tenait devant moi ? Je fermai les yeux, en proie à des sentiments contradictoires.

Non. Je ne pourrais pas faire tuer Doris. Je l'avais épousée pour le meilleur et pour le pire. Evidemment, le pire, avec elle, prenait des proportions que je n'aurais jamais imaginées.

— ... Alors, Professeur ? reprit l'inconnu. Etès-vous prêt à traiter avec moi ?

Je rouvris les yeux.

— Je n'ai absolument rien à faire avec vous, dis-je sèchement.

L'inconnu inclina la tête et parut réfléchir un moment, puis il glissa la main à l'intérieur de son manteau et en sortit une carte de visite qu'il me tendit.

— Je suis encore pour un jour au Westland Hotel. Souvenez-vous qu'il y a des psychologues qui sauteraient sur l'occasion.

— Je vous en prie. Ne vous gênez pas.

Lorsque les feux arrière de la voiture eurent disparu après le premier tournant, je m'approchai d'un lampadaire. La carte de visite ne comportait aucune autre mention que le nom : Charles A. Hasker. Etait-ce sa véritable identité ? Si son casier judiciaire était vraiment vierge, c'était possible. De toute façon, c'était sans importance. Je préviendrais l'inspecteur Larson.

Peut-être la police ne pourrait-elle rien faire contre lui pour le moment, mais elle surveillerait son activité et, éventuellement, l'arrêterait.

De retour à la maison, je trouvai mon voisin, le professeur Conner, assis devant l'échiquier.

Je me demandais pourquoi il venait constamment à la maison. Nous avons peu de choses en commun. Il est zoologiste. C'est la raison pour laquelle, depuis longtemps, je lui avais suggéré de jouer aux échecs lorsqu'il nous rendait visite. Je préférais de loin jouer à ce jeu avec lui plutôt que subir sa conversation.

A onze heures, il accepta deux sandwichs au thon préparés par Doris, puis il se retira.

Vendredi, après le dîner, Doris monta se préparer dans sa chambre pour se rendre à son club. Au moment de partir, elle m'embrassa gentiment.

— Je ne sais pas au juste à quelle heure je serai de retour, chéri. Le thème du débat, ce soir, porte sur Cuba. J'ignore combien de résolutions nous seront soumises.

Je l'observai, morose.

— N'as-tu rien oublié ? Ne mets-tu pas ton foulard en mousseline de soie rose ?

— Il est dans mon sac. Ça ne te fait rien si je prends la voiture ?

— Mme Bronson ne passe pas te prendre, ce soir ?

— Je lui ai dit de ne pas se déranger. En fait, j'ai besoin d'un peu de liberté. Sinon, je suis obligée de rentrer en même temps qu'elle.

Après le départ de Doris, j'allais chercher dans la penderie la barbe postiche que le professeur Tibbery m'avait donnée le matin même. Je me plaçai devant un miroir et fixai la barbe à mon visage.

Je n'arrivais pas à me convaincre du bien-fondé de ma démarche. Pourquoi, au nom du Ciel, Doris voudrait-elle ma mort ? Pourquoi ? Pour de l'argent ? Ridicule. Nos biens étaient vraiment trop modestes. Pour mon assurance-vie ? Elle représentait une belle petite somme, certes, mais pas suffisante pour justifier un crime. Connaissait-elle un autre homme ? Cette pensée me fit sourire. Il n'y avait, à ce sujet, pas la moindre preuve. Quoique...

Je m'assis un instant.

Pourquoi le professeur Conner venait-il si souvent à la maison ? Aimait-il vraiment jouer aux échecs ? Et pourquoi Doris nous servait-elle toujours ces sacrés sandwichs au thon ? Ce ne sont pourtant pas ceux que je préfère.

Conner est célibataire, et spécialiste des animaux vertébrés. Or, un homme qui se passionne pour les vertébrés, ne peut rester indifférent devant celui, parmi eux, qui occupe le sommet de l'échelle...

J'ajustai ma barbe postiche, puis me posai sur le nez une paire de lunettes sombres. Avant de sortir, j'allai chercher dans le réfrigérateur l'œillet dissimulé derrière le pot à lait.

J'arrivai au restaurant Leoni à environ 20 heures et restai à l'entrée de l'établissement, exhibant mon œillet avec le maximum d'ostentation.

La salle du restaurant, de taille modeste, ne contenait qu'une douzaine de tables et un nombre équivalent d'alcôves. Je fouillai des yeux la salle. Aucune des femmes présentes ne portait de foulard en mousseline de soie rose. Toutefois, je ne pouvais voir à l'intérieur des alcôves.

Je restai planté à l'entrée de la salle de restaurant environ cinq minutes, et m'apprêtais à inspecter les alcôves lorsqu'une jeune femme d'à peu près vingt-cinq ans se leva et s'approcha de moi.

— Regis ? dit-elle d'une voix mal assurée, levant vers moi un regard méfiant.

Je clignai des yeux.

— Mais vous ne portez pas de foulard en mousseline de soie rose.

— Si.

Je me souvins alors de mes lunettes teintées. Je rougis légèrement et les retirai. La jeune femme portait effectivement le foulard en question. Je ne l'avais jamais rencontrée, de toute mon existence.

— Collier noir, dis-je d'une voix à peine audible.

Elle me conduisit à sa table et j'écoutai son récit. Elle voulait se débarrasser de son mari, mais refusait de dire pour quelle raison. Probablement l'argent, pensai-je, mais, au fond, son mobile me laissait totalement indifférent.

Nous convînmes rapidement d'une somme de dix mille dollars, puis fixâmes la date de notre prochain rendez-vous pour régler les détails de l'affaire. Evidemment, je n'avais absolument pas l'intention de revoir cette jeune femme et envisageais même de donner son nom et son adresse à l'inspecteur Larson qui la ferait renoncer à son projet.

Quant à moi, mon enquête touchait à sa fin. J'allais, à présent, consacrer mon année sabbatique à définir le profil type d'un comptable agréé. Après tout, j'avais retenu cette étude en second.

J'entrai dans le bar le plus proche et commandai un whisky-soda. J'éprouvais une sorte d'ivresse, naturelle, je présume, chez un homme qui vient de découvrir que sa femme n'a aucune intention de le tuer.

Je bus encore trois autres whiskies puis, à 22 h 30, quittai le bar. J'avais environ cinq kilomètres à parcourir pour rentrer chez moi. La lune venait de se lever et j'avais envie de marcher.

Les rues du quartier résidentiel étaient silencieuses et désertes. Je remarquai donc immédiatement l'automobile qui me dépassa, quelques centaines de mètres avant que je n'arrive à mon domicile.

C'était ma propre voiture. Doris revenait de son club. Le véhicule s'arrêta au premier croisement.

Doris m'avait vu et m'attendait.

Mais je portais encore la fausse barbe ! Comment avait-elle pu me reconnaître ?

J'approchai de la voiture, fronçant les sourcils.

La forme imposante que j'avais d'abord distinguée sur le siège avant se divisait, à présent, en deux. Il y avait deux personnes dans le véhicule. Je m'arrêtai et regardai par la vitre.

Doris... et le professeur Conner !

Les deux visages me jetèrent le même regard glacial qui laissait comprendre que je n'avais rien à faire là.

La voix de ma femme résonna avec une dureté peu coutumière.

— Alors, vieux curieux ? Allez-vous-en !

Je m'éloignai.

Je tournai au coin de la rue, puis me dissimulai précipitamment derrière une haie pour observer le couple sans être vu de lui. Mes doutes étaient fondés. Doris et le professeur Conner s'embrassaient. Dans ma voiture !

Je chronométrai la durée de leur étreinte. Dix, quinze minutes. Rien n'indiquait qu'elle cesserait jamais. Je me redressai et me dirigeai vers une cabine téléphonique.

Quel prix Hasker demanderait-il pour éliminer Doris ? Et le professeur Conner également ? Probablement une somme exorbitante. Même avec une réduction de quinze pour cent, je n'étais pas sûr de pouvoir la lui verser.

Mais ne ferait-il pas le travail gratuitement si nous devenions associés ?

Anyone for murder ?
Traduction de Philippe Barbier.

Les mains de M. Ottermole

par

Thomas Burke

A 18 heures, un soir de janvier, M. Whybrow rentrait chez lui par le labyrinthe des petites rues de l'East End. Il avait quitté l'atmosphère dorée de High Street qu'il avait atteinte par le tram, venant des quais après le travail quotidien. Il marchait maintenant dans le dédale de ruelles connues sous le nom de Mallon End.

Ni l'animation, ni les lueurs de High Street ne filtraient dans ces ruelles : à quelques pas, au sud, une marée humaine, écumante, refluante. Ici, quelques silhouettes errantes et la vie au ralenti. Il était dans le dépotoir de Londres, le dernier refuge des vagabonds d'Europe.

Comme l'ambiance l'y incitait, il marchait lentement, la tête basse. Il semblait s'appesantir sur un souci pressant, mais ce n'était qu'une apparence. Il n'avait pas de soucis. Il marchait lentement parce qu'il avait été sur ses jambes toute la journée, et il marchait courbé, perdu dans sa méditation parce qu'il se demandait si sa femme lui servirait des harengs salés ou bien fumés pour le thé et il essayait de décider ce qui serait le plus savoureux, une soirée comme celle-là. C'était une soirée désagréable, humide et brumeuse ; le brouillard lui entrait dans les yeux et la gorge, l'eau imprégnait le trottoir et la chaussée. Là où tombait la lumière pâle du réverbère luisait une plaque poisseuse qui vous gelait rien qu'à la voir. Par contraste, ses pensées prenaient un tour plus

215

agréable et le préparaient à ce thé, qu'il y eût du hareng fumé ou du haddock.

Il détourna les yeux des briques noires qui bornaient son horizon et s'imagina cinq cents mètres plus loin. Il voyait une cuisine éclairée au gaz, un feu flambant et le couvert mis pour le thé. Les toasts rôtissaient sur le foyer, la bouilloire chantait à côté, le tout accompagné d'une piquante odeur de hareng ou de haddock, ou peut-être de saucisse. Cette vision donna à ses jambes fatiguées une nouvelle énergie. Il secoua les épaules pour faire glisser les imperceptibles gouttelettes de pluie et se hâta vers la réalité de son rêve.

Mais M. Whybrow ne prendrait pas son thé ce soir-là, ni aucun autre soir. M. Whybrow allait mourir. Quelque part, à cent mètres de lui, un autre homme marchait. Un homme qui avait beaucoup de points communs avec M. Whybrow et avec beaucoup d'autres hommes, mais un homme privé de la seule qualité qui permet aux hommes de vivre ensemble, en bonne intelligence et non comme des fous dans la jungle. Un homme au cœur mort, se dévorant lui-même et chez qui bouillonnaient tous les miasmes qui naissent de la mort et de la corruption. Ce monstre à forme humaine, par caprice ou idée fixe — comment l'aurait-on su3 ? — s'était dit que M. Whybrow ne goûterait jamais un autre hareng. Non que M. Whybrow lui eût fait quelque tort, ni qu'il eût quelque raison de le détester. En réalité, il ne le connaissait pas, si ce n'est comme silhouette familière du quartier. Mais poussé par la force qui avait pris possession de sa pauvre cervelle, il avait choisi M. Whybrow d'une façon aussi arbitraire que celle qui nous fait retenir une table de restaurant plutôt que quatre ou cinq autres parfaitement semblables ou, dans une coupe, prendre une pomme plutôt que ses sœurs jumelles. Le même arbitraire conduit la Nature à envoyer un cyclone sur une partie de la planète et à détruire cinq cents personnes alors que les cinq cents voisines restent indemnes. Ainsi, cet homme avait-il jeté son dévolu sur M. Whybrow ; il aurait pu, aussi bien, le jeter sur vous ou moi s'il nous avait vus tous les jours. A ce moment-là, il longeait les rues bleutées, préparant ses grandes mains blanches, approchant de plus en plus de la table servie pour M. Whybrow et, par conséquent, de M. Whybrow lui-même.

Cet homme n'était pas un mauvais homme. Il était même aimable et fort sociable. Il passait pour respectable, comme la plupart des criminels qui réussissent. Mais dans son esprit malade, l'idée qu'il aimerait tuer quelqu'un s'était fait jour, et il allait la mettre à exécution, puis il rentrerait chez lui boire son thé. Je ne parle pas à la légère : je rapporte simplement les faits.

Cela peut paraître étrange aux gens normaux : les criminels doivent se restaurer après un meurtre, et ils le font. Il n'y a aucune raison pour qu'ils ne le fassent pas, et beaucoup pour qu'ils le fassent. D'une part, il faut qu'ils maintiennent leur forme physique et leur moral, afin de camoufler leur crime. D'autre part, l'effort qu'ils ont fourni leur ouvre l'appétit et l'assouvissement de leur instinct les détend, les rend aptes à goûter les plaisirs de la vie. C'est un lieu commun chez les non-criminels de penser que l'assassin tremble pour sa sécurité, meurt de honte devant l'horreur de son acte. Mais ce type de criminel est rare. La sécurité est naturellement le premier souci de l'assassin. Mais la vanité est une des caractéristiques de la plupart des meurtriers. Cela, ajouté à l'excitation de la réussite les rend confiants en leurs moyens. Quand le tueur a restauré ses forces physiques en mangeant, son esprit est alors libre pour prendre toutes les précautions nécessaires à sa sauvegarde et il le fait — un peu inquiet, mais sans plus — comme une jeune maîtresse de maison prend ses dispositions pour son premier grand dîner. Les criminologistes et les détectives nous disent que *tout* assassin sans exception, si intelligent qu'il soit, commet toujours une erreur, une seule petite erreur qui permet de faire remonter l'affaire jusqu'à lui. Mais ce n'est qu'une demi-vérité. C'est vrai des assassins qu'on arrête. Des centaines courent toujours, donc des centaines ne commettent pas d'erreur. Cet homme était du nombre.

Quant aux affres du remords, les aumôniers de prisons, les médecins et les avocats nous ont dit que, parmi les condamnés à mort interrogés à quelques heures seulement de l'exécution, seuls, de rares individus montrent quelque contrition ou douleur morale. La plupart sont seulement exaspérés d'avoir été pris, quand tant d'autres ne le sont pas, ou s'indignent d'être condamnés pour un acte parfaitement raisonnable. S'ils étaient tout à fait normaux avant le meurtre, ils perdent toute notion de conscience après l'avoir commis.

Qu'est-ce donc que la conscience? Un surnom poli pour désigner la superstition qui est elle-même un surnom poli pour désigner la peur. Ceux qui associent le remords au meurtre se basent, sans doute, sur la légende du remords de Caïn, ou essaient de placer leur âme timorée à la place de celle de l'assassin. Ils n'obtiennent que des réactions fausses. Des êtres paisibles ne peuvent pénétrer ce genre d'esprit car ils sont non seulement différents de mentalité, mais aussi différents de constitution. Des hommes tuent et reprennent ensuite leurs occupations journalières ; d'autres, même sous les plus torturantes contraintes, ne peuvent même pas se décider à blesser. Ces hommes-là imaginent que le meurtrier est en proie aux remords et à la peur, alors qu'il prend le thé.

L'homme aux grandes mains blanches était, comme M. Whybrow, prêt à prendre le thé, mais il avait quelque chose à faire auparavant. Quand cette chose serait faite sans erreur, il serait encore mieux disposé à le boire. Il irait tranquillement, comme la veille, quand ses mains étaient sans taches.

Marchez donc, monsieur Whybrow, marchez, et en avançant jetez un dernier regard sur les formes familières de votre trajet de retour. Suivez votre vision de table servie. Pénétrez-vous de sa chaleur, de ses couleurs, de son air accueillant. Nourrissez-en vos yeux et chatouillez vos narines de ses aimables parfums domestiques car vous ne vous assoirez jamais devant elle. A dix minutes de vous, un fantôme vous poursuit, il a pris sa décision, vous êtes marqué par le sort.

Vous marchez — vous et le fantôme — deux grains de poussière mortelle avançant dans l'air verdâtre, le long des trottoirs bleus par la brume, l'un pour tuer, l'autre pour être tué.

Avancez. Ne fatiguez pas vos pauvres jambes par une allure pressée, car plus vous marcherez lentement, plus longtemps vous respirerez l'air blafard de ce crépuscule de janvier ; vous verrez les lumières floconneuses et les petites boutiques et entendrez la rumeur sympathique, la foule londonienne, le pathétique obsédant de l'orgue de Barbarie. Tout cela vous est cher, monsieur Whybrow. Vous ne le savez pas encore, mais dans quinze minutes vous aurez deux secondes pour comprendre à quel point indicible ces choses vous sont chères.

Alors, marchez sur cet échiquier insensé. Vous êtes maintenant dans Lagos Street, parmi les abris des émigrés de l'Europe orientale. Encore une minute, vous voilà dans Royal Lane, au milieu des pensions de famille qui abritent les ratés, les inutiles… Le square conserve leur odeur et sa douce obscurité semble lourde des soupirs de leur incapacité.

Mais vous n'êtes pas sensible à ces subtilités et vous les piétinez, sans les voir, tous les soirs, pour arriver à Blean Street que vous longez aussi. Depuis le sous-sol jusqu'au toit s'élèvent les logements d'une colonie étrangère. Leurs fenêtres font des taches citron sur l'ébène des murs. Derrière ces fenêtres grouille une vie bizarre, dont les formes n'appartiennent ni à Londres ni à l'Angleterre. Cependant, dans son essence, c'est la même vie agréable que vous avez vécue, que vous ne vivrez plus ce soir. Très haut au-dessus de vous, une voix fredonne « *La chanson de Katta* ». A travers une fenêtre, vous apercevez une famille exécutant un rite religieux ; par une autre, vous voyez une femme versant le thé à son mari. Un homme répare ses chaussures ; une mère baigne son bébé. Vous avez déjà vu cela, sans le remarquer. Ce soir non plus vous ne remarquez rien. Mais si vous saviez que vous ne le reverrez jamais, vous y feriez attention. Vous ne le reverrez jamais, non parce que votre vie a accompli sa course naturelle, mais parce qu'un homme que vous avez souvent croisé dans la rue a, pour son plaisir, décidé de s'arroger le pouvoir de la nature et de vous anéantir. Peut-être vaut-il mieux que vous ne remarquiez rien, car votre rôle ici est terminé. Finis pour vous ces délicieux moments de votre tâche terrestre ; un instant de terreur, puis vous plongez dans l'obscurité.

Toujours plus près, cette ombre meurtrière avance, elle est maintenant à vingt mètres derrière vous. Vous pouvez entendre ses pas, mais vous ne tournez pas la tête. Vous les connaissez. Vous êtes à Londres, en sécurité dans votre quartier. Des pas derrière vous, votre instinct vous le dit, ne sont qu'un message de compagnie fraternelle. N'entendez-vous rien d'autre dans ces pas ?

Quelque chose qui dit : « *Attention ! Attention ! Prenez garde ! Prenez garde !* » N'entendez-vous pas les syllabes : « *Assas-sin... Assas-sin ?* » Non, les pas n'expriment rien. Ils sont neutres. Le pas de la vilenie résonne comme celui de l'honnêteté. Mais ces pas, monsieur Whybrow, rapprochent de vous une paire de mains, et ces mains signifient *quelque chose*. Derrière vous, cette paire de mains tend déjà ses muscles et se prépare à vous tuer. A toutes les minutes de votre vie vous avez vu des mains humaines.

Avez-vous jamais compris l'horreur absolue des mains, ces appendices qui sont le symbole de nos instants de confiance, d'affection, d'hommage ? Avez-vous pensé à toutes les effrayantes possibilités qui courent dans ce membre à cinq tentacules ? Non, vous n'y avez pas pensé. Car toutes les mains humaines que vous avez vues se sont tendues vers vous amicalement ou pour vous venir en aide. Bien que les yeux puissent détester, les lèvres lancer des paroles venimeuses, c'est seulement les mains qui concentrent l'essence du mal et le font rayonner en courants destructeurs. Satan peut entrer chez l'homme par bien des portes, mais c'est seulement dans les mains qu'il trouve les serviteurs de sa volonté.

Dans une minute, monsieur Whybrow, vous connaîtrez toute l'horreur des mains humaines.

Vous êtes presque chez vous, maintenant. Vous êtes dans votre rue, Gaspar Street, au centre de l'échiquier.

Vous pouvez voir la façade de votre petite maison de quatre pièces. La rue est sombre, et les trois becs de gaz qui l'éclairent jettent une lueur si falote qu'elle est plus gênante que l'obscurité. Il fait sombre ; la rue est vide. Personne aux alentours. Aucune lumière ne brille aux fenêtres qui donnent sur la rue ; les familles prennent le thé dans leur cuisine ; aux étages, une vague lueur indique la présence de sous-locataires. Il n'y a personne que vous et le compagnon qui vous suit mais vous ne le remarquez pas.

C'est une vision si familière qu'elle passe complètement inaperçue. Même si vous tourniez la tête et l'aperceviez, vous diriez simplement : « Bonsoir », sans vous arrêter.

Si l'on vous disait que c'est un meurtrier en puissance, vous ne ririez même pas. Ce serait trop bête.

Maintenant, vous voilà devant votre porte. Vous avez trouvé votre clef. Vous voilà chez vous, suspendant votre manteau et votre chapeau. Votre femme vous a crié « bonsoir » de la cuisine ; la bonne odeur de harengs fumés sert d'écho à ce salut, et vous lui avez répondu au moment où un petit coup sec fait trembler la porte d'entrée.

Fuyez, monsieur Whybrow, éloignez-vous de cette porte ! Ne la touchez pas ! Fuyez ! Courez avec votre femme jusqu'au fond du jardin, sautez la palissade ! Ou bien appelez les voisins. Mais ne touchez pas cette porte ! N'ouvrez pas, monsieur Whybrow. N'ouvrez pas...

M. Whybrow ouvrit la porte.

Ce fut le début de ce qu'on appela par la suite « Les horreurs de l'étrangleur de Londres ». Horreurs parce qu'elles étaient plus que des crimes. Elles étaient commises sans motif et prenaient une tournure magique. Chaque meurtre était commis à une heure où les rues étaient vides de tout assassin perceptible ou même possible. C'était une ruelle vide. Un policeman veillait à l'extrémité. Il tournait le dos à la ruelle pendant moins d'une minute, il se retournait, puis courait dans la nuit annoncer un nouvel étranglement. Dans toutes les directions, pas âme qui vive, et aucun rapport possible, sur une personne quelconque. Ou il était en faction dans une longue rue tranquille, puis soudain on l'appelait dans une maison où il trouvait morts les habitants qu'il venait de voir vivants. Et toujours personne. Bien que les sifflets de la police créent immédiatement un cordon autour de la zone dangereuse où l'on fouille toutes les maisons — impossible de trouver l'assassin.

Les premières nouvelles de la mort de M. et Mme Whybrow furent rapportées par le sergent de ville.

Il avait parcouru Gaspar Street en allant prendre son poste, quand il aperçut la porte du n° 98 ouverte. Jetant un coup d'œil à l'intérieur, il vit, grâce à la lampe du corridor, un corps immobile sur le sol. Ayant regardé d'un peu plus près, il siffla. Quand ses collègues lui répondirent, il en prit un avec lui pour fouiller la maison ; il envoya les autres surveiller toutes les rues avoisinantes et faire des recherches dans les maisons les plus proches. On interrogea les voisins de gauche et de droite, ceux d'en face, mais ils n'avaient ni vu ni entendu quoi que ce soit.

L'un avait entendu M. Whybrow rentrer, le bruit de sa clef dans la serrure était si régulier chaque soir que l'on pouvait régler sa montre à 18 h 30. Mais il n'avait pas entendu autre chose que le bruit de la porte qui s'ouvre, jusqu'au coup de sifflet de l'agent.

On n'avait vu personne entrer ou sortir, côté rue comme côté jardin, et les cous des personnes assassinées ne révélaient ni traces, ni empreintes digitales. On fit venir un neveu pour inspecter la maison, mais aucun objet ne manquait. D'abord, son oncle ne possédait rien qui valût la peine d'être volé. Le peu d'argent qu'il y avait à la maison était intact, et l'on ne voyait aucun signe de fouille, de désordre ou de lutte. Rien qu'un meurtre brutal, gratuit.

D'après ses collègues et ses voisins, M. Whybrow était un homme tranquille, aimable, aimant son foyer.

Un tel homme ne pouvait avoir d'ennemis. Mais les hommes assassinés en ont rarement. Un ennemi sans merci qui déteste un homme au point de vouloir lui faire du mal désire rarement le tuer, puisque cet acte anéantit la souffrance.

La police, donc, se trouva devant une situation impossible. Pas d'indices du meurtrier, pas de mobiles pour les meurtres, rien que les meurtres eux-mêmes.

Les premières nouvelles de l'affaire créèrent un remous dans Londres tout entier et une tension considérable dans Mallon End. Deux personnes innocentes sont tuées ni par cupidité ni par vengeance, et l'assassin, pour qui, selon toute vraisemblance, tuer est instinctif, était en liberté.

Il n'avait pas laissé de traces et s'il n'avait pas de complices, rien ne prouvait qu'il n'allait pas conserver cette liberté. N'importe quel homme lucide, qui agit seul et ne craint ni Dieu ni homme peut, s'il le veut, tenir une ville, une nation même, sous sa domination. Mais le criminel ordinaire est rarement lucide, il n'aime pas la solitude. Il a besoin de quelqu'un, sinon pour le soutenir ou comploter, du moins pour parler. Sa vanité le pousse à voir de près l'effet que son acte produit sur les gens. Pour cela il fréquente les bars, les cafés et autres lieux publics. Puis, tôt ou tard, à la chaleur de la camaraderie, il dira un mot de trop, et pour l'indicateur de police qui est partout, le travail est facile.

Mais, bien que les asiles de nuit et les débits de boissons aient été écumés, surveillés cependant que la police faisait savoir qu'une forte récompense et protection seraient assurées aux personnes susceptibles d'apporter des informations, on ne put rien découvrir qui se rattachât à l'affaire Whybrow. Le meurtrier n'avait sûrement pas d'amis et vivait solitaire. Quelques hommes de ce caractère furent appréhendés et questionnés, mais chacun d'eux avait un parfait alibi ; en quelques jours, la police avait épuisé toutes ses ressources !

Elle devint nerveuse sous les moqueries du public, le crime ayant été commis presque sous son nez. Pendant quatre jours, les policemen firent leur ronde sur le qui-vive. Le cinquième jour, leur nervosité s'accrut encore.

C'était la saison des fêtes et des goûters pour les enfants des catéchismes. Un soir de brouillard, quand Londres se transforme en un monde de fantômes errants, une petite fille, dans sa plus belle robe et ses souliers vernis, pimpante et bouclée, quitta Logan Passage pour aller à la salle des fêtes de la paroisse Saint-Michel. Elle n'arriva jamais à destination. Elle ne mourut que vers 18 h 30. Mais elle était condamnée dès le moment où elle quitta sa maison. Un être à forme humaine qui arpentait la rue où donnait le passage la vit sortir de chez elle. Dès cet instant, sa vie fut finie. Dans le brouillard, de grandes mains blanches se tendirent vers elle et, en quinze minutes, elles la rejoignirent.

A 18 h 30, un sifflet annonça le malheur ; ceux qui accoururent trouvèrent le corps de la petite Nellie Vrinoff à l'entrée d'un hangar dans Minnow Street.

Le sergent fut le premier policier à arriver parmi eux ; il posta ses hommes en des points importants, leur lançant des ordres sans suite, sur un tôn exaspéré de rage contenue, admonestant le gardien chargé de ce secteur : « Je vous ai vu, Magson, au bout du square. Que faisiez-vous là ? Vous y êtes resté dix minutes avant de revenir. » Magson commença une explication. Il tenait à l'œil un individu louche, mais le sergent lui coupa la parole : « Au diable, les individus louches ! Vous n'avez pas à surveiller les individus louches ! Vous cherchez *des assassins*. Vous perdiez votre temps, et voilà ce qui arrive juste où vous auriez dû être. Vous imaginez ce qu'ils vont dire ! »

D'autant plus rapide que les nouvelles sont plus mauvaises, la foule survint pâle et troublée. Quand elle sut que le monstre inconnu avait réapparu et s'était attaqué à une enfant, les visages reflétèrent, à travers le brouillard, la haine et l'horreur.

Puis arriva une ambulance, et des renforts de police qui dissipèrent très vite la foule, laquelle ne tarda pas à murmurer exactement ce qu'avait pensé le sergent : « Juste sous leur nez. »

Des enquêtes ultérieures démontrèrent que quatre personnes du quartier, au-dessus de tout soupçon, étaient passées devant cette entrée quelques secondes avant le meurtre et n'avaient rien vu, ni entendu. Aucune d'elles n'avait rencontré l'enfant vivante ou morte. Aucune d'elles n'avait vu d'autres personnes qu'elles-mêmes. A nouveau, la police se trouva sans indices et sans mobile pour ce crime.

Désormais, le quartier fut sens dessus dessous ; il ne fut pas pris de panique car les Londoniens ne se laissent pas aller, mais la crainte et l'angoisse le saisirent. Si de telles choses pouvaient arriver dans leur propre rue, alors tout était possible !

Partout où ils se rencontraient, les gens s'entretenaient de cet unique sujet, dans les rues, au marché, dans les magasins. Les femmes prirent l'habitude de verrouiller leurs fenêtres et leurs portes à la nuit tombante. Elles ne quittaient pas des yeux leurs enfants. Elles faisaient leurs courses avant la nuit et attendaient anxieusement le retour de leur mari, bien qu'elles prétendissent le contraire. Les hommes, avec leur humour cockney, avaient l'air de se résigner au désastre, mais étaient en proie à un constant pressentiment.

Par la lubie d'un homme et de ses mains, la structure de leur vie quotidienne était ébranlée, et elle peut toujours être ébranlée par un homme qui méprise l'humanité et ne respecte pas ses lois. Ils commencèrent à comprendre que les piliers qui soutenaient leur paisible société étaient de simples fétus de paille que n'importe qui pouvait saper. Ces lois n'étaient puissantes qu'autant qu'on leur obéissait. Grâce au pouvoir de ses mains, un seul homme avait obtenu un réflexe neuf de toute une communauté : il l'avait obligée à réfléchir et l'avait laissée interdite face à l'évidence.

Alors que cette foule restait prostrée devant ces deux premiers coups, il frappa le troisième. Conscient du sentiment d'horreur que ses mains créaient et insatiable comme un acteur qui a déjà goûté l'excitation de jouer en public, il manifesta une nouvelle fois sa présence. Un mercredi matin, trois jours après l'assassinat de la fillette, les journaux apportèrent aux Anglais en train de prendre leur petit déjeuner le récit d'un crime encore plus effroyable :

A 21 h 32, mardi, un policeman était de service dans Jarnigan Road. Il s'entretenait alors avec un de ses collègues, du nom de Petersen, en haut de Clemming Street. Il avait vu Petersen descendre cette rue. Il jura qu'elle était vide à ce moment-là. Seul, un pauvre cireur, qu'il connaissait de vue, le dépassa pour entrer dans un immeuble, du côté opposé où l'agent marchait. Il avait l'habitude, comme tous les policemen durant cette période, de regarder constamment derrière lui, où qu'il fût, et il était certain que la rue était vide. Il croisa son sergent à 21 h 33, le salua et, à sa question : « Avez-vous remarqué quelque chose ? », il répondit que non et continua. Son secteur se terminait à une courte distance de Clemming Street ; l'ayant parcouru, il revint sur ses pas et atteignit le haut de la rue à 21 h 34. Il y était à peine qu'il entendit la voix rauque du sergent : « Gregory, vous êtes là ? Vite, encore un autre. Mon Dieu, c'est Petersen ! Etranglé ! Vite, appelez à l'aide ! »

Ce fut le troisième étranglement de la série qui devait se poursuivre par un quatrième et un cinquième. Et les cinq crimes devaient rester dans le domaine de l'inconnu et de l'inconnaissable. C'est-à-dire inconnu du public et des autorités. L'identité de l'assassin était connue, mais de deux hommes seulement. L'un était l'assassin lui-même, l'autre était un jeune journaliste.

Ce jeune homme, qui suivait l'affaire au compte de son journal *The Daily Torch,* n'était pas plus fort que ses zélés confrères qui hantaient les ruelles de ce quartier en quête d'un fait divers. Mais il était patient et suivait l'affaire de plus près que ses camarades. A force de l'examiner, il réussit à se faire une idée du meurtrier.

Après quelques jours, les journalistes avaient abandonné l'espoir d'un scoop, car il n'y avait rien à apprendre. Ils se réunissaient régulièrement au commissariat de police et partageaient le peu d'informations qu'on leur donnait.

Les policiers étaient aimables avec eux, mais sans plus. Le commissaire discutait avec eux les détails de chaque meurtre, suggérait diverses explications au sujet des méthodes du meurtrier, rappelait les cas anciens ayant quelque similitude, avec celui-ci. Sur le chapitre des mobiles, il reparlait de Neil Cream et du fantasque John Williams donnant à penser qu'on œuvrait ferme et que l'affaire serait bientôt éclaircie ; mais du travail lui-même, il ne soufflait mot.

L'inspecteur, lui aussi, bavardait volontiers sur le meurtre en général, mais toutes les fois qu'un des journalistes aiguillait la conversation sur ce qu'on faisait dans le cas précis, il éludait la question. Si la police savait quelque chose, elle ne le disait point aux journalistes. Cette affaire pesait lourd sur sa réputation et seule la capture du meurtrier pouvait la réhabiliter aux yeux des pouvoirs publics et de l'opinion.

Scotland Yard était à l'œuvre, naturellement, et recevait tous les renseignements du poste de police. Mais ceux du poste espéraient avoir l'honneur de régler l'affaire eux-mêmes. Et bien que la coopération de la Presse soit précieuse dans nombre de cas, ils ne voulaient pas risquer une défaite en dévoilant trop tôt leurs plans d'action et leurs hypothèses.

Aussi le sergent s'en tenait-il aux généralités et proposait, l'une après l'autre, d'intéressantes théories, auxquelles les journalistes avaient tous pensé.

Le jeune homme cessa bientôt d'assister à ces conférences matinales sur la philosophie du crime, et se mit à errer dans le quartier, pour relater des histoires prises sur le vif, notamment touchant les effets qu'avaient produits les meurtres sur la vie quotidienne de la population. Travail mélancolique, rendu plus mélancolique encore par le quartier lui-même. Les chaussées jonchées de détritus, les maisons minables, les fenêtres crasseuses, tout portait la marque de l'âcre misère qui ne provoque pas la sympathie, la misère du poète méconnu ! La misère était l'œuvre des étrangers qui vivaient en camp volant et ne voulaient pas plus se donner la peine de s'installer vraiment, que de continuer leur course errante. Il n'y avait pas grand-chose à glaner. Tout ce qu'il vit ce furent des visages indignés. Il entendit émettre des conjectures sur l'identité du meurtrier et sur son truc pour apparaître et disparaître sans être vu. Depuis qu'un agent avait lui-même été victime, on n'accablait plus la police, et l'inconnu prenait une allure de légende. Chacun regardait son voisin en pensant : « C'est peut-être lui... » Ils ne cherchaient plus un meurtrier comme on en voit au musée de Mme Tussaud (1). Ils cherchaient un homme, ou peut-être quelque vieille mégère, qui aurait commis ces crimes bizarres. Ils accusaient en pensée surtout « les étrangers ». Une telle vilenie ne pouvait être le fait d'un Anglais, pas plus que la surprenante habileté du coupable. Aussi pensaient-ils aux Roumains et aux marchands de tapis turcs. Là, sûrement, on trouverait le nœud de l'affaire. Ces gens de l'Est connaissent toutes sortes de tours, et n'ont pas de religion. Rien pour les retenir et leur imposer des limites. Les marins qui revenaient de ces pays avaient raconté des histoires de magiciens qui se rendaient invisibles, de drogues égyptiennes ou arabes qu'on utilisait pour des fins particulièrement mystérieuses. Peut-être connaissaient-ils ces secrets. On ne sait jamais. Ils étaient si malins, si prestes à s'esquiver. Aucun Anglais ne pourrait disparaître comme eux. Presque certainement on découvrirait le meurtrier parmi eux, avec un truc bien à lui ; et puisque les gens étaient sûrs qu'il s'agissait d'un magicien, ils trouvaient inutile de le rechercher. C'était une puissance capable de les assujettir tous et de rester intouchable. La superstition, qui fait si vite craquer la frêle coquille de la raison, les possédait. Il pouvait faire ce qu'il voudrait : on ne le découvrirait jamais. Ces deux points leur paraissaient certains et ils circulaient dans les rues avec un air de rancune devant la fatalité.

(1) Le Musée Grévin anglais.

Ils donnaient leur opinion au journaliste, à mi-voix, regardant à droite et à gauche, comme si l'étrangleur pouvait les entendre et leur rendre visite. Tout le quartier pensait à lui, prêt à foncer sur lui. Cependant, si un homme quelconque, dans la rue, avait crié : « Je suis le monstre ! », est-ce que leur fureur contenue aurait déferlé comme une marée pour l'engloutir ? Ou n'auraient-ils pas, soudain, vu quelque chose de surnaturel dans ses souliers, son chapeau, quelque chose contre quoi leurs armes ne pouvaient plus rien ? Je ne sais pas, mais leur croyance en son invincibilité était si ancrée qu'ils auraient hésité si l'occasion s'était présentée. Mais elle ne se présenta pas. Aujourd'hui, cet homme comme les autres ayant assouvi son délire meurtrier est sans doute mélangé à la foule et passe inaperçu.

Mais parce que personne alors, pas plus que maintenant, n'imagina qu'il fût ce qu'il était, ils le regardèrent et le regardent encore comme on regarde un bec de gaz. Leur croyance en son pouvoir souverain était presque justifiée ; car cinq jours après le meurtre de l'agent Petersen, au moment où toutes les ressources et l'expérience de la police de Londres étaient mises à pied d'œuvre pour l'identifier et le capturer, il frappa ses quatrième et cinquième coups.

A 21 heures, ce soir-là, le jeune journaliste, qui restait dans le quartier jusqu'à ce que son journal « tombe », errait le long de Richard Lane. Richard Lane est une rue étroite, bordée par un petit marché, puis par des maisons d'habitation. Le jeune homme était dans la seconde partie, qui comporte, d'un côté, de petites maisons ouvrières et, de l'autre, le mur de la cour aux marchandises du chemin de fer. Le haut mur répandait une grande ombre sur le passage. Cette ombre et les squelettes des éventaires du marché lui donnaient l'apparence d'un lieu vivant mais immobilisé, comme gelé. Les lampes qui, ailleurs, formaient un halo doré, avaient ici la netteté d'une pierre précieuse.

Le journaliste, sensible à ce message d'éternité gelée, se disait que cette histoire commençait à l'excéder. Mais à l'instant même le gel disparut. En moins d'une seconde, le silence et l'ombre furent déchirés par un cri strident, par une voix qui hurlait : « Au secours ! Au secours ! *Il est là !* »

Avant qu'il pût faire un mouvement, la place s'anima. Comme si tous ces gens invisibles avaient attendu ce cri, la porte de chaque maison s'ouvrit brusquement. Les ruelles déversèrent un flot d'ombres courbées en points d'interrogation. Pendant quelques secondes, elles se tinrent immobiles comme les réverbères. Puis un sifflet de police leur indiqua la bonne direction, et le troupeau d'ombres remonta la rue. Le journaliste les suivit, et d'autres lui emboîtèrent le pas, les uns abandonnant leur dîner inachevé, d'autres surpris en pantoufles et manches de chemise, d'autres trébuchant sur une jambe boiteuse, d'autres très droits, armés de tisonniers ou de leurs outils de travail. Çà et là, au-dessus de la foule mouvante, émergeaient les casques des policemen. La masse compacte afflua au seuil d'un cottage où se tenaient le sergent et deux agents. Les voix des derniers arrivants hurlaient : « Entrez, entrez ! Attrapez-le ! Courez du côté du jardin, sautez le mur » tandis que les premiers criaient : « Reculez, reculez ! »

La furie de la population restait en transe devant un péril qui se dissolvait. Il était là, sur les lieux. Cette fois, il ne pourrait sûrement pas s'échapper ! Tous les esprits se tendaient vers le cottage ; toutes les énergies se concentraient devant cette porte, ces fenêtres, ce toit. Toute pensée était dirigée vers un homme inconnu et sa destruction. Si bien qu'aucun homme n'était capable d'en voir un autre. Aucun homme ne vit l'étroit passage bondé et la masse d'ombres qui se bousculaient. Et tous oublièrent de chercher parmi eux le monstre qui devait s'éloigner de sa victime. Tous oublièrent que leur armée vengeresse, lui fournissait une cachette idéale. Ils ne virent que la maison, n'entendirent que le craquement des châssis de bois, le bris des vitres, la police donner des ordres, organiser la chasse, et continuèrent à se presser devant la maison.

Mais on ne trouva pas d'assassin. La foule n'eut droit

qu'à des détails du meurtre et le toit de l'ambulance. Pour assouvir sa faim, il ne restait plus que les policiers.

Le journaliste réussit à se frayer un passage jusqu'à la porte d'entrée pour apprendre les faits de la bouche du policier en faction.

Le cottage était celui d'un marin retraité qui vivait là avec sa femme et sa fille. Ils étaient en train de dîner, et l'on crut d'abord qu'une fuite de gaz les avait frappés là. La fille était étendue sur le tapis, morte, une tartine de pain beurré à la main. Le père était tombé à côté de sa chaise, laissant sur son assiette une cuiller pleine de pudding au riz. La mère était effondrée presque sous la table, les plis de sa robe tachés de chocolat, retenant les morceaux d'une tasse et d'une soucoupe. Mais en trois secondes, on dut abandonner l'idée du gaz. Un coup d'œil sur le cou des victimes montra que c'était encore là l'œuvre de l'Etrangleur. Les policiers contemplaient la pièce, partageant, au moins temporairement, le fatalisme du public. Ils ne pouvaient rien.

C'était sa quatrième visite, sept meurtres en tout. Il devait en commettre un autre, comme vous savez, et cette même nuit, puis glisser à nouveau dans l'histoire, inconnu, sous le nom du « Monstre de Londres » pour reprendre la vie respectable qu'il avait toujours menée, se rappelant mal ce qu'il avait fait, et fort peu troublé par ce souvenir. Pourquoi s'arrêta-t-il ? Nul ne le sait. Pourquoi commença-t-il, on ne le sait pas davantage. C'est simplement arrivé ; et s'il pense quelquefois à ces jours et à ces nuits, je gage qu'il les considère comme ces vilains petits péchés que nous commettons lorsque nous sommes enfants.

Nous disons que ce n'était pas véritablement des péchés parce que nous n'étions pas encore adultes, nous contemplons de loin cette sotte petite créature, et nous lui pardonnons parce qu'elle ne savait pas. Cet homme pensa de même. Il y en a des centaines comme lui : Eugène Aram, après le meurtre de Daniel Clark, vécut quatorze ans, paisible et content, sans connaître le remords ou le mépris de lui-même ; le Dr Crippen tua sa femme, puis vécut agréablement avec sa maîtresse dans la même maison, après avoir enterré sa femme sous le plancher ; Constance Kent, qu'on jugea innocente du meurtre de son plus jeune frère, vécut paisiblement cinq ans avant de confesser son crime ; George-Joseph Smith et William Palmer coulèrent des jours heureux parmi leurs amis, sans peur et sans remords pour les empoisonnements et noyades dont ils étaient coupables ; Charles Peace, après son crime, était devenu un respectable citoyen très intéressé par les antiquités. Il arriva qu'après un laps de temps, ces hommes furent démasqués ; mais beaucoup plus d'assassins que nous ne l'imaginons mènent une vie respectable et mourront respectés. Ce sera le cas de notre Etrangleur.

Mais, cette fois-ci, il faillit bien être pris. C'est sans doute cela qui mit un point final à son activité meurtrière. Il échappa grâce à une erreur de jugement du journaliste.

Dès qu'il eut le compte rendu complet de l'affaire — ce qui prit un certain temps — celui-ci passa un quart d'heure au téléphone pour transmettre l'histoire à son journal. Au bout de ce quart d'heure, quand le stimulant du travail l'eut quitté, il se sentit fatigué et d'humeur triste. Il n'était pas encore libre de rentrer chez lui. Le journal ne « tomberait » que dans une heure ; aussi entra-t-il dans un bar pour boire un verre et manger un sandwich.

C'est alors qu'il eut un éclair de génie. Il avait chassé de son esprit toute l'affaire. Il inspectait le bar, admirant le goût du propriétaire pour les chaînes de montre et son air souverain. Il pensait aussi que le patron d'une taverne bien gérée mène une vie plus confortable que celle d'un journaliste. Alors, tout s'éclaira pour lui. Il ne pensait pas au « monstrueux étrangleur ». Il pensait à son sandwich. Pour un sandwich de bar, c'était un spécimen rare. Le pain était coupé mince, soigneusement beurré, et le jambon n'avait pas deux mois de garde-manger. C'était du vrai jambon.

Sa rêverie le ramena à l'inventeur de cet aliment : le seigneur de Sandwich, puis à George VI, puis à tous les George, puis à la légende de ce George qui s'inquiétait de savoir comment la pomme était entrée dans le chausson aux pommes. Il se demandait si celui-ci se serait posé la même question au sujet du jambon du sandwich, et combien de temps il lui aurait fallu pour comprendre que, s'il y était, c'est que quelqu'un l'y avait forcément mis. Il se leva pour commander un second sandwich et, à ce moment, une petite case active de son cerveau tira la chose au clair. Si le jambon est dans le sandwich, quelqu'un a dû l'y mettre. Si sept personnes ont été assassinées, il a fallu que quelqu'un soit là pour le faire. Aucune voiture, aucun avion ne se cachent dans la poche d'un homme, donc ce quelqu'un doit avoir échappé aux recherches soit en fuyant, *soit en restant sur les lieux*. Et, par conséquent...

Il imaginait l'histoire sensationnelle en première page de son journal, si sa théorie était exacte et si son rédacteur en chef avait l'aplomb de frapper un grand coup... Le cri : « On ferme, messieurs, tout le monde dehors, s'il vous plaît ! » le rappela à la réalité. Il se leva, sortit dans la brume où seules luisaient les flaques d'eau sur la chaussée et les phares des autobus.

Il était certain de tenir le bon bout de l'affaire ; même si c'était prouvé, il était douteux que la censure de son journal l'autorisât à l'imprimer. Sa théorie avait un gros défaut : c'était la vérité, mais une vérité impossible. Elle sapait tout ce que croyaient les lecteurs et ce que les directeurs de journaux les aidaient à croire. Ils pouvaient croire que des marchands de tapis turcs avaient le pouvoir de se rendre invisibles, mais ils ne croiraient pas cela.

On ne leur demanda même pas d'essayer d'y croire, car l'histoire ne fut jamais écrite.

Comme à cette heure-là le journal avait paru, que le journaliste n'avait plus faim et que sa théorie l'excitait fort, il décida de consacrer une demi-heure à la vérification de sa théorie. Aussi commença-t-il à chercher l'homme qu'il imaginait : un homme à cheveux blancs et à grandes mains blanches. Autrement dit, un homme quelconque, que personne ne prendrait la peine de regarder deux fois. Il voulait essayer son idée sur cet homme directement. Il allait se placer à la merci d'un homme que la légende avait rendu diabolique. Cela pouvait sembler un geste de suprême courage. Mais ce n'était pas ça. Il ne pensait pas au risque. Il ne pensait pas à son devoir envers son patron, ni envers son journal. Seul, le désir de poursuivre jusqu'au bout une affaire le poussait.

Il sortit lentement du café, traversa Fingal Street en direction de Deever Market où il espérait rencontrer son homme. Mais il n'eut pas la peine d'aller jusque-là. Au coin de Lotus Street il le vit — ou quelqu'un qui lui ressemblait. Cette rue était mal éclairée, et il distinguait mal l'homme ; mais il pouvait voir des mains blanches. En une vingtaine de pas, il se rapprocha de lui, puis se trouva à sa hauteur, à un endroit où l'arche du chemin de fer traversait la rue. Il vit qu'il s'agissait bien de celui qu'il cherchait. Il s'approcha de lui et dit la phrase devenue traditionnelle dans le quartier : « Alors, vous n'avez pas rencontré l'étrangleur ? » L'homme s'arrêta pour le regarder fixement, puis, heureux de voir que le journaliste n'était pas l'assassin, dit :

— Hein ? Non, personne, bon Dieu. Ça m'étonnerait qu'on le voit un jour.

— Je ne sais pas... J'ai réfléchi à la question, et il m'est venu une idée.

— Ah ! oui ?

— Oui, ça m'est venu tout d'un coup, voici un quart d'heure. Et j'ai compris que nous avions tous été aveuglés. La vérité nous crevait les yeux.

L'homme se retourna vers le journaliste ; son regard et le mouvement exprimaient sa méfiance à l'égard de qui semblait savoir tant de choses.

— Oh ! vous croyez ? Bon, alors, faites-m'en profiter.

— Je vais vous la dire.

Ils marchaient côte à côte et avaient presque atteint le bout de la petite rue qui donne sur Deever Market, quand le journaliste se tourna d'un air désinvolte vers l'homme et posa un doigt sur son bras :

— Oui, la chose me paraît, à présent, tout à fait simple. Mais il y a encore un détail qui m'échappe. Une petite chose que j'aimerais tirer au clair : le mobile. Maintenant, d'homme à homme, dites-moi, sergent Ottermole, *pourquoi* avez-*vous* tué tous ces innocents ?

Le sergent s'arrêta, le journaliste aussi. La clarté du ciel était juste suffisante pour éclairer le visage du sergent, et ce visage était tourné vers lui, avec un large sourire si plein d'amabilité et de charme que le journaliste gela jusqu'à la moelle quand il rencontra son regard. Le sourire persista quelques secondes. Puis le sergent parla :

— Eh bien, pour vous dire vrai, monsieur le journaliste, je ne le sais pas. Vraiment je ne le sais pas. Cela me tourmente moi-même. Mais j'ai eu une idée, tout comme vous. Chacun sait que nous ne pouvons contrôler ce qui se passe dans notre cerveau, n'est-ce pas ? Les idées nous viennent sans qu'on aille les chercher. Mais chacun est supposé pouvoir dominer son corps. Pourquoi, hein ? Nous tenons notre âme de Dieu sait qui — de gens qui sont morts des centaines d'années avant notre naissance. Est-ce que ce ne serait pas la même chose pour nos corps ? Nos visages, nos jambes, nos têtes ne nous appartiennent pas complètement. Nous ne les choisissons pas. Ils viennent à nous. Alors des idées ne pourraient-elles venir à notre corps, comme elles viennent à nos esprits ? Les idées ne peuvent-elles pas vivre dans nos nerfs et dans nos muscles aussi bien que dans notre esprit ? Certaines parties de notre corps ne sont-elles pas vraiment *nous*, et les idées ne peuvent-elles s'en emparer tout d'un coup ? Comme elles s'emparent... (il étendit brusquement les bras, montrant ses poignets velus au-dessus de ses grandes mains gantées de blanc qui se refermèrent sur le cou du journaliste avant même que le malheureux ait eu le temps de les voir)... de *ces mains !*

The hands of Mr. Ottermole.

Retour en arrière

par

DOROTHY SALISBURY DAVIS

Le shérif Andrew Willets, debout devant la fenêtre du salon, regardait ses hommes qui repoussaient de la pelouse une nouvelle vague d'habitants de Pottersville, agités et curieux. Certains avaient quitté leur maison, leur boutique ou leur jardin au premier son de la sirène de police ; pendant toute la matinée, leur groupe avait grossi, diminué, puis grossi de nouveau, comme une mer démontée.

Derrière le shérif, dans la cuisine d'où l'on avait enlevé le corps de Matt Thompson, les techniciens de la police s'affairaient avec leurs aspirateurs, leurs microscopes, leurs appareils de photo, leurs lampes à rayons ultraviolets. Willets avait toute confiance en eux, mais il doutait beaucoup que leurs découvertes pussent renforcer ou contrebalancer les témoignages verbaux recueillis contre Phil Canby. Ces témoignages, bien des gens qui étaient dehors n'avaient pas attendu pour les porter d'être devant le District Attorney ; ils se les répétaient entre eux, de voisins à étrangers et parfois inversement.

On pouvait les éloigner, pensa le shérif, comme on éloigne les mouches d'une charogne ; mais ils se regrouperaient aussitôt, à moins qu'on pût ramener le meurtre à un accident, sortir pour leur annoncer : « Il y a eu erreur : Matt Thompson est tombé et s'est fendu le crâne. Sa fille Sue est devenue folle en le découvrant... » Hypothèse absurde. Même s'il avait pu dire ça, le groupe ne se serait pas dispersé. Les gens ne l'auraient pas cru ; trop d'entre eux étaient à présent convaincus qu'ils s'attendaient depuis longtemps a un crime de ce genre.

A l'origine de ce sentiment unanime, il y avait une voisine de toujours des deux famille, Mrs. Mary Lyons ; elle était prête à témoigner que Phil Canby n'était pas chez lui avec son petit-fils la nuit précédente, à l'heure à laquelle il jurait qu'il se trouvait dans sa maison, et endormi.

Le shérif Willets sortit, prit Mrs. Lyons par le bras et lui fit traverser la cour qui séparait la maison des Thompson de celle où vivait Phil Canby avec sa fille et son gendre. La propre maison de Mrs. Lyons était derrière. Elle mettait peu d'entrain à suivre le shérif, il le comprenait aux mouvements brusques de sa jupe et au clic-clac de ses talons. Quand elle le regarda, elle lui sourit, mais d'un sourire rapide auquel ses yeux ne prirent aucune part.

— J'espère que ça ne va pas demander trop long-temps, Andy, dit-elle quand il se fut assis chez elle, forçant son hospitalité. Il faudrait que j'aille donner un coup de main à la pauvre fille.

— Un coup de main ?

— Pour la maison, dit-elle, comme si c'était la chose la plus naturelle du monde qu'elle aidât Sue Thompson dans son ménage. Tout doit être dans un état épouvan-table.

— Rien ne presse, dit Willets. Il n'y aura pas d'autres visiteurs que des policiers avant quelque temps.

Mrs. Lyons émit un bruit de gorge, une espèce de gloussement, pour montrer combien elle était affectée par ce qui s'était passé de l'autre côté de sa cour.

Willets continua :

— Vous disiez là-bas tout à l'heure savoir que quelque chose de terrible allait arriver...

— Quelque chose de terrible est arrivé même avant ça, Phil Canby courtisait Sue, qui est plus jeune que sa propre fille.

— Qu'entendez-vous par *courtisait ?*

— Je l'ai vu l'embrasser, dit-elle. Puis elle s'efforça

d'être plus explicite : Voici une semaine, j'ai vu Phil Canby prendre Sue dans ses bras. Il a plus de soixante ans, Andy.

— Il en a cinquante-neuf, dit le shérif en se demandant quelle importance pouvait avoir cette différence d'un an et pourquoi il prenait la peine de défendre l'homme devant cette femme. Puis il s'aperçut qu'il ne défendait pas Phil Canby, mais se défendait lui-même contre l'influence émanant d'un témoin hostile. Et le lendemain, Phil a laissé entendre qu'il allait l'épouser, et Sue a annoncé leur intention de se marier. C'est du moins ce que j'ai cru comprendre.

— Oh ! vous avez parfaitement compris, dit Mrs. Lyons d'un ton dégagé en croisant les mains sur ses genoux. Aimeriez-vous que votre fille épouse un homme de cinquante-neuf ans, Andy ?

— Ma fille n'a que quinze ans, rétorqua Willets, tout en sentant la sottise de cette réponse.

Il n'était pas de taille face à Mrs. Lyons ; pas de taille non plus, il le craignait, face à la ville entière partageant l'opinion de Mrs. Lyons. Que Phil Canby eût tué ou non le père de Sue, la ville exigerait qu'il fût puni pour avoir courtisé une jeune fille.

— Quel âge a Sue Thompson, madame Lyons ?

— Elle doit avoir dix-neuf ans. Sa mère est morte en la mettant au monde, l'année après que j'ai perdu Jimmie.

— Oui, je me souviens pour Jimmie, dit le shérif avec soulagement.

Mary Lyons lui paraissait supportable, quand il se rappelait qu'elle avait perdu un fils de quatre ans. Il se demandait à présent si cette perte l'avait rapprochée de Matt Thompson, quand il avait lui-même perdu sa femme. Mais personne, autant qu'il s'en souvînt, n'avait été proche de Matt depuis son veuvage. Son deuil l'avait rendu aussi amer qu'on peut l'être. Jardinier de métier, Thompson travaillait pour la ville. Certains disaient que toute sa tendresse allait à ses fleurs ; tous s'accordaient à affirmer qu'elle n'allait pas à sa fille. En y repensant, Willets évoqua une image pitoyable : Sue, âgée de cinq ou six ans, trottant vers l'église à côté de son père, s'arrêtant quand il s'arrêtait, repartant quand il repartait, s'agrippant au pan de son manteau quand elle trébuchait, mais jamais à sa main, car il ne la lui tendait pas... Mais qui d'autre que Willets s'en souvenait, à présent ?

— Depuis combien de temps n'êtes-vous pas entrée chez les Thompson, madame Lyons ?

Ses yeux s'étrécirent tandis qu'elle essayait de deviner le but de cette question.

— Pas depuis quinze ans, répondit-elle enfin.

Il la crut. Cela expliquait l'impatience qu'elle avait d'y entrer maintenant.

— Sue ne paraît pas précisément être une bonne ménagère, dit-il pour attiser la curiosité de Mrs. Lyons et l'inciter à satisfaire la sienne. Mais peut-être Matt Thompson tenait-il à ce que sa maison fût comme ça.

Elle se pencha en avant.

— Comment comme ça ?

— Toute la maison a un étrange aspect de chose morte. Elle n'est pas sale, mais on dirait qu'on n'y a rien touché depuis quinze ans.

— Matt ne s'est jamais remis de la mort de sa femme, dit Mrs. Lyons. Et il n'a jamais levé les yeux sur une autre.

« Le plus grand éloge qu'une femme comme Mrs. Lyons pût faire d'un homme comme Matt », pensa le shérif.

— Qui s'occupait de Sue quand elle était petite ? demanda-t-il.

— Son père.

— Et quand il était à son travail ?

— Je ne sais pas.

— D'après ce que j'ai entendu dire, — il mentait, car il n'avait pas encore eu l'occasion de se renseigner là-dessus — vous leur avez été d'un grand secours à cette époque, ainsi que la femme de Phil Canby.

— Mrs. Canby était déjà malade, rectifia-t-elle sèchement. Mais j'ai beaucoup aidé les deux familles, je dois le dire.

— Si vous ne le dites pas, qui le dira ?... marmonna le shérif.

— Quoi ?

— Les gens sont rarement reconnaissants.

— En effet.

— A la réflexion, madame Lyons, je me demande pourquoi Matt n'a pas essayé de faire adopter Sue ?

— Il a essayé avec moi, dit-elle fièrement, et son pâle visage rougit un peu.

A cette époque-là, elle avait dû passer ses jours et ses nuits chez les Thompson, que Matt y fût ou non, débordante de sollicitude et d'activité culinaire.

Le shérif supposa que Thompson l'avait payée de sarcasmes car il avait déjà, en ce temps-là, une réputation de causticité.

— Auriez-vous pris l'enfant avec vous ? Vous deviez vous sentir seule... après Jimmie...

Elle répondit avec une douceur et une sincérité qu'il ne lui avait pas connues depuis sa jeunesse.

— J'y ai beaucoup pensé. J'avais l'impression que cette enfant avait quelque chose d'anormal. Elle était comme une petite vieille fille, toujours repliée sur elle-même. Elle a toujours été comme ça... même à l'école, paraît-il.

— Voilà pourquoi elle acceptait d'épouser Phil Canby, murmura doucement le shérif. Ne croyez-vous pas ?

— Oh ! je ne lui en fais pas reproche, dit Mrs. Lyons. Ce n'est pas elle que je blâme dans cette affaire.

Willets soupira. Rien ne pourrait démolir la conviction de Mrs. Lyons qu'il était immoral que Phil Canby eût proposé le mariage à une fille plus jeune que sa propre fille.

— Votre mari n'était pas à la maison hier soir ? demanda-t-il.

— Il était à une réunion chez les Elk. Je suis allée chez ma sœur, d'où je suis rentrée à dix heures et demie. J'ai regardé la pendule. Je le fais toujours. Il me faut plus de temps qu'autrefois pour revenir à pied.

— Et c'est à ce moment-là que vous avez entendu crier le bébé ?

— Oui, pendant que je montais les marches de la porte de derrière.

Phil Canby gardait son petit-fils pendant que sa fille Betty et son gendre John Murray étaient au cinéma. Vivant avec ses enfants, Phil restait toujours avec le jeune Philip le jeudi soir.

— Et vous êtes sûre que c'était le bébé des Murray ?

— Quel autre bébé cela aurait-il pu être ? D'ici, je n'aurais pas pu entendre celui des Brady ; ils habitent cinq maisons plus loin.

Le shérif approuva d'un signe de tête. Phil Canby jurait qu'à cette heure-là, il était couché et endormi, et que le bébé n'avait pas crié. Il avait le sommeil léger et se réveillait au moindre petit cri de Philip. Les voisins des Murray, du côté sud, n'avaient pas entendu les cris, ni d'ailleurs la radio que Phil Canby déclarait avoir mise en marche à dix heures pour écouter les informations. Mais ils avaient regardé la télévision jusqu'à onze heures et demie. A cette heure-là, les Murray, déjà rentrés, avaient trouvé Phil et le bébé dormant chacun dans son lit. Mais au nord de chez les Murray, dans la maison du coin, où Sue déclarait avoir dormi, quelqu'un avait tué Matt Thompson, avec un instrument contondant, entre dix heures et minuit...

— Et vous n'avez rien entendu d'autre ? demanda le shérif à Mrs. Lyons.

— Non, mais je n'écoutais pas spécialement. J'ai pensé d'abord que le bébé était peut-être malade, et qu'il fallait que j'y aille. Puis je me suis souvenue que c'était jeudi, et que Phil Canby gardait l'enfant. Or Phil n'aurait jamais voulu m'adresser la parole, fût-ce pour me demander l'heure.

« En effet », pensa le shérif, qui demanda :

— Savez-vous pendant combien de temps a pleuré le bébé, madame Lyons ?

— J'allais me mettre au lit quand il s'est arrêté. C'était environ un quart d'heure plus tard. Je ne l'avais jamais entendu pleurer comme ça, à en perdre le souffle. Je ne sais depuis combien de temps il pleurait, le pauvre gosse, avant que je rentre chez moi.

Si Phil Canby avait assassiné Matt Thompson puis était rentré chez lui à onze heures moins le quart, il avait eu le temps de calmer le petit Philip, se coucher et faire mine de dormir avant le retour de ses enfants. Betty Murray l'avait reconnu : il arrivait à son père de faire mine de dormir, sa présence étant une gêne pour eux tous.

Willets prit congé de Mrs. Lyons, et se dirigea vers la haie qui séparait la cour de celle des Thompson. Phil Canby reconnaissait s'être querellé avec Matt, dans la cuisine des Thompson, le soir du crime, à neuf heures ; c'était trop beau pour être vrai.

Quand Phil Canby et Sue Thompson avaient annoncé leur intention de se marier, il y avait eu d'abord un échange de propos violents entre les deux familles. Puis, le calme avait paru s'instaurer, mais plein de méfiance et d'inquiétude. Sue Thompson n'était plus sortie de chez elle que pour aller à l'église, le dimanche, avec son père. Le matin même du jour où sa fille l'avait mis au courant de ses projets matrimoniaux, Matt avait pris ses vacances. Vacances ou retraite : il avait laissé le choix au conseil municipal. Ensuite, il était allé chez Betty Murray. Jamais auparavant, il n'avait franchi le seuil de sa maison ; même pas pendant la longue maladie de la mère de Betty, ni lors de l'enterrement, et s'il avait adressé la parole à Betty lorsqu'elle était enfant, elle ne s'en souvenait pas. Mais ce matin-là, il lui avait parlé comme à une adulte, et en des termes tels qu'elle lui avait crié :

— Mon père n'est pas un vieux débauché !

A quoi il avait répondu :

— Ma fille n'est pas une p.... Je l'enchaînerai, plutôt que de la laisser entrer dans le lit d'un vieillard !

Lorsqu'il apprit la chose en revenant de son bureau ce soir-là, John Murray jura qu'il tuerait Matt Thompson s'il se permettait de parler encore aussi grossièrement à Betty.

Matt Thompson était rentré chez lui, avait fermé les

volets des fenêtres qui donnaient sur la maison Murray. Quant à Phil Canby, il avait continué d'exercer le métier qu'il faisait à Pottersville depuis son adolescence ; il était plombier, et avait plus de travail que jamais, cette semaine-là, à cause des racontars qui couraient sur lui en ville. Tout cela, le shérif l'apprit morceau par morceau, en grande partie par Betty Murray. Le jeudi soir arrivé, elle avait eu envie de sortir ; se disant que s'ils décidaient d'ignorer toutes ces histoires, elles se volatiliseraient.

Elle était donc allée au cinéma avec John, laissant son père garder le bébé. Vers huit heures et demie, Sue Thompson était sortie dans la cour et avait appelé Phil. Il était descendu et elle lui avait demandé de venir chez elle réparer l'évier de la cuisine. Son père dormait, avait-elle précisé, mais, avant de s'endormir, il l'avait autorisée à appeler Phil.

Canby était remonté prendre ses outils chez lui, puis avait suivi Sue chez elle, une grosse clé de plombier à la main. Quand Phil Canby, ce matin, avait dit tout cela au shérif — franchement, comme il lui avait raconté sa querelle avec Thompson qui s'était réveillé, querelle si violente que Sue était allée se cacher dans l'office — Willets avait eu l'étrange impression que Canby finirait, avec le même calme et la même franchise, par s'avouer coupable du meurtre.

Mais Canby n'avait pas avoué. Il avait eu peur, disait-il, quand Thompson avait juré, sur la tête de sa défunte femme, qu'il le ferait arrêter et examiner comme fou. Thompson avait précisé qu'il connaissait quelqu'un qui se chargerait de l'opération, et Canby savait de qui il s'agissait : d'Alvin Rhodes, le directeur en retraite de l'asile d'aliénés. C'était Thompson, à ses heures de loisir, qui avait dessiné et arrangé le jardin de Rhodes ; il avait même emprunté quelques arbustes aux pépinières de Pottersville. Willets le savait et comprenait la peur de Canby. Celui-ci lui raconta qu'un de ses amis avait été interné sur le seul témoignage de ses enfants, disant qu'il était devenu acariâtre et jaloux de sa maison, une maison qu'il avait construite lui-même et dans laquelle, à mesure qu'il vieillissait, il se sentait de plus en plus indésirable. Sa maison, Phil Canby l'avait achetée, et payée pendant trente ans, ayant dû prendre une hypothèque au moment de la longue maladie de sa femme. Contrairement à son malheureux ami, il ne se sentait pas traité chez lui en intrus — on avait même donné son nom au bébé — mais il se rendait compte de la gêne que sa fille et son gendre éprouvaient depuis qu'il courtisait Sue Thompson.

Oui, tout cela, Willets le comprenait fort bien. La difficulté, c'était de faire la liaison avec le crime. Par exemple, en quittant la maison Thompson, Phil avait repris tous ses outils sauf la grosse clé avec laquelle Matt avait été assassiné. Pourquoi donc l'avait-il laissée, sinon pour éviter qu'on la trouvât en sa possession ? Mais il prétendait l'avoir tout simplement oubliée.

Willets arriva à la porte de derrière de la maison Canby. Il frappa et Betty Murray lui cria d'entrer. Le petit Philip, assis sur la chaise haute, opposait une résistance farouche à la compote de pommes que sa mère essayait de lui faire avaler. Le shérif observa un moment l'enfant ; la présence d'un bébé suffisait dans les moments les plus tragiques à maintenir l'aspect normal de la vie. Toute la compote se répandit sur la tablette de la chaise ; le petit Phil essaya de la faire tomber ; ce qu'il ne pouvait en écarter avec ses mains, il le repoussait avec sa langue.

Le shérif sourit.

— C'est un bon moyen de la lui faire avaler...

— Ils sont terribles à cet âge, dit la mère en essuyant le plancher. Mais je suis bien heureuse de l'avoir. Surtout en ce moment.

Willets opina :

— Je sais... Où est votre père ?

— En haut, dans sa chambre.

— Et Sue Thompson ?

— Dans le salon. Shérif, vous n'allez pas...

— Pas encore, fit-il, lui épargnant la peine d'achever sa phrase.

Il alla vers la porte et s'arrêta.

— Je crois que Mrs. Lyons voudra bien la prendre chez elle pendant quelque temps.

— Oui, dit Betty. J'ai dû fermer les fenêtres de devant, à cause de tous ces gens qui se pressaient pour la voir. Certains   et ce n'étaient pas des étrangers demandaient où était son petit ami…

— Ça ne durera pas longtemps, assura Willets, et comme ce n'était pas tout à fait ce qu'il avait voulu dire, il ajouta : Ça ne durera pas longtemps comme ça.

— Alors, que Sue reste ici. Je crois qu'elle se sent mieux, la pauvre, sachant que papa est dans la maison.

Se levant, elle vint vers lui. Elle était jolie ; ses yeux, comme ceux de son père, paraissaient plus foncés quand elle avait du chagrin.

Monsieur Willets, il y a quelque temps, j'ai eu une conversation avec papa. Il a essayé de me parler de… de lui et de Sue. Quand il lui a demandé de l'épouser, il lui a dit qu'il serait un père pour elle… autant un père qu'un mari… (Elle rougit un peu.) Qu'un amant, rectifia-t-elle, c'est ce qu'il a dit exactement.

— Et vous a-t-il dit ce qu'elle lui avait répondu ?

— Que c'était ce qu'elle désirait, car elle n'avait jamais eu ni l'un ni l'autre.

C'était si vrai que Willets eut un signe d'approbation.

— Je tenais à vous le dire, continua Betty, parce que je sais ce que tout le monde raconte sur elle et papa. Ils croient que papa est bizarre… presque comme disait Matt Thompson. Et ce n'est pas vrai. Pendant toute la maladie de maman, il l'a soignée lui-même, jusqu'à la mort. Il m'a même mise en pension. La plupart des hommes auraient estimé que c'était à moi de m'occuper d'elle, et c'était peut-être vrai, mais j'ai été heureuse de m'en aller. Après la mort de maman, quand je me suis mariée, il a dû lui sembler que… que quelque chose était fini pour lui. Pourtant, cinquante-neuf ans, ce n'est pas vraiment très vieux.

— Pas vraiment, acquiesça Willets, qui était bien plus près de cet âge que Betty.

— Je commence à comprendre ce qui lui est arrivé,

246

reprit-elle. Je regrette de ne pas y avoir pensé plus tôt. Il aurait pu trouver quelque chose... quelqu'un d'autre...

— Tout ça, dit le shérif en secouant la tête, c'est le problème de l'homme, jusqu'à sa mort.

— Vous avez raison, opina-t-elle après un moment. Si je m'en étais mêlée, ç'aurait été vraiment déplacé... Je voudrais tellement qu'on puisse dissocier ces deux choses : d'une part, mon père et Sue ; de l'autre, le meurtre de Mr. Thompson !

— Moi aussi, déclara le shérif en s'en allant. Mais il savait bien que l'on ferait tout pour l'empêcher de dissocier les deux ordres de faits : il aurait à subir non seulement les pressions des gens de la ville, mais aussi de l'avocat général qui trouverait beaucoup plus commode de poursuivre l'assassin dans un climat d'indignation.

Il s'arrêta sur le palier, d'où il voyait nettement le salon, pour observer Sue Thompson. Assise, elle travaillait presque machinalement à un ouvrage de crochet. Quels que fussent ses sentiments, elle ne semblait pas affligée. Elle semblait attendre comme elle semblait avoir attendu toute sa vie. Mais quoi ? La mort de son père ? Un prince charmant ? Un sauveteur ? Ce n'était certainement pas Phil Canby que ses rêves d'adolescente avaient imaginé dans ce rôle. Et avait-elle vraiment souhaité l'arrivée d'un sauveteur ? Elle ne craignait pas son père ; si elle l'avait craint, elle n'aurait pas osé lui annoncer son intention d'épouser Phil Canby. Et puisqu'elle ne le craignait pas, décida Willets, il était peu vraisemblable qu'elle l'eût tué. C'était une fille douce et potelée, avec un regard soumis ; physiquement, elle n'était pas de taille à se mesurer avec son père. Pourtant, elle était le seul assassin possible, en dehors de Phil — et Phil seul la connaissait assez pour savoir si elle était capable de commettre un tel crime.

Le shérif continua de monter et frappa à la porte de Canby.

— J'ai encore à vous parler, Phil.

Il était couché sur son lit, regardant le plafond

— Je vous ai dit tout ce que je sais, lança-t-il sans bouger.

Le shérif s'assit dans le fauteuil à bascule, près de la fenêtre ouverte. Plus près encore de la fenêtre, sur une table, était posée la radio — cette radio que Canby prétendait avoir écoutée la veille à dix heures du soir, et que les voisins, à une dizaine de mètres de là, n'avaient pas entendue...

— Mrs. Lyons déclare que le petit Philip pleurait hier soir à dix heures et demie, dit Willets.

— Mrs. Lyons est une menteuse, répliqua Canby, toujours sans bouger.

La sueur collait au crâne ses cheveux gris clairsemés ; pourtant, il restait allongé là, où la brise ne pouvait l'atteindre. Une grosse veine se mit à battre sur sa tempe, sous la peau pâle et tendue, et l'image d'une gorge de grenouille vint à l'esprit de Willets.

— Betty reconnaît que vous n'avez pas changé le bébé. Ça ne vous ressemble pas, Phil, de le négliger ainsi.

— Il dormait. Je n'ai pas voulu le réveiller. Et puis, il fallait que je réfléchisse à mes projets.

— Quels projets ?

— Mes projets de mariage.

— C'est-à-dire ?

Canby se redressa enfin, s'assit, les jambes hors du lit, et regarda Willets.

— Nous allons nous marier à Beachwood. (C'était un village à quelques kilomètres de Pottersville.) J'ai choisi une maison en bordure de la route ; j'ouvrirai une boutique devant.

« Fantastique », pensa Willets. Canby et Sue se comportaient comme s'ils n'étaient aucunement soupçonnés du meurtre de Matt Thompson, comme si rien, dans leur passé, ne pouvait contrarier leur avenir. Cela horripila Willets plus que tout le reste, sauf peut-être les propos de Mrs. Lyons.

— Vous êtes dans le pétrin, Phil, et si vous ne vous en sortez pas, vous vous balancerez au bout d'une corde avec vos projets d'avenir. Toute cette sacrée ville est contre vous.

— Je le sais, dit Canby. C'est pourquoi je n'ai pas peur.

Le shérif le regarda, surpris.

— Si je n'avais pas su ce qu'on racontait, expliqua Phil, je ne me serais pas sauvé chez moi hier soir quand Matt Thompson a dit qu'il me ferait interner.

— L'avocat général, déclara lentement Willets, va justement soutenir qu'à cause de ça vous ne vous êtes *pas* sauvé chez vous, que vous n'étiez *pas* ici pour entendre pleurer le bébé, et que c'est pourquoi vous n'admettez *pas* que Mrs. Lyons l'ait entendu pleurer. Parce que, dira l'avocat général, vous étiez dans la cuisine des Thompson, en train d'assassiner Matt, puis de faire disparaître les traces de votre crime.

Canby secoua la tête.

— Le bébé ne pleure jamais quand je suis là.

Willets se leva et arpenta la pièce. Tout y était en ordre ; Canby prenait un soin méticuleux de toutes choses.

— Vous avez toujours l'intention d'épouser Sue ? demanda le shérif lorsqu'il revint devant lui.

— Naturellement. Pourquoi pas ?

Willets se pencha, jusqu'à se trouver face à face avec Canby.

— Phil, qui croyez-vous qui ait tué Matt ?

Canby eut un geste de recul et ses yeux s'assombrirent.

— Je ne sais pas... et je crois que ça m'était égal... jusqu'à maintenant...

Willets reprit le fauteuil et tira de sa poche une pipe. Il ne l'alluma pas, mais la tint, comme décidé à l'allumer seulement s'ils arrivaient à s'entendre.

— Quand êtes-vous tombé amoureux de Sue, Phil ?

Canby lissa le dessus de lit froissé.

— Ça fait drôle d'entendre parler comme ça quelqu'un de mon âge, non ?

Willets ne répondant pas, Canby continua :

— Je ne sais pas au juste. En tout cas, c'était au

printemps dernier. Elle tourniquait sans cesse par ici depuis qu'elle était toute petite. Elle venait dans la cour et me regardait travailler. Elle ne parlait guère, se contentant de regarder. Quand le petit Philip est né, elle a eu plaisir à venir le voir. Quelquefois, je lui disais d'entrer ; quand j'étais seul elle venait, mais elle était un peu intimidée par Betty et rougissait dès que John lui adressait la parole. John n'avait pas très bonne opinion d'elle. Il est comme tous les jeunes hommes d'à présent, qui ne regardent que les chevilles des filles, les robes qu'elles portent et la manière dont elles dansent. Après ça, c'est un pur miracle s'ils épousent quelqu'un de convenable, vu ce qu'ils cherchent, dans une fille...

Il s'interrompit. Le shérif l'encouragea en disant :

— Vous et Sue...

— Eh bien, un soir que je tenais Phil et qu'elle me regardait, il s'est mis à pleurer, je l'ai bercé et il s'est endormi dans mes bras. Et je me souviens qu'elle a dit : « J'aimerais pouvoir faire ça. » Alors, je lui ai tendu le bébé. Elle en avait un peu peur.

Il s'appuya sur un coude, plissa les yeux.

— Tout à coup, je me suis rendu compte quelle vie misérable Matt lui avait faite quand elle était gosse.

— Comment ça, misérable ? demanda Willets.

— Pas la moindre affection. Il lui achetait ce dont elle avait besoin, mais c'était tout. Il a fallu qu'elle aille à l'école pour comprendre que tout le monde n'était pas comme ça... pour savoir ce que c'est que... de se tenir par la main.

— Je me demande ce qui est arrivé à Matt, dit Willets. La plupart des veufs reportent toute leur tendresse sur leurs gosses, en attendant de se remarier.

— Il ne voulait pas se remarier. Il aimait trop sa douleur. Elle représentait pour lui plus que n'importe quoi au monde.

Le shérif secoua la tête. C'était peut-être vrai, Mais il ne comprendrait jamais ça.

— Continuez, dit-il.

Canby resta silencieux, le temps de revivre la scène.

— J'ai couché Philip dans son berceau, puis j'ai tendu

les bras à Sue, comme si elle avait été une petite fille ayant perdu quelque chose ou qui s'est fait mal, et elle est venue à moi.

Il s'interrompit, s'humecta les lèvres, puis poursuivit :

— Tandis que je la tenais dans mes bras... Oh ! mon Dieu, pourquoi est-ce arrivé ?

Il se leva brusquement du lit et se mit à marcher, les mains derrière le dos :

— Je croyais que tout ça était fini pour moi. Depuis des années, je n'avais rien éprouvé de tel.

Il se tourna et regarda Willets.

— Je redevenais jeune, voilà, et elle n'était pas une petite fille. J'eus honte, d'abord, puis je pensai : « De quoi ai-je honte ? D'être un homme ? » J'attendis tout l'été, pensant que cela passerait. Mais ça n'a pas passé. Ça s'est incrusté en moi plus profondément, tranquillement, et j'ai cessé d'en avoir honte. Quand je lui ai demandé de m'épouser et qu'elle a accepté, je lui ai expliqué que ça ne serait pas pour longtemps, parce que j'avais cinquante-neuf ans, mais elle m'a répondu que ça lui était égal. (Il ouvrit les mains, comme pour montrer qu'elles étaient vides.) Voilà comment ça s'est passé, Andy. Je ne peux pas l'expliquer davantage.

— Oui, ça s'est passé comme ça, répéta le shérif en se levant, mais regardez comment ça paraît à présent...

Il redescendit auprès de Sue Thompson ; elle était assise avec son ouvrage, un peu en retrait de la fenêtre, mais de façon à voir les gens au-dehors.

— Connaissez-vous ces personnes, miss Thompson ?

— Non. Je ne crois en connaître aucune.

Il la crut, bien que certains de ces curieux fussent ses voisins depuis toujours. Il s'assit en face d'elle afin de voir son visage dans la lumière.

— Miss Thompson, pourquoi avez-vous dit hier soir à M. Canby que votre père était d'accord pour qu'il vienne réparer l'évier ?

— Parce que je voulais qu'il vienne. C'était le seul prétexte qui m'était venu à l'esprit.

— Votre père n'était pas d'accord ?

— Non.

— Vous deviez donc vous attendre à ce qu'il y eût un accrochage entre eux.

— Je ne pensais pas que mon père se réveillerait.

— Je vois, fit Willets.

« Un drôle de couple, pensait-il, aussi naïfs l'un que l'autre — à moins que leurs âmes complices ne fussent aussi noires que la nuit. » La clé de Canby avait réellement laissé une trace sur le tuyau de l'évier, là où il avait commencé à travailler.

— Quand deviez-vous vous marier, M. Canby et vous ?

— Bientôt, quand il aurait voulu.

— Vous faisiez des projets ?

— Oh ! oui, dit-elle en souriant, et montrant son ouvrage : J'ai déjà beaucoup travaillé.

— Ne pensez-vous pas que votre père allait intervenir et vous empêcher de vous marier ?

— Non.

Le shérif appuya son menton sur sa main et la regarda.

— Miss Thompson, je suis le shérif de ce comté. Votre père a été assassiné la nuit dernière et je découvrirai qui l'a tué, et pourquoi. Vous feriez mieux de me dire la vérité.

— Je sais qui vous êtes, monsieur Willets, et je vous dis la vérité.

— Vous ne pensiez sincèrement pas que votre père allait contrecarrer vos projets de mariage ?

— Il ne contrecarrait jamais rien de ce que je faisais.

— Saviez-vous qu'il avait déclaré à Betty qu'il aimerait mieux vous enchaîner que de vous voir épouser son père ?

— Je ne savais pas. Il ne me l'avait jamais dit.

— Que vous a-t-il dit au juste quand vous lui avez annoncé votre mariage ?

— Il a ri. Je crois qu'il a dit quelque chose comme : « Eh bien, ce n'est pas le gros lot… »

Le shérif se redressa.

— Il vous traitait comme une arriérée. Et vous êtes une fille intelligente. Vous ne lui en vouliez pas ?

— Bien sûr que si, dit-elle. C'est une des raisons pour lesquelles j'aime tant Phil... M. Canby...

— Vous lui en vouliez, et pourtant vous ne faisiez rien...

— J'attendais.

— Quoi ? Qu'il meure ? Qu'on l'assassine ?

— Non. J'attendais, simplement.

— Avez-vous toujours obtenu ce que vous désiriez en attendant ainsi ?

— Oui... Ou alors j'ai cessé de le désirer.

« Résistance passive », pensa Willets. Des nations avaient été vaincues de cette façon-là ; à plus forte raison un homme. Mais Matt Thompson n'avait pas été tué à coups de résistance passive...

— Hier soir, pendant que votre père se disputait avec Phil, vous vous êtes cachée dans la souillarde ?

— Oui. Phil m'a dit de partir ; alors, je me suis cachée là.

— Avez-vous entendu ce qu'ils disaient ?

— Pas grand-chose. Je me suis bouché les oreilles.

— Qu'avez-vous entendu ?

— Mon père a dit : « Asile d'aliénés. » C'est alors que je me suis bouché les oreilles.

— Pourquoi ?

— Je suis allée une fois à l'asile avec lui quand j'étais petite.

— Vous vous souvenez de cette visite ?

— Oui, dit-elle pensivement. Il y avait un homme qui travaillait pour mon père dans le jardin. Je l'aimais bien. Il me chatouillait et nous riions, c'était merveilleux. Quand j'ai dit à mon père que je l'aimais bien, il m'y a fait entrer pour voir les autres. Certains ont crié après nous et j'ai eu peur.

— Je vois, dit le shérif, commençant à comprendre quel usage faisait Matt Thompson des aliénés pour impressionner les timides.

— Et hier au soir, quand êtes-vous sortie de la souillarde ?

— Lorsque mon père m'a dit que c'était fini et que je pouvais monter me coucher.

— Et vous avez obéi ? Sans lui parler de sa querelle avec Canby ?

— Oui. Je suis montée et me suis couchée, comme je vous l'ai dit ce matin.

— Et vous vous êtes endormie tout de suite, parce que vous aviez du chagrin, dit-il, répétant ce qu'elle lui avait déclaré.

Le sommeil avait dû être bien des fois son refuge. D'après sa première déposition, elle avait dormi profondément toute la nuit et n'avait été réveillée que par les coups de Phil Canby à la porte : au moment de commencer sa journée de travail, il s'était aperçu qu'il avait laissé sa clé la veille au soir chez les Thompson. C'est en descendant pour aller ouvrir à Canby qu'elle avait découvert le corps de son père.

Le shérif prit son chapeau.

— Vous pourrez faire enterrer votre père demain, miss Thompson. A votre place, je m'en occuperais tout de suite et veillerais à faire mettre une annonce dans le journal.

Il sortit par la porte de devant et traversa la cour, restant sourd aux questions que lui lançaient les curieux. Le chef des techniciens de la police l'attendait.

— Je n'ai pas grand-chose pour vous, Willets. Le type qui a fait le coup a nettoyé ensuite la cuisine à fond.

— Les vêtements de Canby ?

— Rien dessus qui ait rapport à l'affaire. Mais nous pouvons faire d'autres tests, si vous voulez en être sûr à cent pour cent.

— Oui, j'aimerais. Et ses vêtements à elle ?

— Pas même une tache. Je les ai remis dans sa chambre, vêtements de nuit et vêtements de jour.

Willets réfléchit un moment.

— Avec quoi la cuisine a-t-elle été nettoyée ?

— Un paquet de chiffons. On les a laissés sur l'évier. Ils provenaient d'un sac accroché à côté du fourneau.

— Bien commode, estima le shérif, puis il monta au premier.

A côté de la grisaille austère du reste de la maison — elle ne semblait pas avoir été touchée depuis des années par une main de femme — la chambre de Sue éclatait de couleurs. Toute sa vie était enclose dans cette seule pièce. Il y avait des ouvrages de crochet et de tricot bariolés, des dentelles et des toiles empilées les unes sur les autres. Elle avait même fabriqué un abat-jour compliqué, brodé et surbrodé. Peu de temps auparavant, elle s'était aussi essayée à la peinture. Le résultat était gauche et sommaire, mais, pour autant que Willets s'y connût, ce pouvait être de l'art — cela contrastait en tout cas avec les minutieux travaux d'aiguille. Dans un petit fauteuil à bascule souvenir d'enfance de Sue — ou de sa mère, à en juger par sa forme et son état — se balançaient deux poupées aux couleurs passées et aux cheveux en broussaille, dont l'une avait perdu un œil. Willets se demanda si elles étaient restées assises là tandis que Sue grandissait et devenait une femme, ou si elle les avait ressorties, pour jeter une espèce de pont entre son enfance et son mariage, depuis que Phil Canby lui faisait la cour — si tant était qu'on pût appeler « cour » les attentions de Phil...

Le lit était encore défait. Le pyjama de Sue traînait dessus. La veste, remarqua-t-il, était déchirée, les boutons absents ; le technicien de la police l'avait remise là où il l'avait prise. La robe de Sue était sur le dossier d'une chaise, manches pendantes, exactement comme elle l'avait jetée en se déshabillant. Elle était à peine froissée ; Sue avait sans doute mis une robe propre pour aller dans la cour appeler Phil Canby. Willets marcha sur des pantoufles, sur un bouton, sur un peigne. Le tapis était parsemé de fils de couleurs provenant des travaux de couture de Sue. Ce n'était pas précisément la perle des ménagères, pensa Willets en descendant et fermant à clé la porte de la maison — mais cela n'avait rien d'étonnant, puisqu'elle ne tenait que son ménage, et dans une seule pièce.

Quand le shérif regagna son bureau, George Harris, le District Attorney, l'y attendait. Willets nota qu'il refrénait son impatience, de voir que lui, Willets, n'avait fait aucune arrestation. Harris parla du meurtre comme d'une tragédie plutôt que comme d'une affaire, et c'était sans doute ainsi qu'il en avait parlé en ville.

— J'ai eu des tas d'appels téléphoniques, Andy, des tas...

Le shérif grogna :

— Et vous y avez répondu ?

Harris ignora sa mauvaise humeur.

— Pas encore assez de preuves, hein ?

— Je vais les rassembler à présent, déclara Willets. Quand j'en aurai un paquet, je vous l'apporterai. Peut-être demain matin.

— Ça me va, approuva Harris.

Il se dirigea vers la porte, puis se retourna :

— Je ne veux pas me mêler de votre boulot, Andy, mais à votre place, je ferais une bonne déclaration à la radio, quelque chose de calmant pour les nerfs.

— De quel genre ?

— Eh bien, du genre : *Tous les suspects sont sous la surveillance de la police...*

« Il a raison », pensa Willets. Une déclaration comme celle-là découragerait les aspirants lyncheurs... Il appela la radio, puis travailla jusqu'à une heure avancée de la nuit. Sa dernière tournée le fit passer devant les deux maisons obscures sur lesquelles ses hommes veillaient d'un air maussade.

Cinquante personnes assistèrent au service funèbre ; et il y en avait à peu près autant devant l'église. Parmi elles, Willets reconnut des visages qu'il voyait en ville depuis toujours. Le crime semblait les avoir dépouillés de leur personnalité professionnelle ; ces commerçants, ces conducteurs de camions, ces ménagères le regardaient comme des vampires, brûlant de savoir combien de temps il mettrait à happer sa proie.

Le pasteur fit de Matt Thompson un éloge que le défunt n'avait guère mérité. En raison des circonstances, il évita de prononcer le mot « amour », mais il lui restait à explorer le vaste domaine de la justice, de la droiture et de la sobriété.

A côté de Sue, Phil Canby redressait sa taille voûtée par le travail. Il avait la tête haute et le visage fermé. Sue pleurait, comme les autres femmes, les larmes de l'une déclenchant celles des autres. Derrière Canby se tenaient sa fille et son gendre, John Murray. Quand le shérif l'aborda à la sortie de l'église, John lui dit avoir pris une journée de congé pour voir la fin de cette affaire. « Il serait bien agréable, pensa le shérif, que l'affaire se terminât rien que parce que John Murray avait pris une journée de congé... »

Quand l'office s'acheva, il y eut un moment de gêne dans l'assistance. La coutume voulait qu'on allât donner un dernier regard au défunt, mais le cercueil de Matt restait clos. Sue se pencha, tripota une des couronnes mortuaires. Tout le monde l'observait. Elle prit une fleur et l'arracha, manquant de faire tomber la couronne. Elle entrouvrit la main et regarda la fleur. Willets aperçut Mrs. Lyons qui, dressée sur la pointe des pieds, surveillait Sue. Mrs. Lyons, elle aussi, était émue aux larmes. Puis Sue regarda Canby et à défaut d'un sourire, son visage rond et potelé en offrit l'esquisse. Elle tendit la fleur à Phil. Il la prit, mais devint aussi gris que sa cravate. Mrs. Lyons laissa échapper un sifflement plus réprobateur que n'importe quel commentaire. Un murmure indigné s'éleva de l'assistance. Willets s'avança vivement vers Canby et ne le quitta plus jusqu'à leur retour à la maison Murray, devant laquelle il fit doubler la garde.

Le shérif alla ensuite directement au bureau du District Attorney ; George Harris, depuis neuf heures du matin, était en possession du rapport du coroner.

— Tout s'est bien passé ? demanda-t-il à Willets en lui offrant une cigarette.

— Très bien, répondit-il en la refusant.

— Franchement, Andy, que je sois pendu si je comprends pourquoi vous n'avez pas bouclé Canby hier.

Il tapota le dossier qui se trouvait devant lui : c'était le rapport du coroner.

— Vous avez fait un excellent travail, Andy. C'est clair et net.

— Peut-être est-ce justement pourquoi je n'ai pas bouclé Canby, dit Willets.

Harris pencha la tête de côté avec un sourire inquisiteur. A quarante-cinq ans, il était encore très jeune. Il donnait l'impression de toujours vouloir comprendre le point de vue de son interlocuteur. Il l'écoutait, le pesait et changeait de tactique — mais pas d'opinion. Willets reprit :

— Je n'ai pas vraiment cherché de mobile hors des maisons de Thompson et des Murray.

Le district attorney tapota de nouveau le dossier.

— Ne croyez-vous pas que le mobile soit là-dedans ?

— Pas totalement.

— Mais l'essentiel y est ?

— Oui, admit Willets.

— Que signifie pour vous *totalement ?* Un aveu ? Certains policiers auraient pu l'obtenir. Je ne vous blâme pas de ne pas l'avoir fait.

— Merci, dit sèchement Willets. Si je comprends bien, monsieur Harris, vous estimez que j'en ai assez pour faire condamner Canby ?

— Je ne puis prédire l'issue du procès, dit l'attorney avec impatience. Je poursuis le coupable et accepte d'avance le verdict. Mais je crois, en effet, qu'il y a des bases suffisantes d'accusation. (Il se calma.) Canby avait-il l'assurance de ne pas être dérangé pendant qu'il commettrait le crime, puis en effacerait les traces ? Beaucoup de choses dépendent de la réponse à cette question.

Willets approuva. Harris feuilleta le dossier et en tira un papier :

— Là... La fille s'est cachée dans la souillarde quand il lui a dit de s'en aller. Elle est montée se coucher quand son père le lui a ordonné. Si elle est redescendue, Canby n'a eu qu'à lui dire de remonter. C'est le genre docile, cette fille. Pas intelligente, pas bête, juste douce et obéissante.

« Il en jugera par le dossier, pensa Willets. S'il a jamais vu Sue, cela a dû être accidentellement. »

— En somme, vous la croyez complice ?

D'autres devaient le penser aussi, après avoir vu son attitude à l'enterrement.

Le District Attorney fit la moue.

— Pour l'instant, je laisserais ça de côté. Vous n'avez rien trouvé qui le prouve. Mais Canby se sentait en sûreté, parce qu'il savait pouvoir la renvoyer dans sa chambre avant qu'elle eût rien vu. Et c'est ça qui est important : qu'il se soit senti en sécurité. Ajoutez-y le témoignage de Mrs. Lyons et celui de la propre fille de Canby, Mrs. Murray... aucun jury ne croira Canby quand il prétendra être resté chez lui de dix à onze heures, avec son petit-fils.

— S'était-il déshabillé pour commettre le meurtre ? demanda Willets. Ses vêtements ont été examinés au laboratoire et...

— De vieux vêtements de travail... Il y a eu des crimes commis encore plus proprement que celui-là, je le prouverai.

— Tout ce qu'il me reste à faire, conclut Willets, est donc de me procurer un mandat et de l'arrêter...

— C'est tout, oui. Le reste m'incombe.

Le shérif avait atteint la porte quand Harris l'arrêta.

— Je ne suis pas l'enfant de salaud que vous semblez croire, Andy. Tout est là-dedans... Il désigna le dossier. Vous vous en rendrez compte vous-même quand vous aurez le recul nécessaire.

Le shérif s'en alla.

Ou bien Harris avait raison et lui, Willets, avait fait son boulot de son mieux, sans préjugés, laissant parler les faits et non les sentiments... Ou Harris avait tort, et lui, Willets, devait admettre, contre toute logique, que c'était Sue Thompson qui avait tué son père. Que cette fille docile, douce et rêveuse, eût pu commettre un meurtre si terriblement méthodique et soigné, Willets ne parvenait pas à le croire. Et en admettant qu'elle l'eût commis, comment une fille aussi peu endurcie aurait-elle pu supporter le poids de sa culpabilité ? La tension l'aurait déchirée, comme la maturité fait craquer une prune encore attachée à l'arbre.

Mais le mobile de Canby? Il existait et, en même temps, n'existait pas. C'était ce qui avait retenu Willets de l'arrêter — ça, et son propre refus de s'incliner devant l'opinion de Mary Lyons et de ses pareils.

Willets resta quelque temps assis à son bureau, puis téléphona à l'ami de Matt Thompson, Alvin Rhodes, l'ancien directeur de l'asile. Rendez-vous pris, Willets alla chez celui-ci en voiture.

Rhodes lui parla de la visite que lui avait faite Matt le mercredi précédent, la veille de sa mort.

— Nous n'étions pas amis, Willets, précisa-t-il, quoique ses visites aient pu le faire supposer. Il venait me demander conseil au sujet de l'engouement de sa fille pour un homme trois fois plus âgé qu'elle.

Au contraire de Thompson, de plus en plus morose avec les années, Rhodes était devenu, depuis sa retraite, d'une extrême affabilité. Il fallait qu'il fût vraiment sympathique pour qu'on vînt lui demander de pareils conseils.

— Et qu'avez-vous conseillé à Matt, monsieur Rhodes?

— De ne rien faire. J'ai déjà observé des cas semblables à celui de Canby — des hommes du même âge. Plus le moment de la... consommation, dirons-nous, approche, plus ils en ont peur. D'où la rareté de ces unions entre mai et décembre. J'ai donc recommandé à Matt de surveiller sa fille, de façon à éviter une fugue, et de laisser la nature faire le reste. A la vérité, bien que je ne l'aie pas dit à Matt, j'étais persuadé que s'ils étaient décidés à se marier, il ne pourrait pas les en empêcher.

— Sa fille était si peu pour lui, dit Willets. Je me demande pourquoi il ne l'a pas laissée partir...

Rhodes fronça ses sourcils blancs :

— En la gardant à la maison, il se *rachetait* de l'avoir conçue et d'avoir ainsi causé la mort de sa femme. Je lui ai dit franchement que si quelqu'un de sa famille avait besoin d'être examiné, c'était lui et non sa fille.

Ce fut un coup pour Willets Il répéta :

— Sa fille ?

— C'est pour ça qu'il est venu me voir, dit Rhodes, pour se renseigner sur la possibilité de la faire interner... temporairement. Dans son esprit biscornu, il s'imaginait que cela suffirait à décourager Canby.

« La seule perspective de l'internement de Sue, réfléchit le shérif, était suffisante pour avoir poussé Canby au crime, alors que la perspective de son internement à lui ne l'était pas... »

— Je pense, dit-il en se levant, que vous auriez pu prendre des mesures contre Matt Thompson.

Rhodes se leva également.

— J'en avais l'intention, déclara-t-il froidement. Demandez au District Attorney ; j'avais rendez-vous avec lui hier à deux heures. Mais Matt est mort entre-temps. Le moment venu, je témoignerai devant le tribunal.

Willets retourna au Palais de Justice et se fit délivrer par le juge un mandat d'arrêt. Il était enfin en paix avec sa conscience. Il alla chez les Murray ; de sa fenêtre, Betty considérait hardiment les curieux qui, de nouveau rassemblés devant chez elle, la regardaient non moins effrontément. Il ordonna à ses hommes de disperser la foule. John Murray vint lui ouvrir avant qu'il eût sonné.

— Emmenez Betty en haut, lui dit Willets.

Les autres étaient dans le salon. Sue et Phil Canby voisinaient sur le canapé. Leurs mains se touchaient.

— Le vieux ? murmura John.

Willets fit oui de la tête et Murray appela sa femme. Betty le regarda par-dessus son épaule mais ne bougea pas de la fenêtre.

— Vous aussi, miss Thompson, dit doucement Willets à Sue. Il vaudrait mieux que vous montiez toutes les deux avec John.

Betty redressa la tête.

— Je reste, déclara-t-elle. C'est la maison de mon père et je m'y tiens où je veux.

Sue Thompson ne bougea pas non plus. Willets alla vers Canby.

— Phil Canby, je vous arrête pour le meurtre prémédité de Matt Thompson.

La voix de Betty s'éleva, aiguë et frémissante :

— Je ne le crois pas ! Même si les anges de Dieu me le disaient, je ne le croirais pas !

— Betty, Betty... murmura John en ajoutant quelque chose au sujet des bons avocats.

Les yeux de Canby, fixés sur le shérif, étaient sombres et durs.

— Que va-t-elle devenir ? demanda-t-il en montrant Sue d'un mouvement de tête.

— Je ne sais pas, dit Willets.

Personne ne le savait. Elle le regardait, stupéfaite, les yeux agrandis par l'effort de compréhension qu'elle faisait.

— Vous l'emmenez ? lui demanda-t-elle en voyant Canby se lever.

Willets fit signe que oui.

— Ça ne sera pas pour longtemps, assura John Murray, cherchant à réconforter sa femme plus encore que Sue.

— Ne mentez pas, dit Canby. S'ils m'arrêtent pour une chose que je n'ai pas faite, ils peuvent aussi bien me pendre.

Il se tourna vers Willets :

— Allons-y.

— Vous pouvez prendre des vêtements, si vous le désirez.

— Je ne veux rien prendre.

Willets et Canby marchèrent vers la porte. Betty regarda John, qui secoua la tête ; elle se retourna alors vers Sue.

— Vous ne comprenez donc pas ? Ils l'emmènent en prison ! A cause de vous, Sue Thompson !

Canby se raidit devant la porte.

— Laisse-la tranquille, Betty, laisse-la tranquille.

— Je ne laisserai personne tranquille. Ni elle, ni le shérif. Qu'est-ce que vous avez, tous ? Mon père n'est pas un assassin !

Elle s'adressa de nouveau à Sue :

— C'est un homme honnête et bon ! Vous devez le

dire, vous aussi. Nous devons le crier à tout le monde, entendez-vous ?

— Laisse-la tranquille, Betty, répéta Canby.

— Alors, faites-la partir d'ici, dit John Murray dans un accès de rage impuissante. Elle reste assise comme une sale chatte et on ne sait pas ce qu'il y a dans sa tête...

Le shérif l'interrompit.

— Assez, John.

Il regarda Sue. Son visage était crispé comme celui d'un bébé au bord des larmes.

— Vous pouvez rentrer chez vous, miss Thompson. Je vais vous envoyer un de mes hommes pour vous accompagner.

Elle ne répondit pas. Elle semblait convulsée par les larmes prêtes à jaillir. Puis elle poussa de petits gémissements étouffés. Elle ne fit pas un geste pour cacher son visage qui devenait violet. Tous la regardaient, tendus eux-mêmes par les pleurs qu'ils ne pouvaient laisser couler. Son corps trembla et sa figure se plissa, comme celle d'un bébé.

Enfin, le bruit des pleurs éclata, aigu et gargouillant, exactement les vagissements d'un bébé. Willets sentit la main de Canby se crisper sur son bras ; il sentit aussi la terreur lui glacer la moelle. Entre les spasmes de la fille, il perçut un gémissement poussé par Betty, mais il ne pouvait détacher ses yeux de Sue, pas plus qu'il ne pouvait l'aider. Elle se frappait les genoux de ses poings fermés. Elle essaya ensuite de se lever et vacilla. Finalement, elle se roula sur le canapé, le derrière en l'air, et s'aida de ses bras pour se relever, comme le font les tout-petits. Ses premiers pas furent chancelants. Puis, quand elle eut trouvé son équilibre, elle saisit un lourd cendrier qui se trouvait sur son chemin et se jeta vers Willets, les cris d'enfant rageur s'étranglant dans sa gorge.

Sue Thompson revenait à la première enfance, cette enfance que, dit-on plus tard, elle avait reconquise une fois au moins avant sa crise de rage contre Willets : le soir où son père s'était querellé avec Canby... Ce soir-là, les propos violents des deux hommes l'avaient tirée de son sommeil, comme une enfant en colère. Ne pouvant déboutonner son pyjama, elle l'avait arraché. Peut-être son père lui avait-il alors reproché sa nudité, son indécence, ou autre chose qu'une enfant ne peut comprendre. Elle avait pris l'arme qui était à sa portée — la clé de plombier oubliée par Canby — et s'était ruée sur son père avec la fureur d'une enfant et la force sauvage d'un adulte...

Le reste, Willets put se l'expliquer facilement : les pleurs de bébé qu'avait entendus Mrs. Lyon — et même le nettoyage si parfait de toute trace du meurtre, car il avait vu le petit-fils de Canby nettoyer la tablette de sa chaise haute... Willets croyait sans peine que la fillette rageuse était ensuite remontée dans sa chambre pour se rendormir et, le lendemain à son réveil, redevenir Sue Thompson, dix-neuf ans, l'heureuse fiancée de Phil Canby...

Backward, turn backward.
Traduction de Jacqueline et Michel Perrin.

La scène de la mort

par

HELEN NIELSEN

La femme qui était arrivée au volant de la Duesenberg noire fascinait Léo Manfred. Elle avait le maintien d'un modèle ou peut-être d'une danseuse. Ses chevilles étaient cambrées, ses mollets fermes. Léo s'extirpa de sous la voiture sur laquelle il travaillait afin de l'examiner de plus près.

Elle était entièrement vêtue de blanc — chapeau blanc au large rebord comme pour une écolière ; robe blanche suffisamment ajustée pour mettre son corps en valeur ; chaussures blanches à talons aiguille.

Mais il y avait plus que sa mise et que son maintien. Cette femme avait quelque chose d'étrange, presque de mystérieux, et le mystère s'accordait mal avec la graisse et la crasse du garage Wagner. Léo se remit debout.

Carl Wagner, qui additionnait quinze années aux trente ans de Léo et s'intéressait beaucoup plus au moteur qu'il venait de mettre à jour qu'à n'importe quelle femme, lui cachait le visage de la dame en blanc. Mais sa voix lorsqu'elle parla était pleine d'une douce sonorité.

— Monsieur Wagner, dit-elle, pourriez-vous me dire quand mon automobile sera prête ?

Automobile — pas voiture. L'esprit actif de Léo en prit bonne note.

Entre-temps, Wagner s'était plongé dans la contemplation du moteur avec l'enthousiasme d'un piqueniqueur se préparant à festoyer de conserves.

— C'est un gros moteur, Miss Revere, répondit-il, et il faut que tous les cylindres soient synchronisés. Votre père est toujours très pointilleux à cet égard.

— Mon père...

Elle hésita. Il y eut l'ombre d'un sourire. On pouvait non pas le voir, mais le sentir — comme on sent un parfum, se dit Léo.

— Mon père est très pointilleux, monsieur Wagner. Mais il fait bien chaud aujourd'hui et je n'ai pas envie de faire des courses.

Carl Wagner ne gaspilla ni son temps ni ses paroles. Une de ses mains plongea dans la poche de sa salopette et en extirpa une série de clés en même temps qu'il levait la tête et regardait Léo.

— Mon aide va vous reconduire chez vous. Vous pouvez dire à votre père que nous lui ramènerons la voiture dès qu'elle sera prête.

Si Léo Manfred avait cru au destin, alors il aurait pensé que c'était le destin qui se manifestait ; mais Léo croyait uniquement en Léo Manfred et en ce qu'on appelle « l'occasion ».

Les femmes étaient la spécialité de Léo. Il possédait un petit carnet noir qui contenait les numéros de téléphone de plus de cinquante-sept variétés ; mais aucune des femmes inscrites dans son carnet n'était comparable à la passagère qui occupait le siège arrière de la nouvelle Pontiac du patron tandis que celle-ci se lançait à l'assaut des collines au-delà du boulevard.

Léo tenta de voir son visage dans le rétroviseur. Jamais elle ne croisa son regard. Elle s'intéressait au paysage ou fouillait dans son sac. Son visage était toujours à demi dissimulé dans l'ombre du chapeau. Elle semblait timide et la timidité constituait une sorte de défi rafraîchissant.

Sur les indications de Miss Revere, la Pontiac s'élevait toujours en serpentant, franchissant lotissement après lotissement. Quand elle eut parcouru une longue allée privée, elle s'immobilisa devant l'entrée d'une immense maison qui était un mélange de style méditerranéen et de style mauresque avec quelques traces du style hollywoodien des débuts. N'ayant pas de goût particulier pour l'architecture, Léo ne s'en rendit pas compte, mais ce qu'il comprit, c'est qu'elle avait dû coûter un bon petit matelas de billets et que le jardinier s'affairant sur une pelouse grande comme un pré, n'avait certainement pas été fourni par la Municipalité.

Et pourtant, l'endroit avait quelque chose de défraîchi ; il y régnait une espèce de lassitude, de nostalgie, qui frappa Léo alors qu'il accompagnait sa passagère jusqu'à la porte.

— Je connais cette maison ! s'écria-t-il. J'en ai vu des photos. Elle a un nom...

Puis, il observa la jeune femme en blanc que Carl Wagner avait appelée par son nom. Revere, dit-il tout haut. Gordon Revere.

— Gavin Revere, corrigea-t-elle.

— Gavin Revere, répéta Léo. C'est bien ça ! C'est la maison que le grand directeur de Films Gavin Revere a construite pour sa jeune femme, Monica Parrish. Elle s'appelle...

La femme en blanc avait sorti une clé de son sac.

— Mon-Vere, dit-elle.

Léo l'observa tandis qu'elle insérait la clé dans la serrure de la porte massive et brusquement la réponse au mystère lui apparut.

— Si vous êtes Miss Revere, dit-il, alors vous devez être la fille de Monica Parrish. Ce n'est pas étonnant que je n'aie pu vous quitter des yeux.

— Vraiment ?

Elle se tourna brièvement vers lui avant d'entrer dans la maison, puis prit dans son sac un billet d'un dollar qu'elle lui tendit ; mais Léo avait entrevu plus qu'une petite partie d'un grand hall derrière elle. Beaucoup plus.

— Je ne peux pas accepter d'argent, protesta-t-il, pas de vous ! Votre mère était une de mes idoles. Je suppliais mon oncle de me donner des sous — j'étais orphelin — pour aller au cinéma chaque fois qu'on passait un Monica Parrish.

Léo laissa une note de respect se glisser dans son intonation.

— Quand vous étiez tout petit, je suppose ?

— Onze ou douze ans, répondit Léo. Jamais je n'ai manqué un film de votre père et votre mère.

La porte se referma avant que Léo ait pu en dire davantage et la dernière chose qu'il vit fut ce presque sourire dans l'ombre du chapeau.

*
**

De retour au garage, Carl Wagner eut à répondre à plusieurs questions.

— Pourquoi ne m'avez-vous pas dit son nom ? demanda Léo. Vous le connaissiez.

Wagner connaissait les moteurs. Les cylindres chantants de la Duesenberg étaient pour lui ce qu'un chèque et une jolie femme étaient, dans l'ordre, pour Léo Manfred. Il extirpa sa tête de sous le capot et évoqua ses souvenirs d'un ton rêveur :

— Je me souviens de la première fois où Gavin Revere m'a amené cette voiture pour une vidange. Il l'avait depuis trois semaines et elle n'est pas plus éraflée maintenant qu'elle ne l'était à ce moment-là.

— Mais qu'est-ce qui lui est arrivé ? insista Léo.

— Le polo. Il y a eu une époque où tous les gens qui se respectaient devaient jouer au polo. Revere n'était pas fait pour ça. Il s'est brisé la colonne vertébrale et s'est retrouvé dans une chaise roulante. Il a passé deux ans à l'hôpital avant d'essayer de faire sa rentrée. Mais à ce moment-là, tout avait changé. Il a essuyé deux échecs et pris sa retraite.

— Et Monica Parrish ?

— Comme des frères siamois, dit Wagner. Leurs carrières étaient liées. Revere a baissé, Parrish a baissé. Je crois que finalement elle a divorcé, et qu'elle a épousé un comte je-ne-sais-trop-quoi — à moins que ce ne soit elle qui se soit adonnée à la religion hindoue. Qu'est-ce que ça peut faire ? Les étoiles montent et tombent, Léo, mais un bon moteur...

268

Douze cylindres de plaisir pour Carl Wagner, mais pour Léo Manfred une pensée délicieuse croissait dans le sol fertile de son esprit riche et tortueux.

— Je reconduirai la voiture quand elle sera prête, dit-il.

Wagner lui lança alors un regard appuyé, assorti d'un conseil dont il n'allait pas tenir compte :

— Léo, tiens-t'en à ces numéros de téléphone dans ton petit carnet noir.

*
*

Un homme comme Léo Manfred ne disposait que de peu de temps. Il avait un long chemin à parcourir pour arriver à ce qu'il voulait, et ne s'embarrassait donc d'aucun scrupule pour y parvenir. Tout en gravissant les collines au volant de la Duesenberg, il observa plus attentivement les nouvelles constructions le long de la route. On rognait sur les collines, on les nivelait, on façonnait des terrasses et on les transformait en jolies petites propriétés aussi vite que les tracteurs pouvaient faire de nouvelles routes et les camions emporter le surplus de terre. Chaque lot, nu de toute construction, se vendait de 25 000 à 35 000 dollars, et Léo aurait eu besoin d'une machine à calculer pour déterminer ce que les vastes terrains de Mon-Vere rapporteraient sur un marché libre.

Quant à la maison elle-même — il y réfléchit tout en faisant gravir l'allée privée à la Duesenberg — elle aurait peut-être une certaine valeur en tant que musée au point de repère — le lotissement Mon-Vere, avec au centre la fameuse vieille demeure. Mais qui se souciait encore de ces vestiges du passé ? Il valait mieux raser la maison pour lotir. Léo ne prit même pas conscience du fait que ses réflexions étaient peut-être prématurées.

Il s'était douché, changé et avait mis sa chemise Cardin, son pantalon le plus ajusté, et soigneusement coiffé sa masse de cheveux presque noirs. C'était un beau garçon — un coup d'œil dans le rétroviseur le lui confirma. Quant à la fille de Gavin Revere, en dépit de ce qu'elle avait de quelque peu désincarné, c'était une femme — et à moins que l'instinct de Léo, généralement sûr — ne l'eût trompé, une femme solitaire. Les célébrités élevaient leurs enfants avec précaution comme s'ils risquaient d'être contaminés par le troupeau, ce qui les rendait d'autant plus vulnérables pour un individu doué de nerfs et de vitalité

Quand Léo sonna à la porte de la vieille maison, c'est la femme en blanc qui vint lui ouvrir avec un sourire gracieux et en tendant la main pour qu'il lui remît les clés. Mais Léo avait d'autres projets. Wagner insistait pour que la voiture fût en parfait état, lui dit-il. Elle devait donc faire un tour avec la voiture pour se rendre compte par elle-même si tout allait bien. C'était son job qui était en jeu — il risquait de se faire vider s'il n'exécutait pas les ordres du patron

Dans ces conditions, elle y consentit et, tandis qu'ils roulaient en voiture, Léo fut à même d'évaluer de façon plus précise la propriété, laquelle était encore plus grande qu'il ne l'espérait. C'est seulement lorsqu'ils furent de retour, alors qu'il se préparait à rentrer la voiture au garage qu'il s'arrangea pour noyer le moteur et caler.

— Ça doit être le carburateur, dit-il. Je vais voir ça.

Régler le carburateur lui donna un petit supplément de temps et l'occasion de se salir les mains. Aussi ses mains étaient-elles sales quand une voix mâle appela du patio qui se trouvait près du garage.

— Monica ? Que se passe-t-il ? Qui est cet homme ?

Gavin Revere était impressionnant, même dans une chaise roulante. C'était un bel homme avec une crinière de cheveux d'un blanc pur, des yeux clairs, et des traits vigoureux. La femme en blanc répondit à son appel comme une enfant obéissante.

Quand il le fallait, Léo pouvait affecter l'humilité avec autant de grâce qu'il portait ses chemises d'importation. Il s'approcha de Revere dans une attitude de profond respect. La voiture de M. Revere devait être en parfait état. M. Revere désirait-il que l'on approchât sa chaise plus près, pour qu'il entende le bruit du moteur ?

Désirait-il faire un tour à titre d'essai ? Avait-il réellement parcouru plus de cent quarante mille kilomètres lui-même sur cette voiture ?

Le regard de Revere s'illumina et toute hostilité, tout soupçon disparurent de ses yeux. Pendant un moment, il évoqua des souvenirs du passé, parlant avec volubilité, tandis que Léo observait Monica Revere de plus en plus attentivement. Quand la conversation s'amenuisa, il ne restait plus à Léo que l'excuse de ses mains sales. Il apprit que, les domestiques étant en vacances, l'eau des communs avait été coupée, et en conclut que le jardinier était un travailleur à la journée.

On conduisit Léo dans la salle de bains des invités — une salle de bains décorée et vétuste. Quelques minutes à l'intérieur de la maison suffirent pour le convaincre que sa réaction première devant le hall d'entrée avait été bonne : cette maison, qui ressemblait à un énorme éléphant blanc, avait été construite avant l'établissement de l'impôt sur le revenu et l'enchérissement de la vie. Une maison vieillissante, une voiture vieillissante — accessoires nécessaires aux souvenirs d'un homme âgé.

Lorsqu'il redescendit de la salle de bains dans le hall, il trouva des accessoires encore plus intéressants. Une immense pièce constituait une sorte de galerie. Accrochés au mur, il y avait des photographies des vieux films Revere-Parrish — des scènes d'amour, des scènes d'action, des gros plans de Monica Parrish. La beauté était toujours présente — pas entièrement cachée derrière l'excès des maquillages — mais toutes ces photos avaient un arrière-goût de passé défraîchi. La plus intéressante de la collection représentait une scène de mort dont le tragique avait été exagéré au point de la rendre ridicule ; sous cette photo, un Oscar rutilant était placé sur un piédestal de marbre.

Absorbé, Léo ne prit que progressivement conscience d'une présence derrière lui. Il se retourna. La lumière de l'après-midi commençait à se dissiper et, à contre-jour, moitié ombre et moitié chair, se tenait Monica Revere.

— Je pensais bien vous trouver ici, dit-elle.

Elle regarda la photo représentant la scène de mort avec une expression empreinte de respect :

— Ç'a été son plus grand film. Il vient souvent ici pour raviver ses souvenirs.

Ce « Il » n'eut pas été prononcé autrement s'il s'était agi d'un dieu.

— C'est lui qui l'a faite, dit Léo.

— Oui, acquiesça-t-elle dans un souffle.

— Et maintenant, tous deux vous détruisent.

C'était la seule façon de l'aborder. D'un instant à l'autre, elle allait aimablement le raccompagner jusqu'à la porte. « Mieux valait risquer d'être jeté dehors en tentant sa chance », pensait-il.

— Ils vous enterrent, ajouta rapidement Léo. Votre jeunesse, votre beauté...

— Non, je vous en prie ! protesta-t-elle.

Léo la prit par les épaules.

— Moi, je vous en prie, dit-il d'un ton ferme. Pourquoi croyez-vous que je sois revenu ? Wagner aurait pu envoyer quelqu'un d'autre. Mais aujourd'hui j'ai vu entrer dans ce garage une femme comme je n'en avais jamais vue auparavant. Une femme belle, solitaire...

Elle tenta de se dégager, mais les bras de Léo étaient vigoureux. Il l'attira plus près de lui, trouva sa bouche. Elle lutta pour se libérer et jeta un coup d'œil par-dessus son épaule en direction du hall.

— De quoi avez-vous peur ? demanda-t-il. Il ne vous a jamais donné la permission de vous faire embrasser ?

Elle parut ahurie.

— Vous ne comprenez pas, dit-elle.

— Ah ! non ? Combien de temps croyez-vous qu'il me faille pour voir la vérité ? Une voiture datant de vingt-cinq ans, une maison datant de trente-cinq ans, les domestiques « en vacances ». Non, n'essayez pas de le nier. Je tiens à vous dire la vérité sur vous-même. Vous vivez dans un mausolée. Regardez cette pièce. Regardez cet autel stupide !

— Stupide ? hoqueta-t-elle.

— Stupide, répéta Léo. Un morceau de métal et une vieille photo d'une scène outrée, interprétée par une cabotine défunte. Ecoutez, Monica. N'entendez-vous pas battre mon cœur ?

Il l'attira de nouveau contre lui.

— Ça c'est le bruit de la vie, Monica — de la vie qui vous attend hors de ces murs. Monica...

Pendant un moment, elle ne sut si elle allait hurler ou s'abandonner entre ses bras. Le moment dura — puis elle s'abandonna. Un bref instant s'écoula avant qu'elle ne murmure.

— Comment vous appelez-vous ?

— Plus tard, dit Léo. Les détails viendront plus tard.

La rapidité de sa conquête n'étonna pas Léo. Monica Revere avait été suffisamment bridée pour qu'un homme capable de saisir sa chance au vol la trouvât prête à être cueillie.

Sa cour se révéla plus facile qu'il n'avait osé l'espérer. D'abord, ils se retrouvèrent, plus ou moins furtivement, dans des endroits écartés et discrets où Monica avait plaisir à s'asseoir dans des boxes à demi obscurs ou à des tables éclairées à la bougie. Elle fuyait les clubs à la mode et les lumières vives, ce que Léo trouvait à la fois rafraîchissant et économique.

Puis, à l'instigation de Léo, la Duesenberg présenta de nouveaux ennuis mécaniques ; cela l'obligea donc à se rendre à Mon-Vere où il s'affaira sur le moteur pendant que Gavin Revere, de sa chaise roulante, l'observait, lui donnait des ordres et évoquait le passé. Assez rapidement, Léo apprit que Revere était solidement ancré à Mon-Vere : « Je m'en irai d'ici », disait-il, « dans un corbillard et pas avant... », ce qui, somme toute, sonnait aux oreilles de Léo comme une merveilleuse idée.

Un homme dans une chaise roulante. La situation comportait d'intéressantes possibilités, étant donné surtout que le terrain sur lequel cette chaise était utilisée se trouvait situé très au-dessus du niveau de la ville — dans un endroit fort éloigné, au sol inégal et fort mal entretenu. Le jardinier ne s'était occupé que du devant. Au cours d'inspections ultérieures, Léo s'aperçut que l'arrière était dans un triste état, y compris le patio où Revere aimait tant se dorer au soleil et qui dominait de quelque soixante-dix mètres une autoroute. Dans ce patio, Léo se livra à une expérience à l'aide d'une vieille boule de croquet qu'il trouva dans le garage et se rendit compte ainsi qu'il y avait une nette pente en direction du vide avec pour seul obstacle une murette de stuc très basse et branlante.

Comme il s'arrachait à l'observation minutieuse de cette murette branlante, Léo découvrit que Monica, à quelques mètres, l'observait dessous l'ombre de son chapeau de paille à larges bords. Il se montra immédiatement à la hauteur de la situation :

— J'espérais bien que vous me suivriez ici. Il fallait que je vous voie seule. Ça ne peut durer comme ça, Monica. Je ne peux pas continuer à vous voir, vous entendre, vous toucher, sans jamais vous posséder. Je veux vous épouser, Monica — je veux vous épouser sans délai.

Léo avait une façon particulière de prononcer ce « sans délai » qui laissait toujours les femmes quelque peu pantelantes. Monica Revere ne fit pas exception : elle s'accrocha à lui avec soumission et promit de parler à Gavin Revere dès qu'elle le pourrait.

Deux jours plus tard, Léo fut officiellement convoqué dans la galerie de Mon-Vere. Au milieu des sacrosaintes photos, l'Oscar rutilant et la grotesque scène de mort constituaient un fond de décor à la chaise roulante de Gavin Revere. Monica se tenait discrètement dans l'ombre. Elle avait bien plaidé sa cause. Gavin Revere était d'accord pour le mariage — à une condition.

— Vous voyez autour de nous les souvenirs d'une gloire passée. Je sais que cela peut vous paraître stupide, mais, mis à part leur valeur sentimentale, ces reliques attestent que Monica est habituée à un certain standard de vie. J'espérais faire en sorte qu'il en fût toujours ainsi ; mais depuis mon accident, les compagnies d'assurances refusent de m'assurer sur la vie. Je dois être sûr que Monica sera protegee quand je quitterai ce monde ; or, un homme malade ne peut pas le faire. Si vous etes en assez bonne sante pour passer la visite medicale et obtenir une police d'assurances sur la vie de cinquante mille dollars au benefice de Monica Revere, je consentirai au mariage. Autrement, non.

Vous pouvez vous adresser à n'importe quelle compagnie d'assurances, ajouta Revere, à condition bien sûr qu'elle jouisse d'une bonne réputation. Monica, ma chère, notre vieil ami Jérémie Hodges ne représente-t-il pas la Pacific Coast Mutual ? Regarde un peu si sa carte n'est pas dans mon bureau.

La carte etait dans le bureau

— Je peux téléphoner et prendre rendez-vous si vous le désirez, conclut Revere. Mais si vous allez trouver Hodges, de grâce, par egard pour la fierté d'un homme âge, ne lui dites pas la raison qui vous fait agir ainsi. Je ne veux pas que l'on aille colporter que Gavin Revere en est reduit a passer des marchés.

Sa voix se brisa. Les choses etaient encore plus avancées que Leo ne l'avait esperé — ce qui allait tout faciliter. Leo accepta la carte et attendit que Gavin eût pris rendez-vous par téléphone. Pour Léo, il s'agissait de bien peu de chose : céder au caprice d'un homme âgé qui n'en avait plus pour longtemps à vivre.

Tout en attendant, Leo calcula mentalement la valeur des enormes poutres du plafond et des lambris qu'il faudrait démonter avant que les démolisseurs ne s'emparent de la gloire passee de Gavin Revere.

Etant donne que la nature l'avait doté d'une constitution aussi robuste que possible, Leo n'eut aucune difficulté à obtenir sa police d'assurances. Revere se déclara satisfait. On décida d'une date pour le mariage et il ne resta plus qu'à discuter des projets d'une très simple cérémonie et de la lune de miel.

Lors d'un après-midi ensoleillé sur le patio Léo. Monica, dont le visage était protégé par un nouveau chapeau à larges bords, et Gavin Revere dans sa chaise roulante, discutaient des détails. Tandis que Revere parlait, tout en évoquant le souvenir de sa propre lune de miel à Honolulu, Monica poussait sa chaise roulante. L'air était chaud, mais une forte brise soufflait de l'extrémité ouverte du patio, à l'endroit même où le sol allait en pente douce vers le précipice.

A un moment donné, Monica lâcha la chaise pour retenir son chapeau, et la chaise roula de quelque trente centimètres vers le bord du patio avant qu'elle ne la rattrapât. Léo contrôla son émotion. Cela aurait pu se produire à ce moment-là, sans aucune intervention de sa part. L'idée lui traversa l'esprit que Monica s'était peut-être montrée plus perspicace qu'elle ne l'avait laissé supposer le jour où elle l'avait surpris près de la murette. Se pouvait-il qu'elle eût envie, elle aussi, de se débarrasser de Gavin Revere ?

Monica était maintenant parvenue à l'extrémité du patio et avait fait faire demi-tour à la chaise.

— Les pics volcaniques, psalmodiait Revere, qui se dressent comme des doigts déchiquetés vers le Dieu de ce fertile Paradis tropical…

Monica, lasse, s'était assise sur la murette pour se reposer. Léo avait envie de crier.

— Un véritable Eden pour deux jeunes amoureux, poursuivait Gavin. Je me souviens…

Sans que Monica s'en aperçût, occupée qu'elle était à arranger les plis de sa jupe, la vieille murette avait craqué sous son poids et commençait à pencher en direction du précipice. Léo s'avança rapidement. Tout allait de travers — Monica était son contrat d'achat pour Mon-Vere. Tous ces biens magnifiques se trouvaient en équilibre au bord d'un précipice.

La fissure s'élargit.

— Attention…

Les derniers mots de Léo Manfred se terminèrent en une sorte de gémissement désincarné car, en plongeant en avant, il se débrouilla — probablement parce que Gavin Revere, comme dans un rôle appris d'avance, avait choisi cet instant pour agripper les roues de sa chaise et se déplacer — il se débrouilla pour se cogner à ladite chaise ; ce faisant, il perdit l'équilibre à l'extrême bord de la murette croulante.

Au même moment, Monica se leva pour rattraper son chapeau emporté par le vent et, dans un brouillard, Léo l'entrevit, tournée vers lui, tandis que, la tête la première, il plongeait vers l'éternité.

En de tels moments, le temps suspend son cours comme sur les horribles photos de la galerie des gloires passées de Gavin Revere, et en cet instant épouvantable, Léo vit ce qu'il n'avait pu remarquer auparavant parce qu'il avait été trop centré sur lui-même : le visage de Monica Revere sans chapeau et sans ombre. Elle souriait d'un air satisfait. Comme s'il avait été en quelque sorte le spectateur de lui-même, il fut convaincu que ses traits angoissés étaient la réplique exacte du visage de la scène de la mort.

Jamais Léo Manfred ne put mesurer la distance de façon exacte ; mais il y avait largement plus de soixante-dix mètres jusqu'à l'autoroute à grand débit qui passait en contrebas.

*
**

En matière de polices portant sur des sommes élevées, la Pacific Coast Mutual se livre toujours à une enquête très poussée. Jérémie Hodges, étant un vieil ami, se montra extrêmement arrangeant. Il signala que le jeune homme avait insisté pour que Monica Revere fût la seule bénéficiaire de son assurance et refusé d'en donner la raison : « C'est une question personnelle », avait-il déclaré. « Qu'est-ce que cela change ? » Cela ne changeait rien pour Hodges lorsqu'une prime aussi importante était en jeu.

— C'est très touchant, dit Gavin Revere. Nous connaissions ce jeune homme depuis si peu de temps ! Il m'avait ramené mon automobile du garage. Il semblait se consumer d'admiration pour Monica.

Monica se tenait debout près de l'Oscar qui trônait sous la scène de mort. Elle souriait doucement.

277

— Il m'a dit que, petit garçon, il était un grand admirateur de Monica Parrish.

Jérémie tendit le chèque de l'assurance à Gavin puis baisa galamment la main de Monica :

— Nous sommes tous des admirateurs... et des petits garçons... en présence de Monica Parrish. Comment faites-vous, ma chère ? Quel est votre secret ? Les années agissent sur Gavin comme sur moi, mais semblent ne même pas vous effleurer.

C'était un doux mensonge. Les années l'avaient touchée : près des yeux, qu'elle aimait garder dans l'ombre, et de la bouche, qui se durcissait parfois — comme ce fut le cas lorsque, Jérémie étant reparti, Gavin examina le chèque.

— Une grande tragédie, dit-il sur le mode méditatif. Mais comme tu me l'as expliqué lors de la répétition, ma chérie, en fait c'était son idée à lui. Et cet argent ne nous fera pas de mal. Je vais me mettre en quête d'un bon scénario.

Monica Parrish écoutait à peine. Gavin pouvait avoir ses rêves ; elle avait eu sa revanche. Elle redressa fièrement la tête.

— La critique s'est montrée unanime, dit-elle. J'ai été magnifique dans la scène de la mort.

Death scene.
D'après la traduction de Nicolète et Pierre Darcis.

Table

Table

*Achevé d'imprimer en avril 1987
sur les presses de l'Imprimerie Bussière
à Saint-Amand (Cher)*

— N° d'édit. 2268. — N° d'imp. 1132. —
Dépôt légal : septembre 1986.

Imprimé en France